열일곱 살에 쏟아진 언론의 찬사

열일곱 살은 감동적인 소설이다. 에릭 포토리노는 마침내 자신의 '꼬마 엄마'를 드높이 사랑할 수 있게 되었다. — *Le Monde des Livres*

마침내 어머니와 아들은 은총과 후회와 위안으로 가득한 이 새로운 고백에서 최고의 화해를 완성한다. — *Le Point*

먹먹하다. 후회와 몰이해의 소설 열일곱 살은 그리움이 가득하다. 이 책은 우리의 인생도, 뿌리 깊은 신념도 회복 가능함을 보여준다. 잃어버린 시간을 만회할 수는 없어도 추억을 되살려 빛을 살릴 수는 있으니까. — *Elle*

아마 그의 가장 아름다운 책일 이 책에 작가가 모든 것을 걸었음을 우리는 알고 있다. 열일곱 살, 이 책은 모든 어머니들에게, 특히 리나에게 던지는 외침이다. 용기 있고, 고통 속에서도 의연했고, 무엇보다 기억이 휘발되기 전, 자신이 사랑을 사랑했음을 망설이지 않고 고백한 여인. 포토리노는 감정의 모든 문을 열고 진정 용기 있게 토로하고 있다. — *L'Obs*

가족사는 천차만별이다. 그럼에도, 이 가족의 핏줄 찾기에는 보편적인 모든 것이 존재한다. 눈부시다. — *Le Parisien*

이 작가의 행운, 그것은 그의 시선에 예측불허의, 변화무쌍한, 모순적인, 다채로운 인물들이 존재한다는 것이다. 모두가 수수께끼다. 그런데 수수께끼가 없으면, 작가가 될 수 없다. — *Journal du Dimanche*

각 문장마다 심장이 폭발한다. 고통 속, 두 개의 출생, 두 개의 출산. 충격이다. — *La Vie*

가족소설은 무수하다. 이 책은 보석이다. — *Marie Claire*

문학의 프리즘을 통해 조각난 삶을 다시 엮는다. 포토리노는 다시 한 번 우리 모두를 뒤흔드는 말들을 찾았다. 이번에는, 무엇보다, 모든 판단을 중지하고 받아들여야 하는 어머니의 초상이다. 그 부모도 남과 하나 다를 것 없는 미약한 존재임을 아는 것이라면? — *Livres Hebdo*

드디어, 어머니다. 이 소설에서 '나'와 '당신'은 빈번하게 활용된다. '나'는 자신을 되찾기 위해, '당신'은 생애 처음, 60년이 지나 한 번도 '사랑해요'를 말한 적 없는, 바로 옆에 있는, 있는 그대로의 어머니를 향한다. 첫 장은 날카롭고, 거칠고, 날 것 그대로의 금강석 같다. 반세기 동안 차마 말하지 못한 어머니의 고백이 가족에 날리는 매서운 뺨처럼 독자에게 다가온다. — *Magazine Littéraire*

국내 출간

아도니스

『내일 출발한다』, 2022 (출간 예정)

*

『붉은 애무』, 아르테, 2008 ; 문학동네, 2019
『은밀하게 나를 사랑한 남자』, 문학동네, 2015

열일곱 살

Éric FOTTORINO
Dix-sept ans

에릭 포토리노

열일곱 살

조동신 옮김

일러두기

주 : 모든 주는 옮긴이. 소설은 니스를 중심으로 추억 속 곳곳을 추적한다. 독서의 흐름
    을 위해 대부분의 주를 뒤로 돌렸다.
강조 : 대문자 강조는 방점으로, 이탤릭체 강조는 *이탤릭체*로 했다.

I

12월의 어느 일요일

12월의 어느 일요일, 어머니가 당신 집에서 점심을 먹자고 우리를 초대했다. 그녀의 세 아들, 우리의 아내들, 우리의 바글바글한 아이들까지. 나는 아빠의 죽음 이후 더는 여기 오지 않았다. 세상의 종말 이후로. 난 한번도 이 집을 좋아한 적이 없었다. 나의 부모님들은 80년대 초 이 집을 구매했다. 파경을 맞이하기 얼마 전이었다. 기이하고, 이해조차 안 되는 구매였다. 목가적인 꿈의 헛된 추구였다. 그들은 곧 고속도로가 생겨 라 로셸[1]이 20분 거리가 될 거라고 했다. 차량의 흐름이 틀어질 거라고 했다. 국도의 소음도, 늦은 밤 트럭들의 상하주행도 더는 들리지 않을 거라고 했다.

마침내 그곳이 조용해졌을 때, 우리에게 남은 것은 하나도 없었다.

어머니는 니스[2]에서 살기 위해 떠났다. 난 이미 보르도[3]에서 법학을 공부하고 있었다. 내 동생들은 루아앙[4]의 고모 네로 이주해 있었다. 오직 내 아버지만 버텼다. 그러나 그는 진료실로 쓰는 방에 처박혀 지냈고, 조막만 한 복도는 대기실로 쓰이다가 밤이면, 푹 꺼진 소파 위 불면의 침실이 되었다. 다른 방들은 으스스한 어둠 속에 잠겼고, 전반적인 황폐를 은폐했다. 수개월이 지나는 동안, 난파한 그의 부부처럼, 그는 집이 침몰하는 것을 방치했다. 우린 이미 모두 도망쳤다. 여자들과 아이들이 먼저. 타이타닉호의 모든 선장을 도맡았던 그는 끝내 짓눌린 고독의 무게를 견디지 못하고 그의 오래된 라다[5] 자동차의 조수석에서 자신의 머리에 총을 쐈다.[6] 그 전날 밤, 우리의 아버지는 우리들, 그의 아들들인 우리들에게, 각각 짧은 편지 한 통씩을 정성껏 썼고, 깨알 같은 글씨로 자신의 이름을 서명했다. 미셸 시뇨렐리. 차마 "아빠"라고 쓸 마음은 안 되었던 것 같다. 그리고는 집 밖에서 그의 일을 마쳤다. 그의 마지막 배려였다. 거기에는 코트 다쥐르[7]에서 오랜 세월을 보낸 후 그 자리에 다시 정착할 수 있었던 엄마에 대한 배려도 포함되어 있었다. 이로써 방문 너머마다 유령을 보았던 강박관념에서 그는 벗어날 수 있었다.

내가 제일 먼저 실비와 열한 살짜리 내 딸 아폴린과 함께 도착했다. 테오는 보르도에 남아 있었다. 지롱댕[8]의 햇병아리들과 축구경기가 있었다. 어머니를 안으면서, 난 그녀가 예전보다 더 작아

졌다고 느꼈다. 너무 뜸하게 보는 탓에, 그녀의 지상에서의 자리
는 점점 작아졌다. 우리를 보자마자, 그녀의 두 고양이들이 정원으
로 내뺐다. 그녀의 고독의 증거가 그 고양이들이었다. 오직 그녀만
이 애들을 쓰다듬을 수 있었다. 검정 털북숭이 암컷과 호랑이 무
늬의 도깨비불 암컷. 그놈들이 달려오는 걸 보면서, 난 고양이들과
견줄 것은 여자뿐이라고 생각했다. 그녀는 아무 말 없이 나를 꼭
껴안았고, 안녕 대신 미소를 지었다. 윗입술에 살짝 덮인, 튀어나
온 송곳니가 보였다. 어렸을 때 난 그 이빨이 인상적이었다. 열에
서 벗어난 그 반항적인 송곳. 깨물고 싶었다. 그녀가 부엌으로 돌
아가 거대한 파에야를 살피는 동안—여느 때처럼 두 배 이상 차
렸을 것이고, 나중에 집에 가져가라고 우리들을 채근할 것이다—,
난 어머니가 니스에서 돌아온 후 닦아낸 벽 장식에 눈길이 갔다.
그녀의 손에서 탄생한 점토 램프들이 거실로 이어지는 방들을 점
령하고 있었다. 석고 피막이 튀어나와 있었고, 생통주[9]의 맨돌과
황금빛 돌이 드러나 있었다. 붉은 벽돌함 위에 화덕을 올린 벽난
로에서 불길이 웡웡거리고 있었다.

　엄마가 유목(流木)으로 만들어 회색 받침돌 위에 고정시킨 조
각들에 내 시선이 걸렸다. 살이 없는 새, 공중 무희, 얼싸안은 연인
들. 변함없이 보이는 것은 바다에 떠밀려온 사체들, 형벌 받은 몸
뚱이들이었다. 나는 위층으로 올라가 우리 외투를 그녀의 침대 위
에 두었다. 그녀의 침실은 둥근 창에서 떨어지는 부드러운 빛으로

밝았다. 이 집에서 유일하게 평온한 곳 같았다. 거기에 예전의 물리치료실을 개조한 그녀의 아틀리에는, 끝까지 엄마의 남편이었던 사람—난 그들이 이혼을 한 것인지, 아니면 새 출발을 한 것인지 기억이 없다—이 남겼던 쇠창살, 도르래, 그리고 샌드백을 대신했다. 그녀의 침대 옆에, 나의 어머니는 우리들 사진들을 걸어두었다. 내가 있는 사진들이 종종 다른 사진들보다 더 컸다. 내 동생들, 프랑수아와 장이 무엇을 느꼈을지 궁금했다. 내가 편애했던 아들도 아니었고, 장남으로서의 나의 위상이 내게 무슨 특권을 부여했던 것도 아니었다. 그건 훨씬 어두운, 발설금지 사항이었다. '난 우리를 갈라놓았던 한 혼란스런 이야기의, 의도적으로 망각된 한 고통스런 이야기의 생존자였다.' 엄마 생각에는, 사진의 크기가 어쩌면 숱한 세월 우리 사이에, 심지어 우리 마음속에 파헤쳐놓은 거리를 상쇄하는 것일 수 있었다. 그런데 난 엄마의 생각에 대해 뭘 알았을까? 나는 그녀를 볼 때마다, 슬픔과 우울의 늪 속으로 추락했다. 내 온갖 두려움이 어쩔 수 없이 되살아났다. 방과 후 잊힐까봐 불안했던 영원한 개구쟁이. 모든 게 내 어머니를 화나게 했다. 그녀를 빗겨간 삶, 어긋나버린 희망들, 채워지지 않은 욕망들, 그녀가 이루지 못한 작품들, 잃어버린 기회들, 터질 듯한 고독. 어머니는 당신의 나이가 짜증났고, 처음부터 다시 시작하기에는 너무 늦었다는 사실이, 모든 것에 늦었다는 사실이, 무엇보다 행복해지기 위해 자기 자신과, 그림자들과, 망자들과 화해하기에는 너무 늦었다는 사실이 짜증났다. 산 자들과도 마찬가지였다.

다시 다 모였다. 식사 시작부터, 우리 어머니는 짐짓 쾌활한 목소리로 우리에게 불쑥 말씀하셨다. 식사 후 우리들, 당신 아들들에게만 할 이야기가 있다고. 우리는 어안이 벙벙해서 서로를 쳐다보았다. 실비가 슬쩍 분위기를 바꾸어, 가을 끝자락 단풍이 운하 위로 찬란하다고, '푸른 베니스'[10]로 뱃놀이하러 가자며 모두 데려가겠다고 제안했다. 얼음장 같은 오한이 척수에서부터 머리 꼭대기까지 스쳤다. 진즉 부리나케 떠나고 싶었다는 듯 심장이 둥둥거리기 시작했다. 순간 생각했다. 어머니가 편찮으시구나, 혹은 곧 일흔다섯이 되시니 스위스나 북구 어느 나라에서 정한 의례에 따라 위엄 있게 돌아가시려고 작정하셨구나 싶었다. 추위라면 질색하시는 분인데. 그래, 엄마는 우리에게 자신이 죽을 날을 알리려는 것일 거야. 프랑수아는 로또에 당첨되었느냐며 객쩍은 농담을 시도했지만, 정작 목소리는 딴판이었다. 장은 이빨 사이로 휘파람을 불었고, 거기에 오른발을 심하게 흔들었다. 예민할 때 나오는 그의 특징이었다.

"금방 끝날 거다", 라고 엄마가 말했다. 마치 자신이 일으킨 이 말없는 공포를 끝내려는 듯싶었다. 그녀는 해동한 산딸기 푸딩을 내놓으면서 미소를 지었다. 내가 잘 아는 그 억지 미소였다. 그녀가 내 할머니로부터 물려받은 옛 디저트 그릇들이 보였다. 나폴레옹 전쟁 장면들이 화려하게 장식되어 있었고, 승리한 전투들의 이름이 에나멜 자기에서 벗겨져 있었다. 늘 봐왔던 것들이다. 기괴하게 잔인한 얼굴에, 온통 파랑과 빨강 옷에, 흰 흉갑에, 칼을 뽑아든 근위병들. 그리고 말에 올라 있거나 천막 아래 참모들과 함께 있는 황제의 의연한 모습.

그날 점심이, 워털루 전투였다.

우리는 서둘러 커피를 마셨다. 이어 실비가 동서들과 아이들에게 출발하자는 신호를 보냈다. 엄마는 식탁 끝에 앉아 있었다. 상체를 꼿꼿이 세우고, 두 팔꿈치는 박은 듯 앞에 올려놓은 채. 내 동생들이 다가갔다. 본능적으로 난 거리를 두었고, 엄마가 곧 할 말에서 가능한 한 멀리 떨어져 있었다. 이상하게, 내가 침이 말랐다. 시작도 하기 전에, 엄마의 몸이 떨리기 시작했다. 장이 엄마의 한 손을 잡았고, 프랑수아가 다른 손을 잡았다. 바람에 겉창들이 꺾였다. 다시 평정을 되찾기까지 우리 어머니에게 몇 분이 필요했다. 그녀의 입술, 그녀의 턱, 그녀의 턱뼈, 어느 것 하나 말을 듣지 않았다. 어찌할 수 없는 움직임이 그녀의 목소리를 잘게 끊고 있었다.

난 내 의자 위에 웅크리고 있었다. 나도 떨고 있었지만 내색하지 않았고, 난 엄마와 관련된 순간 내 감정을 드러내는 일에 늘 불구였다. 소아병이었다. 홍역, 유행성 이하선염, 연속적인 비인두염*,

---

*유행성 이하선염(볼거리), 비인두염(감기).

난 그 모든 것을 넘겼다. 그침이 없었다. 내가 오랫동안 그녀의 이름 리나(Lina)로 불렀던 이 작은 여인에 대한 나의 집요한 냉랭함. 하루에도 열 번씩 난 내가 그녀의 아들임을 잊었다. 그리고 그만큼, 난 그걸 기억하려고 애썼다.

"내 말을 끊지 마라."

그녀가 숨을 골랐다. 저토록 창백해지려면, 그녀의 피가 혈관에서 얼어붙었어야 했다.

"1963년 1월 10일……."

다시 기운을 차리듯 그녀가 다시 시작했다.

"1963년 1월 10일, 난 한 여자아이를 낳았다. 사람들은 곧장 내게서 그 애를 뺏었다. 난 그 애를 껴안을 수 없었다. 내가 그 애를 봤는지조차 기억이 안 난다. 한 귀퉁이라도 봤는지. 그 애는 내 눈에 다시 들어오지 않았다."

엄마가 다시 멈췄다. 눈을 감았다. 당연히, 사라져가는 한 얼굴을 찾으려고. 다시 눈을 떴다.

"난 그 아이의 어떤 모습도 간직한 게 없다. 오로지 거대한 공백뿐이다. 돌이킬 수 없고, 절망적인. 그 순간이 진짜 존재했는지 나도 의심될 지경이다. 내게 남은 유일한 것, 그건 폭력이다."

문장 하나하나가 살을 엤다. 한숨과 침묵으로 가득한 고통. 내 동생들과 나, 우리는 서로의 얼굴에서 이 말도 안 되는 통지의 파장을 살피면서 서로를 쳐다보았다. 우리의 어머니는 우리에게 생각할 시간을 주지 않았다. 그녀의 말을 들어야 했다. 주방 안으로, 식은 파에야 위로 난입하고 있는 그녀의 고통을, 그녀의 말들을 들어야 했다.

그녀가 조금은 울컥함이 가신 어조로 말을 이었다. 혈색이 다시 돌아왔다. 프랑수아와 장이 눈으로 엄마를 응원했다. 내 시선은 떠돌고 있었다. 멀리서.

"이 이야기를 너희들에게 하는 게 수치스러웠다. 난 숱하게 들었다. 아직도 들린다, 내 어머니의 목소리가. 창녀, 잡년, 화냥년. 그래, 난 남자애들의 환심을 샀다. 그래, 난 넘어갔다. 난 사랑받고 있다고 느껴야 했다. 단지 사랑받고 있다고 말이다. 자기 어머니에게 허물없이 대할 땐, 우린 사랑받고 싶은 거다. 단 몇 분이라도. 우린 완벽하게 타인의 몸에 살고 있고, 그게 우리의 유일한 거주지가 된다. 우린 거기에 붙이고 산다. 우린 단어 하나에, 상냥한 손짓 하나에 매달린다. 우린 살 하나의 체온을, 든든한 손 하나를 구걸한다. 누군가 있다는 것. 대단한 건 아니지만, 그래도 없는 것보단 낫다."

그녀가 우리의 시선을 찾았다. 바보 같지만 그 순간 난 나의 아버지가 엄마를 아가*라고 부를 때의 그 목소리를 들었다.

---

* Biquette. 새끼 암염소.

"내가 섹스에서 좋아했던 건, 그다음에 오는 잠이었다. 깊은 잠. 일종의 기절. 너희들에게 지금 이 이야기를 하는 게 난 여전히 수치스럽다. 날 심판해서는 안 된다. 부탁이다, 날 심판하지 마라."

"엄마 계속해요." 내 동생들이 한 목소리로 말했다.

"그건 사랑이 아니었다. 그건 망각이었다. 그랬다. 난 망각에 뒤덮였다. 난 그 속에서 익사했다. 포옹하는 동안 난 사라졌다."

반쯤 눈을 감은 채, 그녀는 흔들림 없이 자신의 이야기를 이어 갔다.

"난 한 대학생을 만났다. 에릭의 아버지 모셰 — '페스[11]의 네 유대인 아버지', 라고 그녀가 날 똑바로 쳐다보면서 덧붙였다 — 이후 2년 뒤였다. 그도 모로코 출신이었다. 너희들은 '또야!' 라고 하겠지. 그래, 또였다. 이번엔, 아랍인이었다. 모셰와 했던 그런 사랑은 아니었다. 주변에 무엇 하나 없는 사랑이었다. 우린 몇 달을 같이 지냈다. 그가 날 원했다. 난 그의 욕망을 감정으로 여겼다. 난 전혀 만족스럽지 않았다. 내가 두 번째로 임신하게 되었을 때, 내 어머니가 어느 아침 내 방에 들어왔다. 그녀가 내 눈앞에 종이 한 장을 흔들었다. '여기 서명해라.' 난 서명했다. 난 스스로 죄인이라고 느꼈다. 내가 그녀에게 했던 그 모든 악. 난 호된 교훈이 마땅했다. 나를 낙인찍을 한 형벌이. 난 그렇게 생각했다. 난 나의 어머니의 뇌로 생각했다. 난 포기 서약에 서명했다. 내 뱃속에서 자라고 있던 그 아이는 이미 내 것이 아니었다. 그 애는 영원히 내 아이가 아닐 것이다. 난 그 아이를 임신하지 않았다. 난 마치 다른 여자인 양 행동했다. 내가 다른 여자인 양 행동했다. 아무도 배지 않았던 한 대리모. 불행을 밴 대리모. 그 숱한 세월 내 삶에 나는 없었다. 너희들의 할머니에게 난 한낱 헤픈 마리[*12]였다. 그런데 내 뱃속에서 내 것도 아닌 손들이 펼쳐지고 있었다. 투명한 손가락들이, 눈먼 눈들이. 작은 머리가 자랐고, 그리고 심장이 콩닥거렸다."

그녀가 다시 우리의 시선을 찾았다. 그녀의 시선이 뿌옜다. 그녀의 두 뺨 위로 눈물이 굴렀고, 얇은 두 줄기 강물이 벽난로의 불길에 황혼 속에 빛나고 있었다.

"내 자존을 찾는 데 수년이 걸렸다. 나의 간호사 일이 나를 살렸다. 사람들을 돌보고, 그들을 돕는 것. 그들의 말없는 감사를 느끼는 것. 특히 노인들, 그들을 씻기려 내가 왔을 때마다. 난 모두가 기피하는 일을 했다. 내가 그들을 씻길수록 내 자신이 깨끗해지는 느낌이었다. 어떨 땐 내가 그들이 죽기 전에 보았던 마지막 얼굴이었다. 그들은 내 손을 꼭 쥐었다. 그들은 그들에게 남아 있던 모든 애정을 내게 털어놓았다. 가족조차 없는 한 자그마한 할머니, 자식들이 죽도록 내버려둔 한 노인이 생각난다. 그들의 뚫어질 듯한, 겁먹은 눈들. 난 그들의 얼굴을 쓰다듬었고, 난 그들에게 나직이 말했고, 난 그들을 안아 재웠다. 그분들은 내 손안에서 돌아가

---

* Marie-couche-toi-là.

셨고, 그리고 그분들은 그들의 영혼을 내게 선사했다. 살아갈 용기를. 마치 오래전 내 아버지가 날 사랑했듯. 마치 오래전 내 어머니가 날 사랑했듯. 마침내, 난 내 자신을 용서했다."

"뭘 용서해요?" 프랑수아가 물었다.

"내가 저질렀던 악을. 사제들, 수녀들, 그들은 모두 날 훈계했다. 호구를 잇기 위해 안간힘을 쓴 내 불쌍한 엄마에게 내가 가한 고통을 난 알기나 했을까? 당시 남편 없는 아이는 불명예스러운 병이었다. 난 이미 한 아이가 있었고, 그걸 되풀이할 리야! 아비는 모습을 감췄다. 그는 내가 그의 아이를 임신하고 있는 것조차 몰랐다. 나 홀로 있는, 나 홀로 헤쳐 나가야 하는 삶이었다. 난 항복했다. 난 누가 내 여자아이를 입양했는지 알고 싶지 않았다. 누가 내게서, 신부들과 공모해서, 그 아이를 요식에 맞춰 훔쳐갔는지를. 해마다, 1월 10일이면, 내 심장은 바이스에 끼인 호두처럼 조인다. 난 어둠 속에서 그 아이를 부르고, 난 사방에서 그 아이를 찾고, 난 비명을 지른다. '그 아이를 돌려줘, 내가 그 아이 엄마야, 그 아이 꼬마 엄마[13]야.'"

우리들의 머릿속은 그냥 카오스였다.

내가 물었다.

"그럼 나는, 난 그때 어디 있었어?"

마치 내가 그 당사자인 양.

그녀는 내 질문에 한 시름 덜은 듯했다.

"아들아, 넌 날 떠나지 않았어. 내 어머니는 내가 또 임신한 걸 알았을 때, 연을 끊었다. 그녀는 날 보르도 외곽으로 쫓아냈다. 그녀는 리부른[14] 근처에 부엌이 딸린 방 하나를 세냈다. 우린 거기서 내 오빠 폴, 너의 대부인 그와 함께 셋이 같이 잤다. 내 어머니는 그에게 우리를 감시하는 일을 맡겼다. 그녀를, 난 해산할 때까지 다신 보지 못했다. 그녀는 때때로 우편환을 보냈다. 혹 그 생각에 미치면. 그녀는 날 완전히 포기했다. 아들아, 그래도 우린 같이 있었어. 몇 달이 지났다. 몸이 동그래졌다. 난 이 아가가 꿈틀거리는 걸 느꼈다. 넌 그를 만지고 싶어 했다. 넌 손을 꼭 대곤 했다. 난 그걸 번번이 밀쳤다. 난 네가 희망을 갖는 걸 원치 않았다. 내 뱃속에 희망은 없었다. 그런데 너한테 어떻게 설명하지? 넌 네가 상상한 큰 형의 역할에 아주 행복한, 아주 진지한 모습을 보였다. 우린 아가가 사내앤지 여자앤지 몰랐다. 우린 아가 이야기를 했다. 차라리 우린 그 이야기를 하지 않았다. 가능한 한 적게 했다. 넌 자신이 아가를 보호할 거라고, 하늘을 달리는 너의 말에 아가를 태워 데려갈 거라고 말하곤 했다. 넌 으쓱대며 즐거워했다. 난 정말 웃고 싶었고, 울고 싶었다. 난 너의 두 살 반의 눈높이로 그 말을 믿고 싶었다. 장보기 목록 종이 뒷장에 내 어머니는 주소 하나를 적어 놓았다. '애가 나타나면, 여기로 가라', 라고 그녀는 뼛속까지 사무치는 혐오스런 눈매로 내게 명했었다. 얼음덩이도 그렇게 차갑지는 않았을 것이고, 칼도 그렇게 시퍼렇지는 않았을 것이다. 오래된 장보기 목록 뒷장에 적혀 있었다. 빵, 정어리 통조림, 표백제, 화장지, 새끼 낳기*. 난 암소보다 나을 게 없었다. 그날이 되자, 폴은 나와 동행하기를 원치 않았다. 그는 너를 봐야 한다는 핑계를 댔다. 그는 심성은 착했지만, 그러나 신경에 문제가 있었다. 난 그를 원망하지 않았다. 내 어머니에게 그는 이렇게 말했었다. '이 아가 내가 입양할 수 있어요. 내가 리나랑 같이 키울게요.' 나의 어머니는 어깨를 갸웃했다. 폴은 사내애만 좋아했다! 난 세면가방과 칫솔을 들고 출발했다. 주소가 적힌 종이를 펼쳤다. 내 어머니의 깐깐한 글씨. 그걸 보는 것만으로도 온몸이 굳었다. 난 읽었다. 보르도, 마르티르 드 라 레지스탕스 광장 49번지. 난 히치하이크로 그곳에 갔다. 1963년 1월 10일. 추위가 내 얼굴과 내 넓적다리를 깨물었다. 난 여름 원피스밖에 없었다. 한 아저씨가 리부른을 빠져나가는 곳에 차를 세웠다. 그는 아무 질문도 하지 않고 나를 데려다주었다. 난 그의 불편함을 느꼈다. 그가 날 병원으로 데려가겠다고 제안했다. 난 아니요 라고 말했다. 내 손에 쥔 주소 때문이었다. 나는 벨을 눌렀다. 한 수녀가 내게 문을 열어주었다. 입구의 쇠창살에 그녀의 얼굴이 일그러져 보였다. 난 곧바로 내가 어디 떨어졌는지 깨달았다. 한 도살장의 모습. 사람들이 나를 곰팡이가 슨 벽

---

* mise bas. 동물이 새끼를 낳는 것.

으로 둘러싸인 한 의무실로 들여보냈다. 바로 거기서 나는 존재하지 않았던 그 아이를 낳았다. 작업이 시작되자, 수녀가 소매를 걷어붙였다. 난 그녀가 그 전에 손을 씻는 것을 보지 못했다. 이 여자아이, 난 그 애를 마리(Marie)라고 부르고 싶었다. 배출* — 얼마나 끔찍한 단어인지 — 후, 난 아무것도 기억나지 않는다. 사람들은 그 애를, 단 일 초도 내게 안겨주지 않고 내게서 빼앗았다. 난 도대체 어떤 괴물이었기에 그 아이의 살과 접촉이 금지되었을까? 왜 나의 온기를 그 애에게 전하지 못하게 했을까? 단 한 마디도, 내 아가야 잘 가, 라는 말도, 반가워, 라는 말도 없었다. 끝났다. 그래, 제 이웃을 사랑하라는 게 이랬다. 죽는다는 생각이 내 머리를 스쳤다. 위생 조치들은 약식이었고, 출혈로 죽을 수도 있었다. 죽는 건 꿈에도 생각하지 않았다. 아들아, 네가 거기 있었다. 출생일에, 나의 어머니가 너와 함께 왔다. 너는 나를 끊임없이 찾았다. 나는 문간에 서 있는 널 보았지만 사람들이 널 들여보내지 않았다. 난 너무 힘이 없어서 네게 팔을 뻗을 수도 없었다. 난 그게 무엇이든 원할 권리가 없었다. 난 그저 네게 난 잘 있다고, 그리고 우린 곧 다시 볼 거라고 했다. 난 더는 미소를 지을 줄도 몰랐다. 네 할머니가 너를 옆 예배당으로 데려갔다. 너의 비명소리가 문 너

---

* explusion. 참조. '해산은 임신 6개월이 지난 생존 가능한 태아의 자연분만을 통한 모든 배출을 일컫는다'(프랑스 의학원 사전, 2020).

머로 들렸다. 그 소리가 복도에 울렸다. 넌 울고 있었다. 넌 나를
보고 싶었고, 네 여동생을 보고 싶었다. 이어 정적이 다시 내려앉
았다. 내 어머니가 돌아왔을 때, 난 그녀에게 네가 어디로 갔는지
물었다. 그녀는 널 내 여자아이를 내게서 훔쳐간 자들에게 주었던
걸까? 그들에게 한 묶음을 약속했던 걸까? 그녀가 말했듯, 그들
모두가 말했듯, 내 두 사생아들의 운명을 정하기 위한 한 쌍의 오
누이를 약속했던 걸까? 이빨이 덜덜 떨리기 시작했다. 내 어머니
는 아무 대답도 않고 날 차갑게 노려보았다. 누군가 내게 주사를
놓았다. 난 의식을 잃었다. 한참 후, 난 네가 어디로 사라졌는지 알
았다."

"사라져요?"

"아, 가까운 데였어. 기억나니? 이마 가운데 갈라진 틈으로 동전
을 넣으면 머리로 감사 인사를 하는 천사를?"

내 동생들이 내 쪽으로 몸을 돌렸다.

"그 달달한 눈길의 천사?"

그 천사가 다시 보였다. 그래, 1963년 1월 10일, 그 천사가 내
첫 기억이었다. 거짓 얼굴을 한 천사. 난 한 예배당에 있고, 내가
내뿜는 숨은 뭉게구름이 된다. 할매[15]는 내 손에 잔돈들을, 수탉 하
나가 박힌 잿빛 동전들을 가득 쥐어주고는 다시 떠났다. 그녀가
속삭였다. "쉬워. 그냥 쟤가 만족하게 동전을 주면 돼." 나 혼자 천
사를 마주보고 있다. 난 혼자가 아니다. 왜냐하면 천사가 여기 있

으니까. 내 수호천사. 내 할머니, 그녀는 내게 그 천사에 대해 종
종 말했다. 내 작은 머릿속에 우리들 각자는, 착하면, 수호천사 하
나를 가질 수 있다고 그녀는 얼마나 많이 되뇌었던지. 여기 내 수
호천사가 있다. 그는 날지 않는다. 그 천사가 날 당신, 리나에게,
데려갈 거라고 바라야 소용없다. 당시, 이미 말했듯, 난 당신을 리
나라고 불렀다. 당신을 엄마로 부르려면, 난 당신이 내 어머니라는
확신이 들어야 했을 것이다. 난 의문이 있었다. 당시 사진들에서,
당신을 바라보는 저 꼬맹이의 회의적인 모습에서 그게 엿보인다.
당신은 늘 되풀이했다. 아들아, 찌푸리지 마, 크면 이마 가운데에
흉한 막대기가 생길 거야, 라고. 당신 말이 맞았다. 이 크레바스가
오늘 내 얼굴을 딱딱하게 만들고 있다. 사자의 주름. 난 그걸 피하
지 못했다. 한 아이가 자기 어머니에게 혹 그녀가 정말로 자기 어
머니인지를 묻는다고? 땅에 볼트로 고정된 천사가 다시 보인다.
기분전환이 그의 일이다. 두 눈 사이 —내 굵은 주름이 있는 자리
—에 동전 하나를 넣으면, 그는 고개를 숙인다. 슬롯머신 천사. 그
리고 리나, 난 알려고 했었나? 그녀도 수호천사를 갖고 있을까? 개
한테는 얼마를 주어야 할까? 난 끝까지 물었어야 했다. 그러나 두
살 남짓 때 우리는 돈의 가치를 가늠 못한다. 신은, 제 천사들 덕
에, 기막힌 베이비시터다. 성탄절 구유가 아직 그대로 있었다. 아
기 예수가 두 팔을 벌리고 있다. 내 할머니는 불쑥 사라졌다. 내가
천사에게 동전을 먹이는 동안, 그리고 그가 목을 틀어 고맙다고

하는 동안, 사람들은 당신에게서 당신의 여자아이를 훔치고 있고, 내게서 내 여동생을 훔치고 있다. 난 웃음을 터뜨린다. 기막히다, 이 천사는. 줄기차게 고맙다고 한다.

장의 오른발이 식탁 밑에서 격렬하게 흔들리고 있었다. 프랑수아는 안절부절 못하고 제 접시의 가장자리를 톡톡 치고 있었다. 내 시선도 그들을 돌아가며 쳐다보았다. 프랑수아, 조선소에서 선박을 용접하는 탓에 태양에 벌겋게 그을린 그의 목덜미. 장의 창백함, 옛 흡연가의 수척한 모습. 불쑥 프랑수아가 태어났을 때의 모습이 섬광처럼 떠올랐다. 내가 열 살 때였다. 텅 빈 아파트. 나의 부모님들은 한밤중에 조산원으로 달려갔다. 그들은 날 자게 두었다. 부엌 식탁 위 메모 하나, 걱정하지 마, 아니 난 걱정됐고, 버려졌다는 혼비백산, 리나가 나에게 물려준 이 유전병. 정오 무렵 내 아버지가 돌아왔고, 그는 내게 내 스크리방 책상[16]을 밝힐 빛나는 지구의 하나를 선사했다. 난 안심이 되었다. 사람들이 날 어디 멀리 버렸던 게 아니었다. 내 아버지라는 분은, 내 어머니와 결혼한 지 일 년이 조금 넘었다. 그는 나를 기꺼이 입양하고 싶어 했고, 내게 그의 그윽한 매력남[17]의 성을 주었고, 내게 자신을 아빠라고 부르라고 부탁했다. 그러나 난 여전히 경계했다. 자신에게 호의를 표하는 사람의 손을 킁킁대며 맡는 한 야생동물. 진짜 빛, 그건 프랑수아로 불리기 전 내 동생으로 불렸던 검은 눈의 이 작은 뿌연 존재였다. 조산원에서, 난 이 말을 되풀이했다. 내 형제, 내 동생, 난 동생이 생겼어요. 내 모든 저항은 그를 보자마자 단번에 녹아 내렸다. 훗날 동생을 이복동생으로 바꾸는 그 차가운 산술은 전혀 문제가 되지 않았다. 그 조막만 한 찡그린 얼굴은 작디작은 잠옷에 들어 있었지만, 사실 그는, 아프리카와 중국을 합친 것보다, 내지구의의 푸르스름한 바다 전체보다 더 컸다. 마흔일곱 해 전부터, 매년 여름이 끝날 때마다, 프랑수아는 내 생일선물이다. 난 그걸 소중히 간직하려고 한다. 그는 진정 내 아버지였던 그의 아버지와 판박이다. 장으로 말하자면, 그는 18개월 뒤 태어났고, 그때의 금발 곱슬머리는 시간이 다 앗아갔지만, 그의 부드러운 눈길, 그리고 엄마의 마음에 쏙 들었던, 엄마를 웃게 했고, 엄마에게 삶은 고약하다는 걸 잊게 해주었던 그 불량스런 태도는 여전했다. 장은 말수가 적다. 그는 눈으로 말한다. 그가 말이 없을 때는, 밥 말리가 그에게 「워」*나 「콘크리트 정글」*을 부를 때다. 그는 「작은 도끼」* 도 부른다. 오래전 막내가 마을 친구들과 함께, 옆 헛간에서 만든 레게 그룹에 붙였던 이름이다. 내 동생 둘이, 우리 아버지의 진짜 초상화 하나를 작곡했다. 프랑수아는 그의 짙은 피부색, 그의 몸짓과 표정, 그의 느긋한 걸음걸이를 지녔다. 장은 그의 각진 얼굴, 눈동자에 드리운 그 장막, 그를 충견처럼 따르는 뭔지 모를 그 우울

---

* *War, Concrete Jungle, Small Axe.*

28

을 지녔다. 가족에게나 친구들에게나 한결같다. 걔들은 우리 아버지와의 닮은꼴을 낱낱이 찾고, 그게 전무한 내게서도 찾는다. 논쟁 끝에, 주제가 바닥난 듯하면, 이 목소리가 들린다. "어쨌든, 너희들은 리나도 닮았어." 우리 어머니는 늘 간과된다. 오랫동안 난 그녀가 그걸 괘념치 않았다고 생각했다. 내 착각이었다. 우린 끊임없이 착각했다, 엄마에 대해서.

그녀가 말을 그쳤다. 난 그녀가 혹 그 아기의 이름을, 오직 그녀만을 위해 발음했던 건 아닐까 생각했다. 그리고 그랬다면, 그녀는 그 애를 뭐라고 불렀을까? 내 두 살 반의 눈높이에서, 난 그 돈에 미친 동전 먹는 천사를 내팽개쳤어야 했다. 난 사정없이 싸웠어야 했다. 내게서 내 누이를 빼앗아간 그 수녀들과, 그 애가 내 누이가 되는 걸 막았던 그녀의 어머니와. 선(bonnes)하지도, 누이들(soeurs)도 아닌 수녀들(bonnes soeurs). 잔인한 엄모. 나의 상념은 마르티르 드 라 레지스탕스 광장 49번지를 향해 날아갔다. 난 거길 수없이 지나다녔다. 보르도에서 잘 알려진 구역이다. 난 학부 법학강의를 하러 갈 때마다 거길 가로지른다. 퐁도데주 가, 아베 드 레페 가, 걀리앙 궁의 폐허.[18] 그 광장은 내 어린 시절이 부닥친 이 실타래 같은 미로들 속에 꼭꼭 쌓여 있었다. 난 단 한번도 아무 것도 느낀 게 없었다. 나는 이런 이야기의 그늘 아래서 자랐다. 그 구렁들 속에서, 그 비명들 속에서. 찰나지만, 난 리나의 꼬마 판박이, 미니어처 엄마와 지냈을 내 삶이 어땠을까를 엿보았다. 난 그 아이의 얼굴을 상상해본다. 살아 있다면 지금쯤 오십 대겠지. 그녀도 당신의 주근깨를, 당신의 섬세한 인상을, 당신이 미소를 지을 때의 그 눈주름을 갖고 있을까? 길에서 그녀와 마주친다면, 난 그녀를 알아볼 수 있을까?

"내 어머니는 내 운명을 바로잡고 싶어 했다." 리나가 다시 말을 이었다. "내가 폴과 너랑 같이 집으로 돌아오자마자, 그녀는 「프랑스 수렵인」[19]에 쪽지광고 하나를 보냈다. 그때는 그렇게 했다. 그녀가 직접 몇 줄을 썼다. '아이 달린 젊은 여자가 모든 면에서 괜찮은 남편감을 찾음.' 한 남자가 답했다. 그는 파리에 살고 있었다. 그녀는 내가 기차를 타게 두었다. 난 한번도 파리에 가본 적이 없었다. 난 거기서 하루를 보냈다. 한 환자와 하룻밤을 보냈다. 난 돌아왔다. 난 아무 말도 하지 않았다. 더는 광고는 없었다. 우리 사이에 더는 말이 없었다. 에릭, 너에 관한 것만 빼고. 그녀 나름대로 너의 양육에 대한 생각이 있었다. 난 나대로 다른 생각이 있었다. 최종 결정은 늘 그녀에게 달려 있었다."

난 우리들의 삶을 다시 붙여보려고 시도하곤 했다. 지금껏 그 게임에서, 난 늘 상처를 입었다. 혹은 낙담했다. 마치 한 퍼즐에서, 완벽한 그림을 읽을 수 있는, 그래서 그걸 다 이해할 수 있는 제일 중요한 한 조각이 줄기차게 빠졌던 것처럼. 꼬마 엄마야, 당신은 질리도록 그 비밀을 혼자 간직했다. 어느 날, 일흔이 넘어, 당신은 심리학자가 된 한 전직 산파와 만날 약속을 했다. "그분은 이미 태어난 사람들을 태어나게 해", 라고 당신은 조용히 말한다. 그녀는 당신의 두려움들을 찾아 떠났다. 그녀는 그 여자아이를 다시 데려왔다. 당신이 잊어버리려고 애썼던 그 아이를. 살을 나눈 자식을 잊을 수 있을까? 당신의 어머니와는 그건 그냥 글 없는 그림책이었다. 아무 일도 벌어진 게 없었다. 한 아이, 여자아이? 그게 무슨 말이니? 오직 자클린만 알았다. 당신의 친구 자클린, 마음속 누이, 보르도로 오기 전, 마지막 추락 전, 바르브지외[20]에서 동고동락한 자매. 자클린은 옛 상처를 헤집고 싶지 않았다. 그토록 큰 고통을 덮으려면 빙하만큼 큰 침묵이 필요했다. 당신들은 다시는 그 이야기를 꺼내지 않았다. 내 출생에 대해서도, 당신은 일절 말하지 않았다. 당신은 부재했다. 1960년, 부재하기는 쉬웠다. 메일도, 휴대전화도 없었다. 당신이 사라졌다. 당신이 돌아왔고, 난 당신의 품에 안겼다. 당신의 여자아이, 당신은 사람들이 그 애를 당신에게서 뺏을 거라고는, 감히 손들을 댈 거라고는 생각지 못했다. 당신은 그런 폭력을 상상치 못했다. 당신은 그 아이를 꼭 껴안기를 바랐고, 그 아이에게 내 딸아 난 널 지킬 수 없지만 넌 다른 엄마랑, 널 사랑할 부모님이랑 잘 지낼 거야, 라고 말할 시간을 갖기를 바랐다. 당신은 당신의 눈물을 되삼켰을 것이고, 당신은 그 아이에게 귓속말을 했을 것이고, 당신은 그 아이를 들이마셨을 것이고,

당신은 당신의 마음속에 새기기 위해 그 아이의 얼굴을 마셨을 것이다. 당신은 비단결 같은 그 아이의 뺨을 쓰다듬었을 것이고, 그 작은 입술을 보듬었을 것이다. 당신에게서 그 아이를 앗아간 자들은 감정에 시달리지 않았다. 효율이 먼저였다. 이 아이를 죄악에서 구원할 것, 이 아이를 한 타락한 삶에서 떼어낼 것. 당신의 어머니와 공모하여.

무슨 일이 있었던 걸까? 다시금 당신의 헐떡이는 목소리. 목에 걸린 먹먹함. 해산하는 동안, 한 여자가 예배당의 비밀 문으로 들어왔다. 그녀도 배가 불룩하다, 그 여자도. 한 수녀가 황홀경에 빠진 듯 그녀에게 외쳤다. "그날입니다!" 여자가 미소를 지었다. 그녀는 작은 가방을 들고 있다. 흰 레이스를 두른 눈부신 요람. 수녀는 존경의 눈으로 조아린다. 미래의 한 엄마, 왠지 성처녀 같다. 그 자매가 여자에게 말했다. "이 안락의자에 앉으세요. 오래 걸리지 않을 겁니다. 허브차를 드릴까요? 본당 소식지를 드릴까요? 저희는 아프리카의 마을들을 돕고 있습니다. 이 불쌍한 아이들에게 시주하시겠어요?" 여자는 곧장 앉지 않았다. 겉보기에는 멀쩡한 선량한 사람이다. 당신이 이 여자와 닮을 일은 없다. 그녀는 자신의 원피스 매듭을 푸는 것을 수녀에게 도와달라고 청했다. 이상한 배가 드러났다, 거북의 등껍질을 닮은. 딱딱한 배. 부드러운 플란넬로 덮은, 불룩하게 만든 껍질. 왠지 흔한 듯하다, 1963년에는. 가짜 임신한 배. 가톨릭교회*는 은폐에 정통하다. 자매의 두 손이 섬세하게 그 물건을 꺼냈다. "이제 편하시겠네요!" 젊은 여자가 고개를 끄덕였다. 그녀 또한 젊다. 스물셋, 스물넷쯤. 어쨌든, 아이는 없다. 완벽한 몸매다 돌연. 그녀가 불안한 미소를 지었다. 수녀가 여자를 격려했다. "안심하세요. 부인의 아가가 곧 옵니다." 그건 무통분만이었다. 꼬마 엄마야, 통증은 당신을 위한, 오직 당신만을 위한 것이었다. 가짜 배가 진짜 아가로, 당신의 아가로 바뀌었다. 기적이다, 하늘에서 떨어진 이 신생아. 새 엄마의 활짝 핀 모습, 갑자기. 이 말을 했을 때의 그녀의 자신감. "얘는 엘리자베트로 할 거예요." 마리, 꼬마 마리는 이미 더는 존재하지 않는다. 당시 가톨릭교회는 윤락녀들의 사생아들을 앞다퉈 암거래했다. 숱한 불임 여성들, 주님이 보내신 시련[21]이 이 보철물들을 양산한다. 시뮐라크르는 총체적이다. 그날이 오면, 더없이 자연스럽게, 그들은 다른 여자의 아이를 거두고, 그 아이는 곧바로 그들의 아이가 된다. 왜냐면 그 어미는, 경멸당해 싼 죄인이기에, 내쫓겼기 때문에. 가장 높은 곳에서 *호산나.***

나는 리나의 시선을 찾았다. 그녀의 두 눈 속에서 방금 나는 그

---

* l'Église.
** 마태 21:9.

그늘의 원천을 포착했다. 잃어버린 한 여자아이의 그늘. 그 그늘이 사방에서 그녀를 따라다니며 불편함을 휘젓고 다녔다. 방마다, 그녀의 모든 몸짓마다, 그녀의 키스, 그녀의 애무, 그녀의 꺾인 활력마다. 그녀는 나를 너무 세게 안았고, 나를 너무 빨리 내쳤다. 예고도 없이 사라졌다. 세월이 흐르면서, 사람들이 그녀에게 이렇게 물을 때마다 리나는 자신의 속내를 잘 감췄다. "딸이 없어서 후회되지 않으세요?" 태연자약하게 그녀는 대답했다. "전혀요. 아들놈이 셋인데요." 그녀는 제 자식들을 트리플 에이스인 양 알렸다. 함박웃음으로. 도대체 그녀는 왜 슬퍼했을까? 그녀보다 머리 하나는 더 큰 세 사내애들이 있는데. 그런데 지난달, 정기검진 중, 의사가 이런 가벼운 질문을 했다. "라브리 부인, 자제분을 몇 분 보셨나요?" 엄마는 별생각 없이 답했다. "네 명요." 그는 뭐라 하지 않았다. 엄마는 고치지 않았다. 진실을 고치나?

"난 너희들의 할머니를 용서했다." 리나가 말했다. "너희들도 나를 용서하기 바란다."

내 동생들은 엄마를 용서할 게 전혀 없다고 되풀이했다. 그녀는 짐을 덜은 듯 보였다. 침착한 목소리로, 장은 마리 혹은 엘리자베트를 찾는 상이한 방법들을 나열했다. 시청 민원실. 그 시절 그 자리에 있던 수도회. 출생증명서. 「쉬두에스트」[22]의 부고란. 그녀가 원한다면, 실마리는 없지 않았다. 그는 엄마를 위로할 줄 알았고, 엄마에게 따뜻하게 말할 줄 알았다. 프랑수아의 얼굴은 벽난로의 벽돌 빛이었다. 그는 말이 없었다. 난 나중에 그가 저녁에 샘물처럼 울었다는 걸 알았다. 난 그의 눈물이 부러웠다. 난 무덤덤했다. 나는 실비와 아이들이 '푸른 베니스'에서 돌아오기를 초조히 기다렸고, 빨리 떠나고 싶었다. 난 남은 내 푸딩 앞에 박힌 듯 앉아, 한 근위병의 곰털 모자와, 그의 검정 부츠와, 의기양양한 모습을 뚫어지게 쳐다보고 있었다. 난 나의 어머니보다 나폴레옹 전투를 더 잘 안다고 생각했다. 그녀는 내 눈에 늘 보였던 그 모습 그대로였다. 흐릿한 얼굴, 소실된 실루엣.

나는 병사에게 혹 그가 나를 구하러 날아올 수 있었던 것처럼 물었다. 난 이 모든 일들이 먹먹하고 먼 것처럼 느껴졌다. 감성의 마비. 나는 내 안에, 죄인 볼트를 풀어야 할 석상 하나를 갖고 있었다. 난 그것이 무엇으로 만들어졌는지, 어떤 내밀한 침묵의 재앙들이 그걸 세워놓았는지 몰랐다. 차라리 내 어머니와 나 사이는 오래전 어떤 신비한 힘이 그녀에 대한 나의 사랑을 다 용해했다고 생각하는 게 편했다. 그 사랑, 사람들은 내게서 그걸 빼앗았다. 그들은 분명 여럿이었다. 커다란 트럭 한 대에 이삿짐 일꾼들이 수 톤의 감정을 실어갔고, 심장에서 뽑아낸 여러 줄들만 그 뒤에 흘려놓았다. 난 울고, 그녀를 위로하고, 리나에게 당신을 사랑했다고 말하고 싶었을 것이다. 그럴 순간이었다. 난 할 수 없었다. 억지로라도 했어야 했다. 그녀의 장남으로서, 난 엄마의 고통의 수리

공임을, 정의의 기사임을 자처했어야 했다. 실은 정반대였다. 우리 어머니는 우리에게 고문의 한 장면을 들려주었고, 그리고 난 눈 하나 깜빡이지 않고, 무력하게 손을 놓고, 그녀를 관찰했었다. 그녀는 실재하지 않는, 이미 단죄된 한 인물이었다. 가톨릭교회는 아이를 위해 행동했던 것이다. 난 돌아가신 내 할머니와, 실패한 내 아버지들에게 정상참작을 부여했다. 리나는 고통스러웠다. 난 아프지 않았다. 내가 이런 아들이기까지, 그녀는 어떤 어머니였을까? 부재의 밤 속에서 난 얼마나 수없이 그녀를 기다렸던가? 난 그녀의 빛들을 거의 믿을 수 없었다. 수치는 그다지 수다스럽지 않다. 수치는 당신이 질식할 때까지 당신의 목 속으로 말들을 밀어 넣는다.

오후 늦게 우리는 보르도로 돌아가는 길에 나섰다. 난 다 잘 되었다고 생각했는데, 토하기 위해 갓길에 차를 세워야 했다. 어떤 덮개가 나를 누르고 있었다. 중학교 때, 폐 엑스레이 검사를 위해 의료버스 안에 줄을 섰을 때, 그 옛날 방사선으로부터 우리를 보호해주었던 그 납판들 같은 두꺼운 잿빛의 덮개 같았다. 난 아홉 살이었다. 난 담배를 피웠다. 리나는 아무 눈치를 못 챘다. 그녀는 너무 멀리 있었다. 난 의심스런 자국이 생길까봐 두려워서 끊었다. 그 담배들, 그것은 나를 덮혔던 유일한 불기였다. 수업 후 저녁마다, 오지 않는 리나를 기대하면서.

돌아오는 길에, 실비는 내게 의문투성이의 시선들을 던졌고, 난 회피의 침묵으로 맞섰다. 집에 도착해서, 저녁을 반을 남겼고, 이어 「콜롬보」를 보다가 깜빡 졸았다. 두 회가 끝나고, 난 실비가 자고 있는 침실까지 더듬어 갔다. 그녀의 규칙적인 숨소리에 안심이 되었다. 밤이 깊었지만 잠을 이루기 힘들었다. 아침에, 난 내가 밤새 계속 뒤척이고 끙끙거렸다는 걸 알았다. 한밤중에, 한 차례 비명도 질렀다. 풀어헤쳐진 이미지들만이 남아 부유하고 있었다. 잿빛 수염의 천사들, 수단*을 걸친 나의 할머니, 키파*를 쓴 내 아들 테오, 조각된 성기들이 삐죽삐죽 솟은 기도대 위에 무릎을 꿇고 첫 영성체를 받는 리나. 내 어머니의 얼굴이 끔찍한 모습으로 불쑥 솟아올랐고, 어떨 때는 한 소녀의 몸에 붙어 있다가, 어떨 때는 한 노파의 실루엣 위에서 청소년의 모습을 띠고 있었다. 일어나면서, 몸이 안 좋은 걸 느꼈다. 누가 날 흠씬 두들겨 팬 듯 온몸이 욱신거렸다. 날이 밝자, 몸을 꼼꼼히 살폈다. 멍도 없었고, 찌인 혈관도 없었고, 멀쩡했다. 진찰을 받는 걸 포기했다. 머릿속이 문제였다.

다음날 나는 학부 강의를 재개했다. 가족법, 친자관계, 친족관계. 이 운명의 아이러니에 난 웃음이 나올 법했지만, 심해처럼 가라앉은 탓에 온몸이 무기력했다. 매일 아침 나는 자동인형처럼 세 시

---

* soutane(신부의 긴 옷), kippa(유대 남성용 테두리 없는 모자).

간 강의를 완수했고, 세 시간이 몇 세기 같았다. 하루 중 내가 내 목소리의 음향을 들었던 유일한 시간들이었다. 나머지 시간에는, 난 한 마디 말도 뱉을 수 없었다. 리나의 말들이 생각났고, 그녀의 멍든 얼굴, 그녀의 초췌한 표정, 그녀의 비탄이 잇따랐다. 그 비탄에 난 고작 어설픈 동정만을 표했던 것이다. 그 주 내내 난 실비와 애들에게 나의 침묵을 강요했다. "왜 그래, 아빠?"라고 테오가 물었다. 아폴린은 테오에게 죽은 사람을 깨우는 "쉬이잇" 소리를 냈다. 만약 깨어나지 않으면, 난 죽은 거였다.

금요일 저녁, 니스에 며칠 다녀오겠다고 알렸다. 성탄절 전에 돌아올 생각이었다. 어쨌든 연휴를 기다릴 수도 있었다. 실비는 상식적으로 그렇게 제안했다. 그건 아니었다. 난 기다릴 수 없었다. 난 충분히 기다렸었다. 너무 피했었다. 일요일 비행기 표를 끊었고, 옛 도시의 한 펜션에 방 하나를 잡았다. 전문 사이트에 제일 먼저 뜬 것이었다. 그게 그 일에 대한 내 유일한 답이었고, 마침내 뭔가를 말하는 내 방식이었다. 그 답은 나의 출생 이래 내 신분증에서 날 따라다녔던 이 작은 네 글자 안에 들어 있었다. Nice. 한 동료가 친절하게도 내 학부 강의를 대신 맡아주었다. 편한 마음으로 떠날 수 있었다. 나는 서둘러 여행 가방을 챙겼다. 난 단순한 몸짓들에 매달렸다. 세면도구들을 그러모았고, 전화기와 노트북의 충전기를 생각했고, 혹 달리고 싶을 때를 생각해서 반바지와 테니스화를 예상했다. 리나의 모습이 흔들리고 있었다. 모든 침묵을 수정하고, 모든 부재를 수정해야 한다. 우리들의 삶 전체를 수정해야한다. 헤어질 때, 실비가 내게 다른 여자가 생겼냐고 물었다. 나는그렇다고 했다. 나의 어머니.

Ⅱ

니스행 비행기에서

1

니스행 비행기에서, 내 옆에 앉은 사람이 나를 안다고 여겼다. 칸뉴 쉬르 메르[23]의 건축가인 그는 우리가 잠깐 학창 시절을 함께 했다고 믿었다. 마세나[24] 졸업생인 그는 예전에 우리들이 운동장 밤나무 밑에서 했던 오슬레 놀이[25]와 성곽 울타리 안쪽, 꺼칠꺼칠한 종려나무들 뒤에서 했던 술래잡기를 회상하기 시작했다. 그의 추억이 정확해서 나는 불안했다. 내게 니스는 냄새도 없고 이야기도 없는, 깜깜속 이름이었기 때문이다. 물론 나는 오슬레 놀이, 종려나무, 성채 담벼락에 대해 그에게, 맞아요, 그럼요, 하고 답하고 싶었다. 하지만 그는 길을 잘못 들었다. 분명 나는 1960년 여름 끝자락에 니스에서 태어났다. 거기서 사흘 낮과 사흘 밤을 살았다. 도시의 이름이 내 몸에 배기에는 충분했다. 그러나 마세나든 어디든 그곳 학생이 되기에는 한참 모자랐다. 니스에서 나는 낮을 보지 못했다. 보르도로 서둘러 돌아가기 전 내 기원[26]의 밤만 있을 뿐이었다. "니스에서 태어났지만 바로 떠났어요", 라고 말할 때마다, 나는 상대방에게서 어떤 거북함을, 어떤 의심의 표정을, 심지어 어떤 확실한 비난을 읽는다. 마치 내 삶에 미감 하나가 결여된 채 시작되었다는 듯한. 지금도 여전히, 니스라는 말만 들어도 목에 가시가 걸린 느낌이다. 니스는 목에서 내려가지 않는다. 두 눈에 짠물이 고인다. 지중해의 딸꾹질. 질식할 것 같은 느낌. 다른 걸 생각해야 한다. 반세기 전부터 그렇게 살았다. 니스를 잊으면서, 그리고 파랑 속에서*27 나를 낳은 리나를 잊으면서.

나는 옆 사람에게 마세나일 리가 없다고, 왜냐하면 난 니스가 초행이기 때문이라고 말했다 니스는 그냥 니스였다. 그게 다였다. 그립지도 않았다. 그의 얼굴에 화가 담겨 있어서, 나는 알았다. 내가 그에게서 어린 시절의 추억을 앗았다는 것을. 여승무원이 내 말에 아연했다. "진짜로, 니스가 처음이세요?" 착륙하는 동안, 나는 해안의 조각 같은 선에 매료되어 이마를 현창에 대고 있었다. 그 일요일 오후, 프롬나드²⁸는 조깅하는 사람들과 자전거 타는 사람들, 롤러를 타는 꼬마들, 혹은 터벅터벅 걷다가 이따금 앉아 까마득한 전망을 음미하는 평범한 구경꾼들로 가득했다. 영국인 산책로와의 이런 접촉이 두려웠다. 죽은 자들 위를 걷는 느낌. 테러²⁹가 있은 지 다섯 달이 지났다.

---

* dans le bleu. '꿈속에서'.

택시 기사도 비행기의 건축가만큼 수다스러웠다. 육십 대의 튀니지 사람이었다. 그는 곧바로 7월 14일의 살인자 이야기를 꺼냈다. 같은 수스[30] 출신 사내였다. 그는 한 손으로 운전했고, 다른 한 손은 새처럼 가볍게 머리 위를 날아다녔다. 그가 백미러로 나의 시선을 찾는 게 보였다. 그는 자신의 동향인이 그런 살육을 저지른 것에 여전히 분을 삭이지 못했다. 나는 내 부계가 수스 출신임을 밝히지 않았다. 몇 톤은 되는 설명이 필요했을 것이다. 내 아버지가 둘이었다고, 한 사람은 친부, 다른 한 사람은 양부고, 모로코의 모셰와, 튀니지의 미셸이라고 말이다. 그런 건 택시에서 모르는 사람에게 할 이야기는 아니다. 영감은 정신을 못 차렸을 것이다. 니스의 길거리에 그가 나를 무작정 던져 놓았다면 내가 그랬을 것처럼.

실제로 나는 리나가 의당 받아야 할 권위를 한번도 인정한 적이 없었다. '엄마는 영웅'이라는 말을 들은 적이 있었나? 두 아버지의 아우라 앞에서 아무것도 아닌 한 엄마가 무슨 무게감이 있을까? 프롬의 잔해 속에서, 나는 1960년 한여름에 북아프리카의 한 유대인을 사랑했던 열일곱 살의 그 말괄량이를 발굴하고 싶었다. 자기 가족의 명성을 실추시키지 못하게 니스의 고지로 유배된 곧 어머니가 될 한 소녀. 다 지금 여기 있는 사람들 탓이다. 내 아버지들의 삶은 우리와는 먼 곳에서 시작되었다. 그들은 신비가 안긴 위엄으로 가득 차 있었다. 리나, 그녀는 그냥 거기 있는 것에 자족해 있었다. 손 닿는 곳에, 무시하기 쉬운 곳에.

우리는 도심으로 다가갔다. 과거 니스에서, 내 눈으로 제일 먼저 보았던 얼굴이 무엇이었는지, 내가 처음 들었던 목소리가 무엇이었는지 자문했다. 이어 그 생각을 지웠다. 나는 왜가 없는 세상 속에서 컸다. 내가 의문이 생겼을 때, 혹 들리지 않게 "그런데", 라고 표하면, 내 어린 시절은 어른들이 좋아했던 이 문장과 충돌했다. "그런데는 없어." 난 사라진 한 사랑의 결실이었고, 죽은 두 별들의 하찮은 작은 빛이었다. 무엇보다, 12월 그날, 니스는 내게 스칸디나비아보다 더 매섭게 추웠다. 그리고 태양은, 수정 덩어리였다.

기사는 별 탈 없이 운전했다. 그의 검은 눈이 나를 응시하고 있었다. 내 침묵이 그를 불편하게 한 게 틀림없었다. 나는 여기가 어디냐고 물었다. 그가 즉각 대답했다. "캘리포니아, 드디어 캘리포니아 대로[31]에 왔습니다. 서부 개척 때문에 캘리포니아죠. 니스가 이 방향으로 개발되자, 사람들이 새 구역에 그렇게 이름을 붙였어요. 미국식으로 말이죠. 왼쪽의 큰 건물이 랑발 병원[32]입니다. 뉴스에서 말한 곳이죠. 살육 후, 쇼크 상태의 소년들이 저기 줄을 이었습니다. 이미 수천 명의 가족을 진료했고, 지금도 끊이지 않습니다. 사막에 강물이 일듯 슬픔이 흐르고 있습니다. 절대 그치지 않을 것 같습니다, 맹세코!" 그의 손이 다시 차 안에서 날아다녔다. 병원의 압도적인 파사드가 바다의 온갖 파장을 반사하고 있었다. 난 예전에 조산원이 있었을까 궁금했다. 1960년 8월, 내가 여기서 태어날 수 있었을까 궁금했다. 입구에, 거대한 산타가 랑발의 꼬마 환자들에게 웃고 있었다. 스키를 타고 있는 뚱뚱한 산타 할아버지. 그 모습을 보니 내 어린 시절, 리나가 빨간 밀랍과 솜 수염으로 변장했을 때의 까마득한 이미지들이 되살아났다. 술책은 유치했지만 난 그녀를 알아보지 못하는 척했다. 우리의 삶 전체가 그렇게 지속되었다. 그녀를 알아보지 못한 채.

택시비를 치르고, 프랑스 가[33]에서 내렸다. 리나에게 전화하고 싶은 마음이 나를 휘저었다. 리나에게 말하고 싶었다. 그림이 그려진 파사드들을, 행인들의 무심함을, 공기 입자를. 하지만 전화기 화면에 엄마의 이름이 뜨는 것을 보고, 나는 엄지손가락으로 눌러 전화를 끊었다. 나로선 리나에게 말을 하는 것이 기념일에 그녀에게 선물을 하는 것만큼 고통스러웠다. 그녀를 기쁘게 해야 될 경우엔, 아예 어찌할 바를 몰랐다. 어쨌든 리나를 다시 찾아야 했다. 내 존재가 거기 달려 있었다. 내 생각은 온통 영국인 산책로에서 생생하게 포착된 한 말괄량이에게 쏠려 있었다. 햇빛 가득했던 그 날들, 미래가 존재한다고 믿었던 그 소녀에게. 시간의 태엽을 되감을 때였다. 내가 결코 가본 적 없는, 망각의 가장 깊은 곳으로 파고들 때였다.

2

펜션은 바다와 성 언덕[34] 사이의 조용한 길, 밀튼 로빈스 가[35]에 위치하고 있었다. 커다란 붉은 집에 넓은 식당이 있었고, 식당은 온실로 이어졌다. 진정한 평온감이 풍겼다. 여주인의 됨됨이도 집과 어울렸다. 노래하는 듯한 목소리와 소박한 태도. 여주인이 직접 안내하여 올라간 내 방—승강기 보수 예정으로 세 층을 계단으로 올랐다—창문으로, 장밋빛 지붕의 대양이 끝없이 펼쳐졌고, 반짝이는 교회 종탑이 여기저기 박혀 있었다. 발끝으로 서서 보니, 프롬나드의 끝자락과 전망대로 올라가는 꽃길이 보였다. 곧 가방을 풀고, 안에 양털을 덧댄 반코트를 걸치고 다시 나갔다. 내 삼촌 폴의 선물이다. 오래전, 그가 자기 유산을 내게 조금씩 줄 때 받았던 것이다. 여주인은 내게 니스 지도를 주었고, 나는 펼치지 않고 그냥 주머니에 넣었다. 나는 직진하는 것을 좋아했다. 무작정[36], 이라고, 복도 운도 없었던 리나가 말했듯. 두껍게 옷을 입은 것을 곧 후회했다. 날이 따뜻했다. 먼저 금빛 햇살로 뒤덮인 바다로 갔다.

겨울이라는 게 믿기지 않았다. 춥다는 느낌이 사라졌다. 노인들 몇몇이 해안가에서 물을 적시고 있었다. 어떤 이들은 저 멀리, 물빛 짙은 곳에서 모험 중이었다. 파도 사이로 백발들과 반짝이는 대머리들이 둥둥 떠다녔다.

해변 끝, 퐁셰트[37]를 알리는 표지판 앞에서, 나는 니스에 대해, 니스에서의 리나에 대해, 그녀와 나의 시초, 우리의 살과 나쁜 피가 한 존재를 이루었던, 그리고 그녀가 두 개의 심장을 가진 여자 ─당시 임산부를 지칭했던 유행어였다─였던 때에 대해 내가 알고 있던 것을 되짚어보고 싶었다. 바닷물을 마시고 있는 듯한 자갈 위에 자리를 잡았다. 난 한번도 리나에게 내 출생의 우연들에 대해 캐물은 적이 없었다. 눈물이 터지는 주제였다. 십대 때, 내가 니스라는 말을 꺼내자마자 리나는 눈물을 펑펑 쏟았다. 추정되는 한 아버지를 언급하면 그녀는 짜증을 냈다. "우기지 마, 그의 성도, 그 이름의 첫 자도." 내겐 자그마한 힌트도 소중했지만, 내가 모은 것은 보잘것없었다. 이 미스터리를 밝히려는 내 소심한 시도들은 다 어머니 몰래 착수한 것들이었다. 내 인생의 그 시절, 내가 했던 주목할 만한 일들은 전부 그녀 몰래 한 것이었다.

길을 따라 이리저리 돌아다녔다. 오후 다섯 시가 지나 태양이 존재와 사물에 드리우는 거대한 그림자를 뒤에 끌고 다니면서. 항구 안쪽, 골동품상들 속에서 혹 나의 어머니가 무심결에 흘렸을지 모를 흔적을 찾아다녔다. 그녀가 헤맸던 이 도시에서 난 무엇을 찾을 수 있을까? 열일곱 살에는 철이 없다. 그냥 복종한다. 그렇지 않으면, 죽음이다. 나의 출생, 그건 죽음이었다.

당신이 여기서 날 기다렸던 그 며칠에 대해 아무도 말한 적이 없었다. 난 그냥 짐작할 뿐이었다. 당신은 북적대는 이 해변 앞에서 헤엄을 쳤다. 날이 무더웠다. 당신은 두 팔을 펼쳤고, 시원함이 우리를 덮치게 두었다. 광활한 액체가 당신을 받쳤다. 그 전엔, 누가 당신을 받쳤나? 귀를 막으니 찰랑대는 소리가 들리는 듯하다. 대서양의 강렬한 파도가 아니다. 그저 지중해의 이 나른함, 조는 듯 되밀려오는 파도. 당신은 내 첫 번째 집, 내 어머니라는 집*이었다. 내게 무슨 일이 생길 리 없었다. 그럼에도, 니스에서 형체를 띤 한 가지가 나를 괴롭히고 있다. 꼬마 엄마야, 난 궁금하다. 우린 모계로 유대인이야 혹은 두려움으로** 유대인이야? 모세, 그는 얼마나 두려웠을까. 유대인이라는 것은 두렵다는 것이다. 그가 죽기 전, 우리가 뒤늦게 재회한 그해, 내가 마흔다섯을 넘겼던 그해, 그가 나에게 하게 될 모든 말이 바로 그것이었다. 난 그 두려움의 아들이다. 당신의 두려움, 버려졌다는 당신의 두려움에 더해진. 나는 수평선을 훑는다. 자기 앞을 바라보면, 어제를 볼 수 있을까?

———

* maison mère. '모회사, 본사, 본점'.
** par la peur. 'peur'(두려움), 'père'(아버지)가 비슷한 발음.

가리발디 광장[38], 리나가 이곳을 좋아했을 거란 생각이 들었다. 이탈리아의 느낌, 커다란 참나무들의 조경, 건물의 천창들, 생 세 필크르[39]의 든든한 파사드. 나는 다시금 퍼즐을 모아보려고 했다. 난 여기서 태어났다. 하지만, 여기 어디? 리나는 모른다. 결코 안 적이 없었다. 그 일이 일어나는 동안 사람들은 그녀를 멀리 보 냈다. 그녀의 어머니는 당신 집에서 수치가 뚱뚱해지는 것을 보고 싶지 않았다. 이웃들, 미사 때 인사를 나누는 집주인 여자, 사제들, 예수회 신부들은 뭐라 했을까? 사람들은 뭐라 했을까? 사람들이 생각하는 것, 그게 중요했다. 내 할머니는 당신 딸의 죄진 만삭의 몸 앞에서 자신의 상아 수난상을 흔들어댔다. 소용없었다. 온 세상 이 그녀의 배만 보았다. 배는 당당하게 솟아올랐다. 그것을 밀어 넣는 것은 상상할 수 없었다. 거들도 코르셋도 소용없을 것이다. 곧 터질 것 같았다.

되돌아갈 때 석양이 돌고 있었다. 프롬나드를 지나 돌아왔다. 수 영하는 사람들이 다 사라졌다. 바다가 황량했다. 주홍과 노랑 빛 이 멀리서 불을 밝혔다. 웨스트민스터 호텔[40] 앞 해변에서, 말총머 리의 한 아시아 남자가 부메랑을 던지고 있었다. 일군의 사람들이 모여 있었다. 부메랑은 왼쪽으로 회전해서, 길들인 매처럼 던진 사 람의 손에 정확하게 되돌아왔다. 남자는 여러 번 자신의 동작을 되풀이했다. 저무는 햇살에 날개가 어른거렸다. 부메랑은 멀리서 선회하자마자 출발점으로 되돌아왔다.

그 부메랑, 그게 나였다.

3

여주인이 데스크의 타부레[41] 의자에 올라서서 몇몇 좋은 식당들의 주소를 코르크판에 압정으로 박고 있었다. 라울 보지오 가의 '라 메렌다'[42]라는 이름에 밑줄이 두 개 그어져 있었고, 솔깃한 평이 사인펜으로 적혀 있었다. "홀은 아담하지만 음식은 엄청남!" 자신의 뱃머리에서 내려온 내 여주인은 내게 들러보라며 적극 추천했다. 걸어서 2분이었다. 저녁 여덟 시였고, 배가 고팠다. 약속을 지키듯, 그곳에 갔다.

라 메렌다의 테이블은 단출하다. 타부레 의자에 앉아 허리를 펴고 있어야 한다. 금빛 파니스[43]가 흡사 태양 조각 같다. 약속을 한게 맞았다. 첫 저녁, 나 혼자가 아니다. 꼬마 엄마야, 당신이 내 앞에 있다. 이 단어는 맞지 않다. 리나가 맞다. 그런데 엄마는 어때, 꼬마 엄마야? 이 말이 입가에 맴돌 때마다, 잠시 머뭇거린다. 늘 그렇게 말할 수 있었던 건 아닌 듯한 느낌. 엄마, 외국어를 번역한 듯한, 주저하며 발음하는 단어. 거슬리는, 자꾸 삼켜지는 단어. 끝에 매듭이 달린, 숨을 가로막는 단어.

　우리 옆에 방금 남자 둘이 앉았다. 나이 많은 남자는 지친 육십 대인 것이 역력하다. 또 한 남자는 갓 서른쯤. 나이 많은 남자가 와인 메뉴판을 진지하게 검토한다. 판결은 코트 드 프로방스. 모름지기 남자란 '메뉴판에서 와인을 고를 줄 알아야 한다'는 듯. 이 둘은 같이 일한다. 내가 부동산에 관심을 가지려는 순간, 젊은이가 목소리를 낮추었다. "써야 할 변론이 있어요." 법원[44]이 근처에 있다. 그의 고객은 범죄자다. 그는 그다지 낙관론자가 아니다. 그에게 명함이라도 청해야겠다. 추억 하나 죽이기, 얼마나 할까?

　적갈색 머리의 키 큰 여자가 바람을 일으키며 라 메렌다로 들어왔다. 단골이다. 주인은 미리 주방 가까이 그녀의 자리를 잡아두었다. 여인의 사향 향수 때문에 진짜 리나가 있는 것 같다. 예전의 그녀의 향수다. 난 지금 어머니와 함께 니스에 있다. 우리는 잣 위에 분당을 뿌린, 만년설 한 꼬집을 올린 듯한, 근대 타르트*를 맛있게 먹는다. 주방장이 내 쪽을 힐끗 본다. 그는 내가 누구에게 이야기를 하는지 궁금하다.

　어렸을 때, 리나가 나에게 "넌 니스에서(à Nice) 태어났어"라고 했을 때, 난 내가 아니스(anis)로 태어난 줄 알았다. 단어에서 사탕

---

* tarte aux blettes. '근대'(beetroot, beet)는 유럽남부 원산의 채소식물.

맛⁴⁵이 났다. 난 그게 도시라고는 상상도 못했다. 훗날 내 우표 수집도 모네나 마티스 같은 거장의 그림에서 영감을 받은 니스의 풍경으로 가득했다. 거긴 모든 게 파랬다. 하늘, 바다, 종려나무, 전부다. 그래서 이렇게 생각했다. '그래, *아니스*는 종려나무까지 파랑인 도시란 말이지?' 그럼 니스 사람들도 파랬을까? 파랑, 내가 태어났을 때 내 어머니는 파랬다.

왜 페스의 유대인 아버지일까? 모셰라는 이름의, 낯선, 사라진, 산과 전문의. 또 훗날 왜 미셸 시뇨렐리일까? 튀니지의 알제리 출신 프랑스인, 모셰가 생의 시작을 도울 때, 생의 마지막을 도왔던 ―자신의 생을 마치는 것보다는 느리게―물리치료사. 왜 전자가 아니고 후자가 내 아버지였을까? 미셸, 난 그를 아빠라고 불렀다. 모셰, 난 그를 부른 적이 없었다. 우린 낯선 사람을 부르지 않는다.

모로코와 튀니지는 두 개의 보호령이었다. 아무도 우리를 보호하지 않았다. 미셸은 보리 시럽에 아니스 비스킷을 찍어 먹는 것을 좋아했다. 이 말을 하는 건, 그가 이 세상에 있었고, 난 언젠가 그 비스킷의 초록 알갱이에서 그와 니스와의 끈을 찾을 것이라는 걸 잊고 싶지 않아서다. 토요일마다 미셸은 시장에서 달콤한 퓌다무르⁴⁶를 사왔다. 하얀 종이 상자 안에서 작은 크림 건물들이 흔들렸다. 깨지기 쉽다 사랑은. 우리의 사랑은 저 바닥에 떨어졌고, 우린 그걸 다시는 보지 못했다. 거듭 요점을 정리해본다. 안 그러면 헷갈린다. 디테일에 대한 이 변함없는 강박. 모로코의 유대인은 바다 건너, 자신의 자리에 있었을 것이다. 경계를 넘지 말 것, 그 거리를 유지할 것.

당신이 내게 미셸을 소개했을 때, 난 아홉 살이었다. 우리 둘이 막 보르도의 그랑 파르크[47] 단지의 방 두 개짜리 아파트로 이사했을 때였다. 당신의 어머니는 침공을 저지할 수 없었다. 자기 딸의 배를 향한 용인할 수 없는 이민. 그의 눈빛은 빛났고, 석탄처럼 까맸다. 그의 머리카락처럼. 그는 튀니스[48]에서 태어났다. 한 번의 마술로, 니스는 튀니스가 되었다. 가벼운 진동. 그리고 난 시뇨렐리라는 이름을 취했다. 그의 고유명사, 내 새 거주지였다. 처음 써봤는데, 나랑 잘 어울렸다. 타인의 이름은 처음에는, 잘 맞는다. 튀니스, 덥고 부드러웠다. 튀니스, 오아시스. 내 아버지는 튀니스 출신이었고, 없는 것보다는 나았다. 우리는, 아무것도 아니었다. 신과, 그 성자들과, 그 아들과, 내 할머니의 은총으로. 만약 리나가 날 이끌지 않았다면 난 내 호적부 여백에 뭐라고 쓸 수 있었을까? 미셸, 당신은 눈으로 그를 선택했다. 그는 잘생겼고, 남자다웠고, 상처가 있었지만 자신감이 넘쳤다. 그는 자신이 "아래쪽"이라고 불렀던 고향 땅 알제리의 상실을 받아들이지 못했다.[49] 미셸 뒤에 모셰가 숨어 있었다. 꼬마 엄마야, 그 말을 하기가 그렇게 힘들었어? 나는 거대한 빙하의 모양을 한 하양 속에서 컸다. 그건 녹기는커녕 해가 갈수록 커졌다. 자신의 어머니에게 버림받은 리나. 자신의 아이를 버리도록 강요받은 리나. 버림받은 것, 버린 것, 어느 쪽이 더 아픈지 말할 자 누구인가?

 라 메렌다를 나설 때, 적갈색 머리의 키 큰 여자를 다시 보았다. 그녀에게 묻고 싶었다. 리나를 향한 내 사랑이 어디로 갔는지. 그녀는 테이블에 홀로 앉아 기도하듯 책을 읽고 있었다. 밖에 나오니, 소카^{50} 냄새가 공기 중에 퍼져 있었다. 옛 니스^{51}는 구운 양파 냄새가 났다.

4

다음 날 아침, 햇살이 나를 침대에서 끌어냈다. 일어나면서 한 가지 생각에 꽂혔다. 내가 태어난 곳을 찾을 것. 일 년 중 이맘때는 투숙객이 많지 않았다. 바캉스를 온 한 외국인 가족—텍사스 억양이 심한 미국인들—, 파리 근교에서 컴퓨터 연수차 온 여학생, 어린애가 둘인 부부 한 쌍. 아침식사 때 내 옆자리에는, 볼이 움푹 파이고 털이 짧고 갈색인, 사십 대의 건장한 남자가 있었다. 광적인 조깅족, 일정 주법으로 수 킬로미터를 달리기 전에는 아무 일도 할 수 없는 그런 사람들 중 하나인 듯했다. 내 방의 덧창을 열면서 그가 출발하는 걸 본 게 한 시간 전이었다. 지금 그는 샤워를 마쳤고, 새로 면도를 했고, 김이 나는 커피를 곁들여 단단한 오믈렛을 공략하고 있다. 그의 셔츠 주머니에 여러 색의 연필이 꽂혀 있었고, 장난감 상자가 옆에 놓여 있는 것이 내 시선을 끌었다. 더구나 부부의 아이들의 것과 똑같은 것이었다. 그가 웃는 표정으로 불쑥 말을 건넸다. "플레이모빌, 제 작업 도구입니다. 저는 아동정신과 의사입니다. 랑발에서 지원을 요청했어요. 11월 말에 파리에서 왔습니다." 나는 고개를 끄덕인 뒤 내 커피를 주문했다. 그의 말에서, 여기 있는 나의 메아리를 찾은 것 같은 느낌이 들었다. 니스의 상처는 그럭저럭 아물고 있었다. 난 해묵은 상처를 헤집고 있었다. 그토록 큰 참극에 비하면 우리의 가족사야 뭐 대수였을까? 리나는 힘들게 살았지만, 어쨌든 살았다. 나의 망자들, 페스의 모셰와 튀니스의 미셸은 트럭 운전대를 쥔 미치광이에 의해 뭉개지지는 않았다. 그럼에도, 은연중, 내 어머니와 아버지들, 양부든 친부든, 그들 모두 지난 7월을 피로 물들였던 그 모든 증오의 씨앗을 가슴에 품고 있었다. 식민통치의 여파, 종교 탄압, 프랑스의 반유대주의, 거무스름한 인종의 배척. 난 몰랐다. 이 슬픈 수난들 중 우리의 불행이 어떤 것이었는지. 질문은 리나, 리나의 몸, 고통이 잠들어 있던 리나의 상앗빛 이마 속에서 치고받는 싸움을 벌였던 세력들, 그것을 중심으로 맴돌았다. 리나와 모셰가 아이를 가졌을 때는 이제 겨우 서로를 알아갈 때였다. 리나는 유대인이라는 게 어떤 것일지 전혀 몰랐고, 더구나 모로코의 유대인이니, 무슨 말을 하랴. 리나의 어머니의 가짜 교리문답이 그녀에게 가르친 것은 예수를 죽인 자들을 믿지 말라는 것이었다. 모셰는 어땠을까? 그는 프랑스의 미화된 단면만 알고 있었다. 인권과 계몽주의의 나라, 유대인 드레퓌스를 옹호한 졸라가 투쟁한 나라.

리나와 나는 살아서 빠져나왔다. 살았지만, 멀쩡하지 않았다. 내 마음속엔 늘 석상이 하나 서 있다, 억세고 위협적인 석상이. 니스는 옆구리가 결리는 것으로, 호흡 곤란으로 시작한다.

의사의 목소리에 다시 현재로 돌아왔다. 그가 말했다. "전 온갖 피부색의 인형들을 갖고 있습니다. 참극의 그날 밤처럼요. 또 흰 트럭도 한 대 있고, 소방관들의 빨간 소방차도 한 대 있습니다. 정신의학자들은 보이지 않는 상처를 다루어야 합니다. 아이들의 정신을 갉아먹는 상처를. 그게 제일 나쁘죠." 그가 손을 내밀어 자신의 명함을 슬쩍 건네고는 사라졌다. 플레이모빌 박스를 팔 아래 낀 채. 의사 노박, 질 노박. 그의 이야기가 나를 뒤흔들었다. 난 모든 걸 우리 탓으로 돌린 것에 대해 죄책감이 들었다. 그럼에도 난 그걸 확신했고, 증거도 명백했다. '리나는 누구도 구조하지 않았던 열일곱 살의 희생자였다.' 난 리나의 슬픔 속에서 헤매고 있었다. 우리의 이야기에는 말이 부족했다. 서글서글한 눈매의 이 의사가 우리를 도울 수 있겠다 싶었다. 그게 그의 일이었다. 슬픔에 맞서 싸우는 것.

5

니스에서 보내는 둘째 날. 나는 내가 태어난 곳을 찾아 길을 휘젓고 다닌다. 사레비치 구역[52]의 의원일까, 종합병원일까? 아니면 매미 소리가 진동하는, 협죽도[53] 사이의 시미에 언덕[54]일까? 나의 어머니는 그곳을 모른다. 안 적이 없다. 나의 출생이 그녀를 녹다운시켰다. 머리에 가해진 일격. 시작은 좋았다. 한 사진사가 산모들 방을 돌아다녔다. "부인의 아이와 함께 사진 한 장?" 이 확대된 사진 속 그녀는 창백하다. 햇볕에 긁힌 얼굴을 한 아이. 난 영원히 한 아이의 아들이리라. 사진사가 그녀의 젊음을 포착했다. 그가 그녀에게 묻는다. 체를 대고 살을 태우느냐고. 그녀는 미소를 짓는다. 난 아니다. 낯선 사람이 리나에게 말을 거는 걸 난 좋아한 적이 없다.

꼬마 엄마야, 내가 여기 있는 걸 보면 당신은 행복하겠지. 나는 오페라[55] 앞을, 법원 앞을, 생면, 올리브유, 상통[56] 가게들 앞을 지난다. 불 밝힌 교회들에 들어가고, 러시아 교회[57]에 들어간다. 내 그림자는 햇볕에 놔둔다. 나오면서 찾는다. 이번엔 당신이 내 몸속에 있다. 나는 노점상들과 마주친다. 그들은 내게 다른 교회들, 실물 크기의 구유들을 알려준다. 곧 신성한 아이가 태어날 것이고, 아비 없는 사내애도 하나 있다. 난 알고 싶다. 당신은 이 교회들에 들어갔는지, 혹 당신은 내가 정상이기를, 두 팔, 두 다리, 손마다 다섯 손가락씩 붙어 있기를 기도했는지. 정상에 관한 한 엄격하지 않았던 당신. 당신은 평생 단 한 번 기도했을까? 나는 시간을 거슬러 오르고 싶다. 당신의 심장의 대동맥처럼. 곧 열일곱 살이 될 당신, 난 당신에게 이렇게 말할 것이다. "아무것도 두려워하지 마. 내가 당신을 지켜 줄 아들이야." 당신이 임신했을(enceinte) 때 난 당신과 만나고, 난 성녀로(en sainte) 생각한다. 엄마 반가워 나야. 그자들, 신부들, 랍비들, 개자식들, 어디 두고 보라지. 나를 바보로 아나. 나는 헌병처럼 나온다. 당신은 내 딸이다. 왜냐하면 열다섯 살 때 당신의 아버지는 몰래 마다가스카르[58]로 도망쳤으니까. 그 자리가 텅 비었다. 내가 다시 당신의 평생의 남자가 될 게. 행복은 넘어야 할 고비다. 순식간에 달아난 행복, 난 그게 존재했었나 싶다. 남자들을 미치게 한 도톰한 입술이 매혹적이었던 당신 — 뾰족한 송곳니, 자신감 넘치는 예쁜 가슴, 팡 바나[59]처럼 둥근 두 눈이 없어도 그랬을까? 그리고 또 당신의 아늑한 품. 어머니날, 난 그것을 일컫는 좋은 말을 배웠다. 팔오금.[60] 나라도 당신과 결혼했을 것이다. 그 시절, 당신은 무엇보다 날 사랑했다. 그럼 당신이 나를 벗어나려고 했던 그 끈끈한 감정은 어디서 온 걸까? 노박 의사의 능력이, 나를 밝혀줄까?

  시간이 흐르고 있다. 나는 포근한 햇살, 센 억양의 목소리들, 이탈리아식 광장들[61], 수면에 비치는 반사광으로 나를 가득 채운다. 당신은 큰 화상인 사폰[62] 갤러리에서 이따금 걸음을 멈추었을 것이다. 당신은 그림에 대해서는 아무것도 몰랐지만 당신은 그곳의 키리코[63]의 작품 앞에서 더없이 행복해했다. 상상컨대, 어느 날 당신은 땋은 머리를 하고 순진하게 갤러리에 들어갔다. 화랑 주인은 태어날 아기를 축하했을 것이다. 그는 능히 이렇게 외쳤을 것이다. "배가 정말 대단하네요!" 열의를 다해, 그는 당신에게 당신의 몸매를 드높일 수 있도록 그의 친구들 중 한 명인 재능 있는 젊은 예술가를 위해 포즈를 취해달라고 권했을 것이다. 내 추측은 이렇다. 처음에 당신은 아첨이라고 느꼈다가 이어 두려움을 느꼈고 정중히 거절했다. 백옥 같은 당신의 두 볼이 붉어지자 사폰 갤러리는 당신의 거절이 못내 아쉬웠다. 당신의 머릿속에서 그 제안이 종종걸음을 쳤다. 내심 당신은 그렇게 하고 싶어 죽을 지경이었지만, 아무리 예술가라 해도 당신은 결코 낯선 남자 앞에서 벌거벗을 배짱은 없었을 것이다. 며칠이 지나, 당신이 프랑스 가의 그곳 진열창 앞을 지날 때, 다들 대가 안토니오라고 불렀던 사람이 당신에게 들어오라는 손짓을 했다. 그는 더는 당신에게 모델이 되어달라는 말을 하지 않았고, 대신 정중하게 당신을 키리코의 작품 앞으로 데려갔다. 당신이 조용히 그것을 감상할 시간을 갖도록 안락의자가 미리 놓여 있었다. 자랑할 일은 못되지만, 오래전, 내가 당신의 손가방을 뒤졌을 때, 당신을 매혹시킨 그 그림의 우편엽서 한 장을 발견한 적이 있었다. 뒷면에 이런 말이 쓰여 있었다. "키리코, 「어느 가을 오후의 수수께끼」[64]. 사폰 갤러리. 니스." 대리석상, 석상의 주름, 신전을 내리비추는 부드러운 빛, 장엄한 하늘, 당신은 압도되었다. 분명 당신은 모든 게 평화로운 세상에서 행복할 수 있는 가능성을 감지했을 것이다. 아치들의 틈새 하나 사이로 미스트랄 북풍에 구겨진 바다의 쪽빛 피부가 고동치고 있다. 이따금 북풍이 바다를 시트처럼 잡아당긴다. 이내 바다는 젊어진다. 우리 둘 다, 여기서 컸어야 했다. 아름다움 한가운데서. 한가득 빛 속에서. 알베르 1세 공원[65]의 오렌지와 바다 내음 속에서.

1960년 봄, 5월의 첫 더위 속, 보르도에서부터 열세 시간을 덜컹거린 기차가 니스 역[66]에 당신을 내려놓을 때, 당신은 혼자가 아니다. 수녀의 풍모를 한 당신의 어머니, 그녀가 함께 있다. 당신들은 프롬나드를 거닐었다. 당신은 어머니의 얼굴이 환해지는 것을 보았다. 그녀는 이제야 만사가 즐거운 듯하다. 당신들은 그 어느 때보다 모녀처럼, 서로 팔짱을 끼고 간다. 둘 다 쾌활하다. 당신들은 생트 레파라트[67] 안으로 들어갔고, 그녀는 자신의 말라붙은 가슴을 쳤다. 주여 저를 불쌍히 여기소서. 제 탓입니다, 저의 큰 탓이옵니다. 파이프오르간이 으르렁댔다. 생트 레파라트(Sainte Réparate)라는 이름이 당신을 안심시킨다. 당신은 "회복"(réparation)으로 듣는다. 동정녀의 그늘 아래서, 당신은 아이를, 아이의 아버지를 생각했다. 모셰라는 이름은 얼마나 멍청한가. 당신 어머니는 꽃받침이 떨어진 카네이션 한 송이를 블라우스 안에 슬쩍 흘렸다. 당신들은 안초비 샐러드를 나눠 먹었고, 웨이터가 자리에서 따준 레모네이드를 한 병 마셨다. 당신들은 로세티 광장의 '페노키오'[68]에서 아이스크림을 맛보았다. 더위로 콘이 녹았다. 당신 어머니가 말을 그치니, 침묵조차 가볍다. 은총은 다음 날 짧은코 버스[69]가 당신들을 아스크로스[70] 고지로 데려갈 때까지 뿐이다. 니스가 종착역이 아니기 때문이다. 당신은 아무도 당신을 보지 못할 곳으로 떠난다. 혹 그 외진 마을에 의탁한 먼 사촌뻘들이 있을지도. 버스는 정상을 향해 끝없이 선회한다. 당신은 그런 비탈길을 한번도 본 적이 없다. 이런 거구나, 하늘로 올라가는 게, 라고 당신은 중얼거린다. 굽이굽이 길에 당신은 토한다. 촌락들은 평형의 법칙을 거스르고 있다. 도로가 빙글빙글 돈다. 추락은 더 심할 것이다.

그다음 날 바로, 당신 어머니가 다시 인상을 썼다. 당신은 버스가 멀어지는 것을 바라보았고, 차창 속 그녀의 손이 흔들리는 것을, 영영 이별하는 듯한 작별인사를 보았다. 바다가 사라졌다.* 순식간이었다. 이별에 당신의 가슴이 찢어진다. 당신은 겨우 마을 표지판을 보았을 뿐이다. Ascros. 그 위에선 ∫에 휘파람소리를 낸다. 당신은 "크로스"라고 듣고, 그다음 단어는, 당연히, 총이다.** 총살 집행반은 없었다. 선량한 사람들, 시시콜콜 따지지 않는 순박한 사람들만 있었다. 당신은 앞으로 넉 달쯤 이 마을에서 지내면서 방목을 떠나는 목동들의 짐을 챙겨줄 것이다. 생면부지의 그들이 당신을 맞아주었다. 당신을 숨겨주었다. 당신은 노역으로 값을 치른다. 빨래, 장보기, 물 긷기, 바짓단과 양말 깁기, 셔츠 다림질을, 온종일 서서, 요통, 복통을 달고. 무보수 노동. 한 청년이 당신을 우물에 데려다준다. 그는 당신이 물통을 지는 것을 도와준다. 그는 당신의 얼굴, 그 복숭아 빛에 반한다. 그의 이름은 피에로다. 그가 말한다. 아무도 이 아이를 원치 않다니, 아이에게 너무한 거 아니냐고. 목동의 아내는 희끗희끗한 머리에, 눈은 성모처럼 파랗다. 그녀는 트랜지스터라디오로 달리다71를 들으며, 그녀의 실연에 아파한다. 그녀는 둘째어머니 노릇을 한다. 사랑이 필요할 때, 당신은 이 산골 여인의 두꺼운 천 속에 머리를 파묻고 운다. 어느 날 목동 부인이 비상을 걸었다. "저 꼬맹이의 양수가 터지겠어요. 하

---

* La mer a disparu. '어머니(la mère)가 사라졌다'와 같은 발음.
** '개머리판'(crosse de fusil)을 연상.

산하는 게 좋겠어요." 당신의 배가 여물었다. 커다란 열매. 니스로 향하는 버스 안, 리나, 당신이 다시 보이고, U자형 옷핀 같은 급커브길들, 당신의 어머니가 유대인 자식을 죽이려고 그런 옷핀을 꿈꿨는지 모르겠다. 이름이 모셰면, 아버지가 유대인임은 뻔할 뻔 자였다. 이제 어쩌겠는가. 악은 저질러졌다. 버스는 맹렬하게 내려간다. 죽는 게 차라리 나을지 모른다.

1960년 8월 21일. 당신에게 닷새의 자유가 남아 있다. 그 닷새의 향내를 찾으러 내가 왔다. 소녀 리나, 곧 꼬마 엄마가 될 당신을 찾으러. 나보다 먼저.

6

녹지대[72]의 벤치에 앉아, 나는 우리 속 짐승처럼 내 출생 주위를 맴돌고 있다. 고향이랄 것 없는 나의 도시에 날이 저문다. 나는 대로를 활보하는 사람들을 바라본다. 당신 또래의 젊은 여성들. 나는 그들의 경쾌한 걸음걸이를 따라가고, 여기는 겨울이 존재하지 않는다. 니스. 난 여기서부터 공략했어야 했다. 하나의 이야기는, 시작에서부터 시작한다. 그런데 우리들은, 전부 다 거꾸로 했다. 난 당신이 내가 태어난 날 이 도시에서 태어났다고 믿고 있다. 난 아무것도 알고 싶지 않았다. 늘 목구멍에 걸려 있는 이 빌어먹을 가시. 난 나의 밤에서 벗어나려고 애쓰고 있다. 열일곱 살, 당신은 두 눈에 태양을 갈구한다. 다 눈부시다. 애무 같은 더위. 세상없어도 당신은 10프랑짜리 — 1960년, 신프랑이 시작된 해다[73] — 가짜 레이밴은 쓰지 않을 것이다. 당신은 온몸에, 이 이글대는 빛을 원한다. 니스에서는 태양 면도가 공짜다. 태양은 당신의 얼굴, 당신의 맨 어깨, 당신의 솜털 보송한 목, 우유처럼 하얀 당신의 주근깨 피부에 빛을 끼얹는다. 이 장엄한 바다, 파란 천 같은 바다, 푸르스름한 하늘, 호화 호텔들, 갈대울타리, 모두 아름답다. 당신은 우울한 문들로 가득한 보르도로 다시는 돌아갈 생각이 없다. 메도크 문, 유대의 문—난 이 말에 한동안 심란했다—, 오르나노 문, 페사크 문, 생 주네스 문, 생 토귀스탱 문[74], 성직자들로 에워싸인 당신의 감옥. 당신은 니스에 불과 며칠 있지만, 영원이다. 나의 앳된 꼬마 엄마야. 당신은 너무 예쁘고, 너무 길을 잃었다. 당신은 자유를 느낀다.

나는 다시 걷기 시작했다.

몽유병자처럼 길을 건넌다.

잠시 낙담의 순간을 건넌다.

눈을 뜨고 있지만, 아무것도 보이지 않는다.

당신은 어쩌면 라 뷔파 시장 건물[75] 안 골목골목이나, 라스카리스 궁[76]을 찾아 드루아트 가 근방을 배회했을 것이다. 당신은 어쩌면 지금처럼 유모차와 카네이션 꽃이 흩뿌려진 길쭉한 공원이 아닌 파이용 강의 복개천[77]을 따라갔을 것이다. 어쩌면 당신은 폭염이 시작되기 전의 블루 비치[78]나, 스포르팅 해변[79]과 그곳의 비치볼 경기장이나, 문화센터[80] 앞 푸앙카레 해변[81]을 걸어가면서, 선크림과 생선구이 냄새가 풍기는 파라솔 식탁 사이를 요리조리 피해갔을 것이다. 그랬을 수도, 안 그랬을 수도 있다. 무슨 수로 밝

히랴? 내가 당신을 발견할 수 있겠다고 믿은 게 환상이었다. 당신
이 지나간 흔적이 하나도 없다. 난 무슨 상상을 했던 걸까? 아꼈
던 벤치 하나, 그 아이스크림 향, 환한 웃음 하나라도 당신이 남겼
을 것이라고? 안갯속 니스다. 내 목소리를 울릴 수 있는 길 이름
하나 없고, 우리 이야기를 걸 수 있는 이 도시의 땅 한 줌 없고, 우
리 둘의 삶의 동화에 일말의 진실의 닻을 내릴 수 있는 모래 한 알
없다. 진실은 당신이 존재하지 않았다는 것이다. 우리가 존재하지
않았다는 것이다. 우리가 니스를 아는 것 이상으로 니스는 우리를
알지 못한다. 우리의 누락된 시초 이후 지속되고 있는 모종의 비
존재의 감정. 잠시 후 펜션으로 돌아가면, 노박에게 이 이야기를
해야겠다. 체념하고 받아들여야 한다. 바람을 따라잡지는 않겠다.

7

식당이 생선 스프 냄새로 가득했다. 펜션은 한 네덜란드 하이킹 팀으로 북적였고, 그들은 떠들썩하게 도착의 반주를 즐기고 있었다. 의사는 자기 테이블에 혼자 앉아 있었다. 아침 조깅 후보다 더 나이가 들어보였다. 강한 인상에서 고된 하루가 묻어났다. 나는 수프 한 접시와 백포도주 한 잔을 주문했다. 이야기를 시작한 건 그였다. 그는 오늘 부모와 그들의 어린 두 딸을 접견했다. 그는 이런 이상한 말을 했다. "애들이 상처가 없는데도 그 상처가 계속 도져요." 난 이기적이지만 그에게 묻고 싶었다. 침묵이 소리를 대신할 때, 무언의 트라우마가 남기는 징후들은 무엇인지. 그가 답변의 실마리를 제공했다. "저는 오랫동안 소아정형외과의로 활동했습니다." 노박이 털어놓았다. "운동 사지를 복구하는 것이지요. 움직임이 없으면 삶은 아무것도 아닙니다. 하지만 7년 전, 한쪽 눈에 손상이 와서 메스를 놓아야 했습니다. 그래서 소아심리학을 배웠지요. 정말 놀랍게도, 아이들이 모든 걸 기억하고 있다는 걸 알게 되었습니다. 아이들은 좋은 기억을 미화합니다. 참극은 내면 깊숙이 두고 손대지 않아요. 흡사 흐르지 않는 하나의 현실처럼, 아이들은 계속 그것을 현재로 되살립니다. 끔찍한 장면들은 항상 너무 무섭죠. 그 장면들은 아이들의 내면에 석상처럼 고착되어 있습니다. 그것을 부수려는 것은 헛된 일이죠. 오직 말을 통해서만 그것을 마멸시킬 수 있어요. 들어주고 말하는 것으로."

나는 "석상"이라는 표현에 소스라치게 놀랐다. 그러나 수수께끼는 고스란히 남아 있었다. 아이들이 모든 걸 기억한다면, 난 그토록 또렷한 무엇을 잊었던 것일까? 시초, 최초의 순간들과 최초의 시간들에 대한 지각이 없다. 노박은 다시는 돌아올 희망 없이 사라지는 신생아들의 기억은 언급하지 않았다. 꼬마 엄마야, 당신의 얼굴은? 부서졌다. 당신의 미소는? 스러졌다. 당신의 목소리, 그 목소리의 색깔은? 지워졌다. 당신의 숨결, 그 가슴의 온기는? 해체되었다. 당신의 냄새는? 사라졌다. 내 살과 맞닿은 당신의 살은? 흔적조차 없어졌다. 당신과 함께한 시초들, 가장 중요한 시초들, 당신이 나를 얼마나 사랑했는지를, 당신이 오직 나만을 사랑했음을 내가 알 수 있는 그 시초들이 하나도 남아 있지 않다. 신생아들에게 그걸 말해줘야 할 것이다. 소아 기억상실은 살인자라고.

8

니스에서 당신은 참고 기다렸다. 양수 주머니가 아직 버티고 있었다. 당신은 프롬의 바닷가 보도를 왔다 갔다 했다. 내 첫날을 앞둔 그 며칠 동안, 당신은 호텔비를 치를 돈이 없었다. 당신은 당신 숙소에서 보았던 경마장에 대해 한 번 말한 적이 있다. 니스에는 경마장이 없다.*[82] 아스크로스에서 오자마자, 당신은 우선 칸뉴 쉬르 메르에 가구 딸린 방을 하나 구했다. 오래전, 당신은 그곳을 떠올렸다. 나는 그곳을 당신에게 다시 말하고 싶지 않았다. 당신의 굳은 얼굴 위로, 고통이 극심했다. 당신은 말을 혐오한다. 말을 보면 두려워한다. 니스까지 오는 길, 당신은 버스를 탄다. 커브길도 없고, 구역질도 없다. 직진이다. 당신의 인생에 직선도로라니, 드문 일이다. 나는 칸뉴로 갔다. 아무것도 찾지 못했다. 나는 창문에 코를 박은, 거창한 꿈속에 빠진, 언젠가 자신의 아들이 자신을 돌

---

* 칸뉴의 '코트 다쥐르 경마장'(Hippodrome de la Côte d'Azur).

보기를 바라는 한 외톨이 소녀를 상상했다. 내가 태어나기 이틀 전, 당신은 칸뉴를 떠나야 했다. 여름이었다. 사람들은 당신에게 셋집 두 곳을 보여주었다. 한 전직 매춘부가 당신을 받아들였다. 옛 니스, 부슈리 골목길[83], 이탈리아식 건물의 꼭대기 층, 계단식, 하늘이 냅킨만큼 보이는 천창이 있는 집이었다. 당신은 아침저녁 잰걸음으로 토마토 빛깔의 저 높은 계단을 기어오르면 분만이 더 빨라지겠다고 생각했다. 당신은 몸을 씻을 욕실이 있는지 물었다. 여자는 한 손가락으로 바다를 가리켰다.

니스가 당신 거다. 당신은 하얀 새틴으로 된 쿠레주의 작은 드레스[84] 앞에서, 옛 니스의 멋진 가게의 쇼윈도 속 지퍼 달린 장화 앞에서, 꿈을 꾼다. 당신은 일그러진 자신의 몸매를 보고, 입을 삐죽거리고, 예쁘게 샐쭉거린다. 당신은 창에 비친 당신의 모습에서, 트라페즈 미니 원피스를 입은 당신의 모습을 상상한다. 무릎 위로 한 뼘이 올라간, 쿠레주가 라디오에서 말한, 자신은 여성복을 빛으로 넘실거리게 하고 싶다고 했던 그 옷이다. 당신은 초콜릿을 너무 좋아해서 병에 걸릴 정도다. 당신은 에타쥐니 대로[85]에 있는 한 초콜릿 가게를 점찍었다. 거기선 프랄리네, 오랑제트, 그리고 설탕과 아르마냑 브랜디가 듬뿍 들어간 체리 모양의 상큼한 기네트[86]를 판다. 당신은 초콜릿 가루를 입힌 이 검정 알갱이들, 악마처럼 꼬리로 잡는 기네트 앞에서 군침을 흘린다. 당신은 이게 가당치 않다는 걸 잘 알고 있다. 내일, 모레, 당신은 엄마가 된다. 하지만 당신이 몇 달째 참고 있는 그 먹거리들, 초콜릿, 휘핑크림을 얹은 딸기, 산딸기 — 어느 날 아침, 아스크로스에서, 당신은 피에로에게 당장 산딸기를 구해달라고 부탁했고, 이 불쌍한 청년은 조각배 종지에 담긴 산딸기를 찾기 위해 온 주변 시장을 돌아다녔다 —, 피클, 머스터드를 바른 빵, 그 모든 먹거리들이 살레야 시장[87]의 가판대를 지나는 동안 격렬하게 당신의 머리에 떠오른다. 뻔하다. 당신은 늘 배가 고프다. 당신은 온 땅을, 하물며 온 바다를, 퀴라소 칵테일[88] 같은 그 바다도 집어삼킬 판이다. 당신은 백합 향에, 쪽파와 바질 향에 취한다. 당신은 야채와 향신료가 가득 담긴 소쿠리들 앞에서 머뭇거리고, 당신은 그 이름들을 알고 싶고, 당신은 가격판에 분필로 빼곡하게 적힌, 애호박 꽃, 안데스 토마토, 고수, 자줏빛 아티초크를 해독한다. 당신은 작은 검정 올리브를 한 주걱 사서 씨 뱉는 재미를 맛본다. 당신은 토슈즈를 신고, 가슴을 부풀리고, 젖가슴을 앞으로 내민 채 걷는다. 당신은 하늘을 난다. 당신의 걸음은 공기보다 가볍다. 당신의 목, 당신의 그을린 다리, 당신의 어깨 위에서 춤추는, 흡사 투명한 작은 스프링에 매달린 것 같은 당신의 머리칼은 이미 여름이다. 당신이 여름이다. 이따금 당신은 영문도 모른 채 눈물을 흘린다. 임신부에겐 흔한 일이지만 당신은 임신부에게 닥치는 일에 대해 하나도 모른다. 상냥한 어머니라면 당신에게 그걸 알려주었을 것이고, 또한 돌연한 피곤, 구토, 억누를 수 없는 먹거리들에 대해서도 알려주었을 것이다. 당신은 울음을 터트리고, 그러고 나면 지나간다. 당신은, 꼬물대고 발길질을 하는 이 아기, 꼬마 낙타, 틀림없이 사내아이인 이 아기가 온갖 향들의 폭죽을 좋아하는 건 아닌지 궁금하다. 나는 이 표현, "한 여자가 자기 아이를 기다린다"*를 생각한다. 하지만 아이는 이미 그녀 안에 웅크리고 있다. 자기 엄마를 기다리는 건 아이다. 난 당신을 기다렸다. 당신은 결코 오지 않았다.

방금 한 말은 잊으세요. 물론 당신은 왔다. 당신을 밀쳐낸 건 나였다. 남자들은 결코 당신을 평생 원하지 않는다. 그들은 당신을 고분고분한 엉덩이에 입을 꼭 다문 편의품으로 본다. 당신은 홀로 헤쳐 나가야 한다는 것을 재빨리 익혔다. 당신은 가장 예쁘고, 가장 화끈하고, 가장 웃기고, 가장 이렇고, 가장 저렇다. 하지만 어떤 연인도 당신을 편애하지 않았다. 미셸도, 모셰도. 그리고 당신의 아버지는 넘어가자. 당신의 큰아들 이야기도 하지 말자. 나는 늘 부재한 탓에 더 눈에 띄었다. 내 이야기를 들으면, 당신은 인상을 쓸 것이다. 내가 무슨 말을 더 보탤 수 있을까? 나는 당신의 아들이 아니다. 나는 당신의 짐이다.

대포 소리에 당신은 소스라치게 놀랐다. 매일 정오, 성에서 폭음

---

* une femme attend son enfant. '여자가 임신 중이다'.

이 울렸다. 그 옛날, 밥 먹는 것이 급했던 어느 늙은 영국인 대령의 습관이었다. 그는 자신의 부인에게 점심시간이 되었음을 상기시켰다. 처음엔 폭발에 기겁한다. 그리곤 다들 익숙해진다. 니스 사람들은 이 경고 없이는 지낼 수 없다. 그들은 성당 종소리보다 이 경고를 더 좋아한다. 니스에선 시간이 제멋대로다. 어떤 시계도 같은 시간을 가리키지 않는다. 사람들은 대포 소리로 자신의 손목시계를 맞춘다. 그 소리는 정확히 7월 14일 불꽃놀이 직전에 울려 퍼지고, 프롬의 대중들에게 곧 공연이 시작됨을 알린다. 테러 이후, 대포 소리는 극심한 트라우마에 걸린 사람들을 화들짝 놀라게 했다. 어느 날, 당신은 몽 보롱[89] 언덕을 향해 걸었다. 당신은 별장들 앞에서, 카틀레아[90] 난초 그늘에 걸음을 멈추었다. 당신은 그 집을 기억한다. 연분홍색 기와들로 예쁘게 두른, 정원에 심어진 유칼립투스와 아름드리 케렁나무들 사이로 두 개의 큰 해먹이 출렁거렸던 집이다. 두 해먹이 땅을 스칠 듯 조용히 흔들릴 정도로 자신의 온 체중을 실어 자고 있던 사람은 누구였을까? 당신은 철책으로 다가갔다. 그 비밀을 알 것 같았다. 해먹에 책이 넘쳐났다. 당신은 정말 들어가고 싶었고, 베를랭고 사탕[91]처럼 알록달록한 표지들의 이 종이 보물들을 뒤적여보고 싶었을 것이다. 대문이 닫혀 있었고, 당신은 감히 벨을 누르지 못했다. 당신은 온갖 모험담으로 가득한 이 해먹들의 이미지를 간직했다.

9

　오늘 아침, 나는 펜션의 베란다 아래에서 닥터 노박이 돌아오기를 노렸다. 그는 프롬 끝까지 주파한 뒤 전속력으로 되돌아왔다. 그의 미소가 화사했다. 지난밤의 피곤은 사라지고 없었다. 소아 트라우마의 기억이 계속 나를 휘젓고 있었다. 난 내가 어머니를 사랑했었다는 것을 잘 알고 있었다. 하지만 나는 더는 그런 뜨거운 감흥은 물론, 우리 사이의 애정 어린 접촉도 전혀 느끼지 못했다. 리나와는 무슨 일이 벌어진 적이 없었다. 뭐가 있었지? 노박은 기다란 맨 바게트 두 조각에 버터를 바르고, 수박 잼을 얹으면서 이야기를 털어놓았다. "의대 과정을 시작하면서, 저는 초기학습에 관심을 가졌어요. 인간은 생명기능을 발전시키지 않는 한 하나의 가설에 머무르게 됩니다. 언어를 위한 시간이 있고, 기억과 망각을 위한 시간이 있습니다. 또한 감성을 위한 시간도 있죠. 아이들에게 다정한 태도를 취하면서 이 일정을 준수해야 합니다. 오래전 인도와 아베롱에서 늑대들과 함께 자란, 한마디 말도 할 줄 몰랐던 야생아들의 혼란스런 삶을 보세요. 인간 존재는 마치 마요네즈와 같아요. 그게 엉기려면, 적절한 순간에 재료들을 부어줘야 합니다. 안 그러면 아무 일도 일어나지 않아요. 너무 늦죠."

너무 늦다. 신선한 과일 샐러드에 눈독을 들이고 있던 차에 이 작은 두 단어가 나를 관통했다. 막 태어났는데 너무 늦을 수 있을까? 나는 내 안 어딘가에, 어렴풋이, 부모를 사랑할 줄 모르는 한 야생아가 살고 있다고 확신했다. 나는 한 정서적 사망을 겪었다. 문제는 그 사망에서 되살아날 수 있는가였다. 노박이 사라졌다. 그의 진찰 시간이었다. 나는 열일곱 살의 내 어머니가 돌아다녔을 다른 구역들을 답사할 계획이었다. 그런데 당장 두 다리가 움직이지 않았다. 의욕도 없었다.

곧 내 눈으로 봐야 한다. 호적부에 분명 내가 니스 생, 무직의 미성년자 리나 라브리(Lina Labrie) ― 고등학생으로 적혀 있을까, 아니면 그녀는 정말 아무도 아니었을까? ― 의 아들로 되어 있는지 확인할 것. 모든 것, 성명, 출생일, 부친의 신원란이 공백인 것도 다 맞을까? 등기부 직원이 작성한 그 거짓말 하단의 서명은 어떻게 생겼는지 보고 싶었다. 난 모친만 있었을까? 그게 리나였을까? 외딴 곳에 떨어진 얼굴을 한? 당장 내 앞에 그녀가 나타난다면, 난 그녀에게 묻고 싶다. 내가 태어났을 때, 꼬마 엄마야, 내게 뽀뽀했어? 날 꼭 껴안았어? 난 엄마 심장이 뛰는 걸 듣기나 했어? 떠나기 전, 노박이 내게 알려주었다. 갓난애들은 자기 젖의 맛뿐 아니라 제일 먼저 자기 엄마에게서 들리는 심장 고동을 좋아한다고. 그는 또 덧붙였다. 신생아는 먼저 후각을 발달시킨다고. 내 어머니의 사랑, 난 그걸 느끼지 못했다. 불똥 하나가 모자랐다. 분만을 앞두고 있던 십대 소녀, 그녀는 내게 그 이야기를 한번도 밝힌 적이 없었다. 말을 내뱉기조차 죄스러웠을까? 그 침묵 속에서 우리는 길을 잃었다. 침묵. 그게 우리의 상표가 되었다. 그 긴 세월, 서로 아무 말도 않는 것이 우리의 유일한 대화법이었다.

지금, 당신이 좋아했을 빛바랜 장식의 평온한 이 펜션에서, 나는 냄새 하나, 빛 하나를 찾고 있다. 부정행위는 아이들의 특징이고, 그건 늙어도 똑같다. 난 내게 거짓말을 했다. 그러나 난 윤곽조차 잡을 수 없는 진실보다 그 거짓말이 좋았다. 분명 리나는 제 방식대로 날 사랑했고, 난 이 느슨한, 전혀 든든하지 않은 사랑 속에서 비틀거렸다. 난 있는 그대로의 사랑, 삶이 내게 맡겨놓은 한 가난한 십대의 충동을 받아들이기보다 그걸 의심했다. 리나는 내게 들쑥날쑥한 사랑을 퍼부었다. 난 그녀가 날 모성으로 사랑했는지 아니면 자신의 잘못 — 불쑥 사라지기, 여름이면 삼촌 폴이나 모르는 이의 집에 맡기기, "내 사랑, 작은 개양귀비처럼"[92], 그녀가 아꼈던 가수 물루지가 노래한, 너와 나의 감옥 안에서[93] 정말 좋았을 순간에, 정작 그녀는 없었던 여름 캠프들까지 — 을 사과하기 위해 어떤 계산된 열정으로 날 사랑했는지 정말 알 수 없었다. 가끔 나는 젖니로 유리를 부쉈다. 난 그걸 열심히 집어삼키기 시작했다. 그녀는 피범벅이 된 내 입술 앞에서 공포의 비명을 질렀다. 난 그녀에게 그걸 보여주었다. 그녀의 관심을 얻기 위해서였다. 내게 관심을 가지라고.

리나는 종잡을 수 없었다. 어떨 때는 여느 다른 엄마처럼, 그냥 젊은 엄마였다. 나를 감출 정도의 긴 호박색 머리칼에, 화장기 없는 민낯, 봉긋한 가슴, 두 팔로 안아주기, 짧고 뾰족하지 않은 손톱을 했다. 또 어떨 때는 새까만 스트레이트파마에, 물들인 타래와 똑같은 검정 눈화장을 했다. 「중산모와 가죽 부츠」의 엠마 필[94]처럼, 꼭 끼고 차디찬 색조의 바지나 치마바지에, 크루엘라처럼 손톱 매니큐어를 했다. 대체 내 꼬마 엄마는 어디로 사라졌지? 땅이 꺼지는 그 순간들마다, 할매는 내 사랑 내 강아지 하며 나를 끌어당겼고, 한 마리 다친 새처럼 나를 거두었다.

그날 오후는 온실의 고요 속에서 흘러갔다. 여주인이 잔신경을 써주었다. 눈송이처럼 하얀 벽꽃[95] 관목 아래서 그녀는 내게 태양의 점심을 선사했다. 높다란 벽 안쪽에서 보호받는 느낌이었다. 시간이 충분했다. 나는 우리들을 생각했고, 무엇이 그 우리를 덮어주었는지는 모르겠다. 나는 기억을 되살려, 리나와 함께한, 삶의 우리의 첫걸음들로 되돌아가고 싶었다. 이별할 때마다 상처 하나가 내 안에서 도졌다. 일종의 보호반사. 체육수업을 면제받듯 나는 사랑을 면제받았다. 이 애정결핍, 그건 무통이었다. 그럼에도, 청소년이 되자, 이해가 되었다. 그녀는 춤을 추어야 했다. 아닐까? 그녀는 두려움을 떨치기 위해 더 힘센 다른 품을 찾아야 했다. 그녀는 시시덕거려야 했고, 그녀는 자신의 사내아이 말고 다른 사내들을 안아야 했고, 그녀는 뭇사람들이 그녀에게 가한 아픔을 잊어야 했다. 그녀는, 어쨌든, 즉흥파티의 광란 속에 있어야 했다. 그러나 새로운 불안이, 막연하고 불길한 불안이 솟아났다. 같이 있어도, 같이 있는 게 아니었다. 리나는 한번도 진짜로 있은 적이 없었다. 나의 놀이들, 리나는 그걸 거의 좋아하지 않았다. 그녀는 카드게임, 비둘기 난다 게임[96], 모노폴리게임이 정말 싫다고 동동거렸고, 안절부절못했고, 계속 투덜댔다. 그녀의 눈길에 다 담겨 있었다. 리나의 눈길. 난 그 모든 뉘앙스를, 그림자를, 좌절을 알고 있었다. 눈꺼풀을 찌푸리는 그녀의 방식에서 난 그녀의 동요를 읽었다. 그림자 하나가 그녀의 눈에 스치고, 단단한 그림자 하나가 그녀의 표정을 시들게 했다. 그녀는 거기 있었지만 멀리 있었다. 나는 그런 기분의 돌변, 그런 사랑의 돌변을 이해하지 못했다. 여자아이는 내 눈에 보이지 않았다. 당신의 두 눈에 펄펄 살아 있는 그 애를. 난 매일 거기 있었고, 그리고 매일 그녀의 부재를 확인했다. 난 당신의 사내아이였고, 난 그뿐이었지만, 난 그 자리를 전부 차지했다. 당신의 눈길은 송곳 같아서 동공이 확대되면 홍채를 덮었다. 화난 고양이의 차가운 눈매 같았다. 당신은 내게 드레스를 입힐 수도, 날 "내 딸아"라고 부를 수도 없었다. 당신은 그 때문에 날 원망했나요? 거기 있지만 딸이 아닌 것이. 딸을 대신한 것이. 그리고 만약 당신에게 선택이 주어졌다면, 당신 마음속 저 깊은 곳에서, 당신이 정말로 지키고 싶었던 것은 당신의 그 닮은꼴 아이가 아닐까?

10

니스에 온 지 사흘째. 새 아침. 똑같은 태양. 수평선을 따라 걸려 있는 똑같은 장밋빛 구름의 행렬. 나는 프롬에 다시 왔다. 당연히, 당신도 결국 여기 다시 왔었다. 자갈 해변은 자석이다. 당신은 정자 아래, 지중해에 젖은 의자 위에 앉아, 생각의 나래를 펼친다. 저유목들, 당신은 그것으로 당신의 집을 지을 것이다. 아무도 당신을 성가시게 하지 않을 집. 당신은 "뾰족배들"[97], 태양 속 역광의 그 실루엣들의 귀항을 살피고 있다. 당신은 영어, 이탈리아어, 러시아어로 말하는 소리를 듣는다. 니스의 상류층 청춘들이 손짓하며 지나간다. 모두 아름답고 매력적이다. 폴로셔츠와 면바지를 입은 남자들, 꽃치마를 입은 여자들 모두. 당신은 그들의 멋, 그들의 자유가 부럽다. 잠시 후, 그들은 요트의 테라스 위나 니스의 언덕 위, 백년 된 올리브나무들이 무성한 공원에서 다시 만나 외로운 영혼들을 춤추게 할 재즈 선율 속에서 입을 맞출 것이다.

1960년 여름의 그런 나날들 중 하루, 폭염이 몰려오기 전, 당신은 시미에의 옛길을 따라 언덕을 올랐다. 당신은 온 도시에 가득한 이 화려한 자연 앞에서, 열주들, 종려나무에 잠긴 집들, 진초록의 알로에 수풀들 앞에서, 숨이 멎었다. 당신은 한 수도원의 그늘진 정원의 철문 안으로 들어섰다. 한 목소리가 당신을 끌어당겼다. 당신은 귀를 쫑긋했다. "리나, 미소를 띠면서 피에르를 바라봐요. 그리고 피에르, 부드럽게 리나의 허리를 잡아요." 수선화 꽃밭 한가운데에, 한 사진사가 미래의 한 쌍의 부부에게 지시를 하고 있었다. 여자는 모슬린 드레스 차림이었다. 남자는 회색 양복에 큰 나비넥타이를 매고 있었다. 사진사가 그들을 칭찬했고, 마지막 컷을 찍었다. 다른 한 쌍이 차례를 기다리고 있었다. "부케를 내리세요, 리나." 당신은 화들짝 놀랐다. 당신은 당신을 리나라고 부를 사람은 이 세상에 당신뿐이라고 생각했다. 어쨌든, 이 세상에 당신뿐이다. 당신은 재스민과 오렌지꽃 향기로 가득한 공기를 마신다. 당신은 곧 터질 듯한 당신의 배를 쓰다듬으며 안심한다. 그늘이 당신을 상복으로 만든다. 당신은 당신 것이라는 걸 가져본 적이 없다. 고양이 새끼조차. 이번엔 당신도 당신만을 위한 한 보잘것없는 것을 갖게 되리라. 어쨌든, 당신은 그렇게 믿고 있다. 당신의 아버지는 마다가스카르 어딘가에 살고 있다. 그가 달아났을 때 당신은 말괄량이였다. 당신의 어머니는 성당의 까마귀들에게 푹 빠져 있었다. 당신은 당신의 형제들 소식을 몰랐다. 당신은 체념하고 받아들였다. 가족, 없는 게 낫다.

1960년 8월 26일, 오후 다섯 시, 당신은 홍해처럼 열렸다. 내가 태어났고, 물에서 빠져나왔다. 모세 모세가 이 광경을 놓치다니. 쉰일곱 해가 지났고, 곧 쉰여덟째 해다. 지금 나는 우리가 너와 나로 하나였던 때, 생 로크[98]의 종려나무 잎들의 그늘 외에는 그늘하나 없었던 그때의 당신의 온기, 당신의 동물적 냄새가 그립다. 이 순간 난 생 로크를 고른다. 그 멋진 종려나무여, 오 나의 기억이여. 지중해는 나의 양수다. 그 바다가 내 핏속에 흐르고 있다. 몸안의 피가 파란 것 같다. 공기 속에서 빨개지는 피. 당신은 오래전우리의 파란 피를 말하곤 했다.

나는 방금 성으로 가는 승강기를 탔다. 눈앞에 비행기에서 본 듯한 항구의 모습이 펼쳐져 있고, 코르시카와 사르데냐를 잇는 거대한 페리호들과, 노년의 피서객들로 가득한 부유식 건물들이 보인다. 나는 지금 겨울을 아랑곳하지 않는 튼튼한 식물군을 가로질러 전망대 계단을 내려가고 있다. 난 당신이 여길 걸었다고 확신한다. 유대교 묘지를 따라, 묘비들을 지키고 있는 장대한 나무들의 장막 속에서, 난 모셰라는 이름을 찾지 않을 수 없다. 보이지 않는다. 다른 성씨들이 눈에 띈다. 벤아무 뒤클루, 메시아, 반 클리프. 입구에서, 강제수용 희생자들을 기리는 한 기념탑 앞에서 나는 걸음을 멈춘다. 한 유골함에 아우슈비츠의 가스실과 시체 소각장에

가 클 수 있도록 도와준 시간이었다. 모세는 임종 무렵 다시 나타났다. 미셸, 모세. 두 아버지가 한 어머니를 지웠다. 마치 한 비극이 또 다른 비극을 감추듯.

자락이 배꼽 높이까지 올라가는 오동통한 배를 하고 있었다. 그의 가슴에 핀으로 꽂은 빨간 배지에 그의 이름 조제가 보였다. 이 건물에 들어설 때 난 잃을 것이 하나도 없다고 확신했다. 그런데 그게 아니었다. 맥박이 빨라지기 시작했다. 나는 몸 아홉 곳의 맥박을 집는 법을 배웠고, 각각의 맥박은 한 기관과 연결된다. 나를 흥분시킨 맥박은 간 맥박, 불안의 맥박이었다. 한 꺼풀의 땀이 내 이마를 적셨다. 내 차례가 왔을 때, 직원이 날 우두커니 쳐다보았다. 난 왠지 그의 인상이 불편했다. 눈썹이 없는 탓에 취조관의 눈매 같았다. 나는 내 출생신고가 기재된 호적등본을 조회하고 싶다고 더듬더듬 말했다. 말을 하면 할수록 더 쩔쩔맸다. 눈썹이 없는 남자는 새삼 호기심을 갖고 날 뚫어지게 쳐다보았다. 날 이상하다고 여긴 게 분명했다. 나는 속으로 기운을 차리려고 했다. "신분증을 주세요", 라고 직원이 중얼거렸다. 나는 내 여권을 보여주었다. 신분증이 세탁기 안에서 탈색된 이후 난 신분증이 없었고, 그때 나는 아직 젊었다. 공식 서류 없이 산다는 건 그가 누구인지 모른다는 한 방법이다. 그가 여권을 넘기다가 내 사진과 성에서 멈췄다. "시뇨넬리? 제게 알려주신 성이 아니잖아요!" 나는 한숨을 내쉬었다. "나는 출생 당시 라브리였습니다." 그가 의심의 눈초리를 던졌다. "보통은 여자들이 결혼할 때 성을 바꾸죠." "바로 내 어머니가 그러셨던 겁니다." 시험을 치르는 것보다 훨씬 더 어려워 보였다. 맥박이 요동쳤다. 나는 이 작은 남자에게 너무 과도한 권한

을 부여했던 것이다. '내가 존재했다고 내게 증명할 것.'

"나는 1960년 8월 26일 오후 5시경 태어났습니다", 라고 나는 되풀이했다. 그가 사라졌다. 그가 내게 돌려줄지 모를 어느 과거 속에서 그가 뭔가를 뒤적이는 동안, 청소년 시절의 한 장면이 떠올랐다. 미셸 시뇨렐리는 우리를 니월 쉬르 메르[102]에 정착시켰다. 샤랑트 마리팀 도[103]의 한 마을, 소박한 곳이었다. 난 축구클럽에 가입하기 위해 신상명세서를 작성해야 했다. 어머니는 서랍장에서 난 한번도 본 적 없는 서류 하나를 꺼냈다. 포도주색 비로드 덮개로 덮여 있었고, 이런 금박 글씨가 반짝였다. *가족 장부*.[104] 딱 한번, 난 그것을 아주 흥분해서 넘긴 적이 있었다. 나는 드디어 비밀을, 우리의 비밀을 알게 되었다고 생각했다. 리나와 미셸의 이름이 파란색 잉크로 유려한 글씨체로 쓰여 있었다. 모든 것이 기록되어 있었다. 두 분의 출생일과 출생지, 그들의 부모님들의 이름들까지. 그러다가, 언젠가 적어야 할 내 부모의 사망일 란을 발견하고는 몸이 후들거렸다. 두 분이 죽을 수도 있구나! 서류를 계속 읽다가 나와 관련된 쪽에 닿았다. 그런데 내 사망일이 아직 공란이었던 것보다, 별도의 언급이 나를 뒤흔들었다. 난 리나와 미셸 시뇨렐리의 아들이었던 것이다. 그게 다였다. 에릭 라브리의 흔적은 없었다. 리나와 난 그 전에 존재하지 않았다. 그 어디에도, 내가 십 년 동안 달고 있던 내 어머니의 성이 없었다. 지롱댕 드 보르도의 햇병아리 팀 ─ 난 내 아들 테오 때부터 가입했다 ─ 에서, 생 브뤼노[105] 초등학교에서, 또 귀장 메스트라스[106]의 노천운동장에서 달고 있던 그 성이. 체념하고 받아들여야 했다. 사람들이 나를 내 성에서 쫓아냈다. 이어진 다음 쪽, 내 동생들과 관련된 출생신고는 완벽했다. 우리 아버지가 단것을 좋아했던 것만큼, 그들은 분명 순설탕* 시뇨렐리였다. 나는 동생들의 이름을 내 다음에 읽는 것을 좋아했었다. 그렇게 나는 형제들의 맨 위에 있었다. 보너스 시뇨렐리였다. 비로드 덮개와 금박 글씨의 장부로.

나는 라 로셸의 아케이드[107] 밑, 우리의 산보를 기억한다. 리나는 혹 친구들과 마주치면, 유모차에 잠든 장을 보여주었고, 그사이 프랑수아는 아버지의 품안에서 꼬물댔다. 그녀는 내게 몸을 돌릴 때마다, "내 큰아들이야"라며 자랑스럽게 칭찬했다. 나는 "내 아들이 태어났어"로 들었다.** 매번, 그녀의 눈앞에 내가 존재한다는 확인이었고, 그러나 난 알 수 없는 불안을 느꼈다. '그러니까 난 딱 한 번만 태어난 게 아니구나.' 그녀는 누구에게나 "내 아들이 태어났어요, 내 큰아들이"라고 되풀이해야 했다. 마치 끊임없이 증명해야 하는 가설인 양. 애착도 마찬가지였다. 어느 날 저녁 라디오에서, 나는 불법침입 도둑질 이야기를 들었다. 난 나를 비난하는 줄 알았다. 난 사방에서 훔쳤다. 친구들 집에서, 할매와 리나의 물건

---

* pur sucre. '순수한'.
** 두 문장이 같은 발음. mon fils aîné ; mon fils est né.

에서. 단, 가게 물건에는 손대지 않았다. 나는 애착으로 훔쳤다. 왜
냐하면 난 그들의 일부를 소유하고, 그들이 지닌 가장 소중한 것
을 차지하고 싶었기 때문이다. 반 친구들의 축구선수 딱지, 할매의
꿀맛 기관지 사탕―그녀의 망가진 귀마개는 절대 아니다―, 엄마
의 립스틱 케이스까지. 나는 불법침입 강도들에게 특별한 관대함
을 느꼈다. 왜냐하면, 내 짧은 생각으로는, 그들은 애착으로 그 짓
을 했고, 그건 내 가까운 사람들의 물건을 훔친 내 좀도둑질을 합
리화할 바로 그 애착이었기 때문이었다. 나는 최근에 어머니가 내
게 맡긴, 덮개 안에 눌려 있던 장부에서 마침내 반으로 접힌 낱장
의 종이를 발견했다. 니스 시청의 스탬프가 찍혀 있었다. 내가 지
금껏 찾았던 서류였다. 증서는 나의 출생신고를 부친 미상으로 기
록했다. 그런데 그 언급이 깨끗이 지워져 있었다. 마치 당신 인생
의 십 년을 깨끗이 지울 수 있다는 것처럼. 대신 볼펜으로 쓴 단정
적인 문장 하나가 적혀 있었다. "1970년 2월 17일, 리나 라브리의
남편 미셸 시뇨렐리가 인정함." 내 관심은 오직 내 어머니의 성이
사라진 것에 쏠려 있었다. 대신, 이탈리아식 경적과 이탈리아식 이
혼이 있듯, 미셸의, 이탈리아식 성으로 바뀐 성. 라브리에서 시뇨
렐리로의 이식. 나는 제자리의 유배, 일종의 혼미, 더는 내가 아니
라는 느낌을 받았다.

그 남자가 무거운 걸음으로 계단을 올라왔다. 그의 숨이 가빴다.
"죄송합니다, 선생님. 그 장부는 2015년 대홍수 때 파손된 서류

중 하나입니다. 찾으시는 건 마이크로필름으로 볼 수 있지만, 그건
다시 오셔야 합니다." 그는 창구를 닫았다. 난 다시 오지 않을 거
라는 확신 속에 그곳을 나왔다.

12

햇살이 늙은 고양이처럼 늘어지고 있다. 나는 호적부와 찾을 수 없는 그 서류들에서 멀리 벗어나 장 메드생 대로[108]로 걸어 들어갔다. 레몬나무 향이 마세나 광장[109]에서부터 나를 따라오고 있다. 당신의 열일곱 살의 공기를 마시는 지금 난 당신이 더 잘 보인다. 상상력은 단단한 실이다. 당신은 좁은 골목 안에서 우편엽서 회전대를 돌렸고, 거기서 뢸 호텔[110]의 장대한 파사드를 발견한다. 모두 흑백 인쇄지만 네그레스코 호텔[111]의 그 분홍빛 돔 전경만은 예외다. 호텔 주인이 거기에 약혼녀의 가슴 선을 살렸다. 한 과감한 호텔보이가 당신의 발걸음을 늦추고 싶어, 그 이야기를 당신에게 훅 속삭였고, 이에 당신의 볼이 빨개졌다. 어느 아침, 당신이 그 고급호텔 앞을 지날 때였다. 회전대가 삐걱대고 있다. 당신의 눈길은 그 꿈같은 사진들 속으로 들어간다. 당신은 곧 태어날 당신의 아기에게 니스를 주게 되어 행복하다. 당신은 그 아이가 해맑은 빛을 좋아하리라 생각한다. 당신은 몇 장의 엽서를 골라 진열대에서 뺀다. 당신은 두 눈을 동그랗게 뜨고 그것을 감상한다. 프롬나드는 당연히 있고, 살레야 시장, 항구의 뾰족배들, 그리고 항구에서 아침 일찍 혹은 해질 무렵, 그물이 석양을 가둘 때, 작은 유선형 배 위에서 직접, 잡은 고기들을 파는 어부들도 보인다. 당신은 또한 거무스름한 껍질의 소카를 파는 상인들 사진도 집는다. 그걸 쳐다보자, 당신은 바삭한 파이를 씹고 싶은 입덧이 인다. 그러나 문득 슬픔의 꺼풀 하나가 당신의 눈빛을 흐린다. 당신은 하나씩 그 엽서들을 진열대 안에 도로 넣었다. 당신은 머리를 숙인 채, 두 손을 툴툴거리며, 몸속에 있는 나와 단 둘이, 즉 홀로, 다시 떠난다. 당신은 은막의 스타는 아니지만 그래도 니스에서 잠행 중이다. 누구도 당신이 여기 있는 걸 알면 안 된다. 당신의 친구 자클린조차. 그 누구도. 덤벙이 소녀야, 당신은 누구한테 편지를 쓰고 싶니?

세귀란 로의 인도에서, 난 방금 평범한 나무함들 속에 흩어져 있는 그것과 똑같은 우편엽서들을 발견한다. 시간이 멈췄다. 뒷면의 글씨들만 바랬다. 나는 당신이 이 엽서들을 손에 쥐었다고 장담한다. 별 순서 없이 배열된 풍광들, 거기에 무난하게 진부한 문구. "니스에서 입맞춤을 보냅니다". 드디어 1960년 항구의 항공사진도 보인다. 또 다른 사진에는 캘리포니아 대로가 보인다. 한 여자 해수욕객이 수상스키복을 입고, 바다를 가르는 모터보트에 끌려 해변을 떠나고 있다. 여성 악대장은 쪽빛 하늘에 자신의 지휘봉을 던지고 있다. 몇몇 사진들은 이 도시의 가장 아름다운 성당들인,

노트르담, 생트 레파르트, 생트 크루아의 순결한 평신도 성당 입구 앞에서 클로즈업으로 잡은 것이다. 장 질레타[112]라는 사람의 작품이다. 옛 니스의 도심에서 찍은 그 사진들 중, 한 웅장한 바로크풍 파사드가 여름 햇볕 속에 잠겨 있다. 한 젊은 여인이 허리가 조이는 짧은 드레스 차림으로, 생트 크루아 성당의 계단 맨 위에 앉아 있다. 당연하다. 그녀는 임신부다. 바로 당신이다. 우리들은 하느님의 문 앞에 있다.

나는 파이용 강 산책로에 설치된 연못을 가로질렀다. 얇은 구름막이 나를 감싼다. 현무암 타일에서 솟아오르는 물방울 비의 수의. 아이들이 거대한 나무 고래[113]를 공격하고 있다. 구석에 홀로 있는 한 꼬마 소년이 울고 있다. 테러 이후, 자기 어머니를 찾는 아이는 나 혼자가 아니다. 나는 주머니에서 생트 크루아 성당의 우편엽서를 다시 꺼냈다. 뒤집어 보니, 1960년이 적혀 있다. 정말 리나일까? 밝은 귀고리를 한 그 동그란 소녀일까? 나는 그녀의 걸음걸이보다 그녀의 시선이 걱정이다. 그녀는 시비조로 꼬나보고 있다. 아무도 그녀를 알아보면 안 된다. 그녀는 존재하지 않는다. "누가 네게 물으면, 넌 누구도 아니라고 말해", 라고 내 할머니는 보르도로 다시 떠나기 전 강조했다. 젊은 여자는 머리를 끄덕였지만 자신의 배를 가리키며 이렇게 물었다. "그런데 여기는, 여긴 아무도 없나요?" 그녀의 어머니가 독설을 내뿜었다. 유대인, 수치, 모욕. 길을 활보하던 한 사진사가 자신의 필름에 리나를 담았다. 밝은

면 드레스에, 갓 임신한, 마를렌 조베르[114]의 뾰로통한 모습을 한 그녀가 바로 여기에 있다. 앙갚음이다. 그녀의 승리의 미소, 조금은 씁쓸한. 빛이 있으라. 당신이 빛이다, Lina bella.*

---

* '아름다운 리나여.' 'bella'는 이탈리아어.

13

당신에게 전화하기. 마침내 그렇게 마음을 먹고, 당신의 두 전화로 건다. 집 전화와 휴대전화. 자동응답기의 당신의 목소리. 존재하지 않는 목소리. 활기차고, 명랑하고, 짐짓 즐거운 목소리. 예전의 목소리. 잘 지내고 있고, 삶은 희극이니 그걸 즐겨야 한다고 믿게 만드는 목소리다. 그러나 자동응답기가 작동하지 않을 땐, 당신이 "여보세요"라고 말하는 순간, 소통이 멈춘다. 아니면 내 말이 당신은 들리지 않는다. 아니면 내가 더는 당신 말이 들리지 않는다. 당신의 마을에 망이 잘 깔려 있지 않았고, 그게 당신의 핑계지만, 혹 요행히 다시 전화가 끊기기 전, 찰나의 시간 동안 다시 말을 나누기도 한다. 이어지는 대화는 어렵다. 같은 말을 반복하고, 처음부터 다시 말하고, 한두 번 다시 끊기고, 각자 동시에 다른 누구와 통화를 시도하면서 다시 불발로 끝난다. 당신의 짜증이 내 짜증을 돋운다. 끝도 없고, 또 시작도 없다. 온 지구가 아무 장애 없이 서로 말을 나누게 되었는데 한 어머니와 그 아들, 우리만 예외다. 서로 말이 안 통하고, 서로 더는 말이 통하지 않는다. 난 모르는 척하고 있지만, 그러나 난 알고 있다. 엊그제 바로 그날 동생들과의 점심 자리에서 난 그걸 알아차렸다. 두세 번, 난 당신의 짜증 섞인 태도에 깜짝 놀랐다. 당신이 당신의 귀에 맞춘 장치에도 불구하고, 당신은 웅성거리는 대화가 피곤하다. 난 당신이 이를 악물고, 꾸벅꾸벅 졸고, 우리들 사이에서 외톨이가 된 듯한 느낌으로 실망감을 되씹는 것을 보았다. 아무것도 알아듣지 못하는 것, 특히 한 농담에 우리 모두가 웃음을 터트리자, 당신은 한없는 슬픔에 빠진다. 당신도 실없이 웃지만, 우린 그 웃음에 울음이 터질 것 같다. 귀가 안 들리는 것, 그건 홀로 있는 것이다.

다시 우리들의 전화상의 오해로 돌아가자. 우리가 세 단어 이상 말을 꺼내는 데 성공했을 때, 난 늘 최소한이었다. 그 불가능한 통화들이 나의 수다를 죽인 백신이었다. 그럼에도 오늘 저녁, 석양이 만을 붉게 물들이는 지금, 난 당신에게 말하고 싶다. 꼬마 엄마야, 난 여기 있고, 난 당신을 생각하고 있다고. 그리고 당신의 미소, 태양 저편에 있는 그 미소를 떠올리고 싶다고.

14

나는 다시 라 메렌다로 향했다. 변함없는 한 곳이 필요했다. 식당 홀은 사람들로 미어졌지만, 누군가 내게 주방 옆의 한 테이블을 찾아주었다. 가마의 열기, 허브들과 바다의 기막힌 향들이 느껴졌다. 나는 천천히 메뉴를 맛보았다. 주인은 곁눈으로 나를 지켜보면서, 자신의 정어리 요리, 호박 튀김, 웃기는 싼 포도주―그는 집시의 페티코트와 비슷한 색상의 로제를 따르면서 그렇게 불렀다―를 두고 내가 어떤 칭찬을 할지 엿보고 있었다. 내가 도착한 지얼마 후 한 대가족이 옆 테이블들을 공략했다. 나는 예전에 당신이 나를 식당에 데려갔을 때처럼 행동했다. 우리는 사람들을 쳐다보았다. 우리는 그들의 말을 엿들었다. 무례한 짓이었다. 우린 그걸 너무 좋아했다. 우린 너무 작은 가족이었다. 세어보니 열두 명이었다. 할아버지와 할머니, 큰 키에 헝클어진 머리를 한 아들, 예쁘게 화장한 성숙한 사십 대의 두 딸들, 몇 명의 십대들, 아이들, 젊은 엄마와 있는 유모차 속의 아가까지. 당신은 기억나나요? 우리는 귀를 기울였다. 우린 닮은 점을 찾았고, 누가 누구의 아들이고 딸인지 궁금해 했다. 그리고 우리는 입을 다물었다. 우리의 고독을 부순 그 광경보다 더 중요한 건 없었다. 진짜 가족들, 그들은 우리를 감동시켰다. 라브리 네에서 이런 류의 모임은 험악하게 돌아갔다. 생일상 앞에서, 당신의 어머니는 늘 경고했다. "정치 이야기 안 하기다." 당신은 응수했다. "종교 이야기 안 하기예요." 평화는 늘 무장상태였다. 할 수만 있었다면, 당신의 오빠들은 서로 법정에 끌려갔을 것이고, 그게 그들의 서로 사랑하지 않는 방식이었다. 할매와 리나는 그들의 접시에 코를 박은 채, 흘러가지 않는 인생을 말없이 되씹었다. 아무도 내 아버지를 언급하지 않았다. 식탁 앞에서 유령 이야기는 하지 않는 법.

난 항상 가족을 불신했다. 이 가족의 남자들을. 당신에겐 그들을 일컫는 말이 있었다. 당신은 이렇게 말했다. "그들은 탄젠트를 탔어."* 그들이 당신을 저버렸을 때, 당신은 이렇게 덧붙였다. "난 줄을 그었어."** 기하학을 배우면서 난 탄젠트가 곡선을 사랑한 직선이었다는 것을 알았다. 난 이 가족의 남자들 ─ 나를 포함해서 ─ 이 직선의 정직함보다는 곡선의 속임수를 더 좋아했다고 결론지었다. 청소년 때, 미셸은 "똑바로 서!"라고 하면서 얼마나 날 압박

---

* Ils ont pris la tangente. '그들은 몰래 도망쳤어.'
** Moi, j'ai tiré un trait. '난 단념했어.'

했던가. 탄젠트는 '만지다'는 뜻의 *tangere*에서 왔다. 수천 가지 방식으로 탄젠트를 타면서, 우리 남자들, 라브리들, 시뇨렐리들, 위장들 모두 한통속으로, 서로를 만지지 않는 기술을 완벽하게 연마했다. 그 탄젠트 위에, 사람들이 바글바글했다. 진짜 고속도로였다. 각자 나름의 이유가 있었다. 라브리의 모든 여자들은 일찌감치 홀몸이 되었다. 과부에, 버림받고, 잊혀지고……. 제1차 세계대선 이전, 내 힐머니의 아버지는 그의 익살괴 그의 진단으로 존중받는 의사였고, 서른세 살에 암의 탄젠트를 탔다. 의대생으로서는 엉뚱한 발상이었다. 그의 급사로 오명이 소급되어 퍼졌다. 자신의 병도 쓰러뜨리지 못했다는 이유였다. "그분은 예수님의 나이에 떠났지", 라고 내 할머니는 강조했고, 그녀는 거기서 신의 은총을 보았다. 그녀는 진짜 외톨이였다. 사람들은 그가 안식을 얻고자 자신을 죽게 놔두었다는 악담을 쑥덕거렸다. 내 할아버지는, 자신의 배우자가 최고의 친구들로 여겼던 그들 모두와 허리춤 아래로 성관계를 맺은 뒤 인도양의 탄젠트를 탔다. "위생 관리다", 라고 내 할머니는 스스로를 위안했다. 그렇게 어떤 탄젠트는 길이가 만여 킬로미터에, 몇 개의 시간대를 넘나들 수 있었다. 내 친아버지 모셰는 달갑지 않은 모로코의 유대인 전용의 탄젠트로 빠졌다. 미셸의 경우, 한 자루 총이 가톨릭교회에 의해 금지된 탄젠트로 그를 급파했다. 그렇지만 시작은 좋았다. 내 부모님들은 눈 내리는 어느 밸런타인데이에 결혼했다. 시청을 나서자, 눈송이가 우리들의 망토와 아버지의 관자놀이를 하얗게 만들었고, 그는 단숨에 늙어버렸다. 사진 몇 장이 우리들의 웃는 모습을 박제했다. 그때 이후, 난 항상 내가 어렸을 때 입었던 망토 위의 눈의 무게를 느낀다.

오늘 저녁 라 메렌다에 날 다시 보러 오지 않은 꼬마 엄마야 ─당신은 이 가족회의가 두려웠나 보다─, 난 이 말을 덧붙이고 싶다. 탄젠트는 내 외삼촌들에게 적지 않은 해악을 끼쳤다고. 복음주의자들의 이름을 가진 당신의 세 오빠들 중, 당신에겐 단 한 명도 지평선에 남아 있지 않다. 큰오빠 마르크는 바다 저편의 탄젠트를 탔다. 모리스와 레위니옹[115]의 중간 어디쯤이었다. 둘째 오빠 폴, 그도 자살의 탄젠트를 탔다. 삶과의 불화 때문에, 여러 색의 예쁜 알약들과 함께. 마지막으로 막내 동생 장 장은, 일본 판화의 탄젠트를 탔다. 그는 자신이 천하를 평정한 위대한 장군들인 쇼군들의 시대 이래로 그곳 태생이라고 믿었다. 최근 소식들에서, 그는 거기서 잔인한 범죄를 저질렀다고 주장했다. 아마 그의 수많은 환생들 중, 1600년대에나 일어날 법했을 사건들이다. 그 누구도 그들의 다정한 어린 시절, 당신의 형제들이 벌였던 무자비한 싸움질의 충격을 가늠할 수 없었다. 마르크는 납 인형 병정을 갖고 다투다가 폴과 장 장의 머리 위에 빈 포도주 병을 휘둘렀으니까. 내 증조할아버지 의사─신의 명에 따라 증발된─는 이미 이 세상에 없었고, 그는 진단을 내릴 수 없었다. 난 리나가 자신의 오빠들을 언급하면서 그들은 "머리가 돌았다"고 했을 때 반박하지 않았다.

나는 내게 모세의 존재를 밝혀준 폴을 좋아했다. 그리고 장 장도 두 가지 중요한 재주를 지녔기 때문에 좋아했다. 그는 두 귀를 움직이고, 혀끝을 콧구멍에 밀어 넣을 수 있었다.

가족은 라 메렌다에서 즐겁게 보내고 있었다. 분위기가 유쾌했다. 더부룩한 백발에, 까무잡잡한 얼굴의 할아버지는 그의 딸들만큼 짓궂고 날카로운 시선을 이리저리 던지고 있었다. 아들은 자그마하고 수녀분한 어머니 쪽으로 몸을 빼넌서, 그서 여기 나 함께 있으면서 시간이 흐르게 두는 게 인생에 바라는 전부라고 말하는 듯했다. 아직 비어 있던 테이블들에 다른 손님들이 꽉 찼다. 나는 이 모임의 한가운데에서 동떨어져 있는 느낌이었다. 주인이 함박웃음을 지으며 내게 다가왔다. "뭐 필요하신 건 없나요, 시뇨렐리 씨?" "제 이름을 아시나요?" "아, 결국, 서로 다 알게 되는 거죠." 나는 우리가 옛 친구고, 저 옛날, 마세나의 운동장에서, 우리 둘이 오슬레 놀이를 한 듯한 느낌을 받았다. 저녁이 끝났을 때, 그가 뜨겁게 악수했다. "조만간 또 오세요"라며 그가 윙크를 던졌다. 그는 모든 가족들을 잘 알고 있는 듯했다.

15

다음 날 일찍, 아침 뷔페 가까이 앉아 있던 의사 노박이 당장 떠날 태세였다. 그가 머리로 합석하자는 신호를 보냈다. 그는 내게 인사를 건네며 말했다. "곧 달려가 봐야 합니다. 지난밤에 병원 입구의 대형 산타크로스가 불탔습니다. 사람들이 해변에서 빈 휘발유통을 발견했어요. 다들 벼랑 끝입니다. 증세가 호전될 거라고 믿었던 사람들조차 급격히 악화되었습니다. 연말연시가 다가오면, 자주 이랬답니다."

의사 노박이 랑발로 돌아가는 동안, 나는 당신과 함께 남아 있다. 난 아직도 당신의 환호 소리가 들린다. 2000년을 앞둔 밤이었다. "난 니스에서 살 거야!" 다시금, 당신은 세상에 홀로였다. 당신의 삶은 먼지였고, 그러나 여긴 먼지가 빛났다. 난 아직도 모르겠다. 왜 당신은 말괄량이 시절 모두로부터 버림받았다고 느꼈던 이곳으로 되돌아온 건지. 당신은 이 빛을 다시 보고 싶었나요? 아스크로스의 기억을 몰아내고 싶었나요? 꽃시장의 향기들을, 레몬의 어질어질한 냄새를 마시고 싶었나요? 당신은 베 데 장주[116]를 닮았던 당신의 배의 곡선을 되찾기를 바랐나요? 당신은 니스에 아주 조금 살았다. 물론 요체를 파악하기에는 충분했다. 해는 더 길고, 태양은 더 뜨겁고, 별들은 밤에 더 밝게 빛난다. 당신은 성의 발치, 프롬이 랭피아 항[117]으로 빠지기 전의 가파른 곳에 정착했다. 당신의 거듭된 요청에도 불구하고, 난 당신을 보러 오지 않았다. 이따금, 당신이 보르도로 "내려왔고", 빈 우리에게 오는 경로는 북상이라고 보여줘도 당신은 그렇게 말했다. 난 따뜻하게 맞이하려고 애썼다. 당신은 애들에게나 속삭일 말을 내게 되풀이했다. 감기 걸리지 마라, 좀 쉬어야지, 등은 좀 어떠니? 당신은 이미 오래전 십대를 마감한 내게 캐물었다. 밥은 잘 먹고 다니니? 운동은 하니? 나는 열심히, 그러나 늘 너무 쌀쌀맞게 답했다. 실비는 내게 좀 더 성의를 표하라는 신호를 보냈다. 당신에게 미소를 지으라고 했다. 당신은 기어코, 스갱 씨의 작은 염소를 따라다녔다.[118] 난 나쁜 늑대였다. 난 그걸 후회한 적이 거의 없었고, 당신은 우리에게 선물을 한가득 안겨준 뒤 사라졌다 — 다행히, 아폴린과 테오는 당신에게 정이 들었다. 당신은 내게 비타민과 온갖 종류의 간 영양제, 피로회복제, 목감기 캡슐 한 박스를 놓고 갔다. 당신은 약을 신봉한 그런 세대였다. 니스로 돌아가는 순간, 당신은 거듭, 난 정말 너희들이 왔으면 좋겠다 — 너희들은 그냥 너 하나다, 아들아 —, 영국인 산책로가 보이는 "내 집에"라고 되풀이했다. "적어도 한 번

은 올 수 있지 않니?", 라며 당신은 하마터면 나약한 목소리를 드
러낼 뻔했다. 니스에서 당신은 야간 간호사로 일했다. 과시의 신
앙이 아닌 당신의 이웃 사랑. 타인의 불행이 당신의 불행을 완화
시키는 것, 그게 당신의 삶이었다. 당신은 이런저런 고통 받는 사
람들, 임종을 앞둔 환자들을 간호했다. 붕대 감기, 주사 놓기, 씻기
기. 몇 년 후, 쪽잠으로 일상의 리듬이 뒤바뀌자 당신은 일반의원
의 교체 간호사로 활동을 줄였다. 당신은 당신의 소형차로 니스를
누비기 시작하면서, 한 환자에서 다른 환자 사이사이에 꾸벅꾸벅
졸며 기운을 차려야 했다. 은퇴할 나이가 다가오고 있었다. 당신
은 내게 나무, 나무뿌리, 돌, 조개껍질 등 바다가 뱉어낸 모든 것
들, 산이 선사한 모든 것들을 만지고 싶다고 했고, 혼자 산속으로
사라져 하루 종일 긴 산행을 하기도 했다. 이후 당신의 일상은 그
런 동작들에 매달렸다. 그림 그리기, 조각하기, 진흙 반죽하기, 재
료와 색상을 배합하기, 오브제에 영혼을 불어넣기. 당신은 내게 당
신의 아틀리에와, 진주들과 자투리 가죽이 넘쳐나는 당신의 서랍
이야기를 들려주었다. 당신은 절단기, 곡괭이와 망치, 그리고 두
손을 점토에 담그고 소조 도구들을 다루는 실력이 나날이 늘었다.
철마다 당신은 날 기다렸다. 당신은 내게 당신의 신작들 사진을
보내면서 이렇게 썼다. "진짜로 보면 엄청 더 예쁘단다." 나는 고
작 등기를 수령했을 뿐이다. 당신은 내 글씨를 알아보기 힘들어
했다. 선생들이 휘갈겨 쓰는 글씨체였다. 난 그걸 핑계로 당신에게

거의 소식을 전하지 않았다. 애들이 당신에게 카드를 쓸 때, 실비는 내게 한 마디 보태라고 했고, 난 늘 같은 말, "볼 키스를 보내요, 꼬마 엄마", 라고 썼고, 난 그것도 힘들어 했다. 그리고 당신을 위로해줄, 꼬마 마리, 꼬마 엘리자베트는 없었다.

아침나절에, 나는 리도 호텔 근처의 바닷가에 앉으러 갔다. 프롬의 끝자락, 검게 탄 산타크로스가 악마의 피조물 같았다. 그 광경을 보자 내 아픈 기억이 떠올랐다. 당신이 날 위해 그려준 그림 하나. 난 그걸 학교를 마치고 귀가한 어느 날 저녁 발견했다. 아이들이 잔뜩 흥분해서 기다리고 있었다. 할머니 작품이야! 나는 실비가 한층 조심해하는 걸 느꼈다. 불안한 주름이 그녀의 이마에 파여 있었다. "아폴린과 테오가 꼭 열어보고 싶다고 했어. 그러라고 했는데……." 난 애들이 잘했다고 하려는 순간, 문제의 작품을 발견했다. 붉은 물감을 뿌린 뒤, 당신이 그냥 긴 줄처럼 뚝뚝 흘러내리게 한 것이었다. 정말 피 같았다. 당신의 피. 내 피가 솟구쳤다. 어떤 엄청난 고통이 화폭에서 빠져나오고 있었다. 나는 폭행을 당한 느낌이었다. 나는 곧바로, 어리둥절해 하는 아이들 앞에서, 그림을 다시 쌌다. 언젠가 당신이 우리를 보러 보르도로 "올라왔을" 때, 난 당신의 작품을 거실 한 귀퉁이에 걸어놓았지만, 그 그림은, 그 종말의 이미지는, 매번 점점 더 참기 어려웠다. 어느 날 당신은 우리 아파트에서 그 그림을 사방으로 찾았다. 난 그걸 다시 꺼내놓는 걸 잊었었다. 한 마디 말도 없이 당신은 그걸 니스로 도로 가져갔다. 더는 그것에 대해 거론하지 않았다. 그 그림 속에 당신은 당신의 모든 심장을 담았다. 그리고 당신의 심장, 난 그걸 짓밟았다.

16

어제 저녁 펜션에서 노박을 보지 못했다. 이미 내게 일이 산더미라고 예고했었다. 간밤이 회복제였다. 심란한 꿈도 꾸지 않았고, 새벽녘까지 괴롭히는 사념도 없었다. 동이 트면서 일어났다. 항구의 한 대리점에서 소형 피아트를 빌렸고, 아스크로스로 향했다. 당신을 찾을 것 같은 느낌이다. 나는 오르막길이 텅 빈 것에 주의한다. 차가 비탈길을 잘 돌고 있다. 나는 꽃이 핀 미모사를 보고 놀랐다. 태양의 불똥들. 나는 한 개의 암벽 정상에 있는 마을을 상상하지 못했다. 당신은, 저 꼭대기에서, 현기증이 났을 것이다. 한 여인이 빨래터에서 분주하다. 상체를 앞으로 내밀고, 소매를 걷어붙이고, 그녀 옆에 빨래 바구니가 있다. 나는 십대의 미세한 실루엣 속에서 당신을 찾는다. 난 피에로가 아직 여기 살고 있는지 궁금하다. 그는 봄철에 방목지에 오르는 최후의 목동들 중 한 명일까? 혹은 풍경에 줄을 긋고 있는 이 마른돌담[119]을 쌓은 무명의 석공들 중 한 명일까? 나는 빨래터의 비눗물 위에서 당신의 생각을 찾는다. 당신은 모셰를 기다리고 있다. 그는 오겠다고 약속했지만 더는 소식이 없다. 그는 발뺌했을까, 아주 만족해서? 당신은 분노가 치밀어 그 생각을 떨친다. 모셰는 빈말을 안 한다. 그가 당신을 보러 아스크로스로 온다고 했으면, 그는 돌아올 거다. 그는 니스에서 당신을 돌봐줄 산파와 접촉했다. 어느 조산원일까? 당신은 여전히 모른다. 동업자들끼리는 상부상조하는 법. 마침내 당신은 안심한다. 그가 당신에게 전화를 했다면 당신은 더 안심했을 텐데. 그는 서류 수속 차 라바트[120]로 돌아갔을 것이고, 당신과 곧 재회할 것이다. 서류들, 스탬프, 그건 간단한 일이다. 당신은 그를 다시는 보지 못했다.

마을의 조그만 광장이 반짝이고 있다. 12월의 어느 일요일, 사람들이 그다지 많지 않다. 사람들은 저 아래 머물면서, 베 데 장주를 활보하고, 파란 피가 흐르는 걸 바라보는 걸 더 좋아한다. 꼬마 엄마야, 난 팔꿈치가 맞닿을 만큼 좁은 담들이 늘어선 이 골목길들 속에서 당신을 찾고 있다. 난 당신이 아직은 꽤 호리호리해서 이 미로 속을 누빌 수 있겠다고 짐작한다. 난 발길질을 더했다. 당신은 날 증오했을 것이다. 지금 당장은 허공으로 솟구치는 소형 화물차의 경적소리가 들린다. 당신은 의료용 택시를 부를 돈이 없었다. 당신은 나무처럼 뻣뻣한 서스펜션이 달린 버스에 올랐고, 가는 도중 분만할까 엄청 겁이 났다. 흰 앞치마에 챙 달린 모자를 쓴 운전수, 인조가죽 좌석에서 아이를 낳는 한 소녀에게 그가 무엇을 할 수 있었을까? 나는 당신이 보고 있었던 풍경으로 나를 채운다. 그걸 내 안에 새긴다. 골짜기까지 급경사 계단으로 이어지는 레스탕크 옹벽[121], 아젤 산 봉우리들, 눈 덮인 알프스 산맥의 첫 번째 정상들인 에스테렐. 빠진 건 여름철에만 있는 매미소리다. 녹음기가 없이도 당신은 그걸 녹음했다. 내가 왔다. 당신은 내가 모셰가 아니라서, 그리고 내가 그를 꼭 닮아서 나를 원망했나?

17

그 남자는 곧장 나를 향해 왔다. 나는 막 아스크로스에서 돌아온 길이었다. 나는 법원 바에서 카이피리냐[122] 한 잔을 앞에 두고 앉아 ─ 럼주를 잘 맛보려고 짧은 빨대를 달라고 했다 ─, 우리의 부조리한 역사를 생각 중이었다. 더는 당신은 없었던 때 여기 나. 그렇게 똑똑한 짓은 아니었다. 고지대 답사가 내게 밝혀준 것은 거의 없었다. 단지 빙빙 돈다는 느낌뿐, 기운이 빠졌고, 성이 났다. 알코올이 우울한 기분을 날리기 시작했을 때, 그 남자가 내 앞에서 몸을 숙였다. "제가 생각나십니까?" 그의 말처럼, 난 그가 누구든 생각해낼 자신이 없었다. 나는 바다를 들이마시고, 파도의 규칙적인 소리를 듣고, 나를 여기로 이끈 연유들을 잊고 싶었다. 그가 손을 내밀었다. "호적부의 조제입니다." 잠시 주저하다가, 나도 손을 내밀었다. 그는 상냥했다. 아니, 난 그가 누군지 못 알아보고 있었다. "그날, 그 문서늘이 파기되었다고 말씀드렸을 때, 아주 실망하신 모습이셨습니다. 전「니스 마탱」[123]의 옛 친구에게 전화를 걸었습니다. 그는 자료실에 근무하고 있죠. 받으세요." 이제야 그가 생각났다. 조제, 정말로, 그 눈썹 없는 남자였다. 그는 자신의 이름이 적힌 빨간 배지를 달고 있지 않았다. 그는 더 크고, 또 더 젊어 보였고, 요컨대 훨씬 생동감 있는 뭔가가 얼굴에서 풍겼다. 마치 호적부 근무는 자신이 담당하는 모든 다른 신원들을 위해 자신을 지울 수밖에 없었다는 듯싶었다. 그는 깔끔하게 간수한 가죽 서류 가방에서 「니스 마탱」 한 부를 꺼냈다. "1960년 8월 26일!" 그가 승리한 듯 외쳤다. "전 혹시 선생님을 니스에서 마주칠지 몰라 그에게 요청했었죠. 우연이 멋진 성과를 빚었네요. 그렇죠?" 그는 기쁜 마음으로 그걸 내게 선사했다. 나는 기꺼이 신문을 받았다. 오늘 최고의 희소식이었다. 어쩌면 내 모든 니스 체류 중 최고였다. "방금 펴보았습니다." 그가 정확하게 밝혔다. "별점만 봤습니다. 제 나쁜 버릇이죠. 처녀자리, 그게 선생님의 별자리 같습니다. 읽어보시면, 실망하지 않으실 겁니다." 나는 고마움을 표했다. "선생님은 금요일에 태어나셨습니다", 라고 그가 떠나면서 말했다. 나는 신문을 펴지 않고 무릎 위에 올려놓았다. 신문의 상태가 좋았다. 그날 뽑은 것이라고 단언해도 될 정도였다. 헤드라인은 콩고와 알제리에서의 비극을 예고하고 있었다. 금요일에 태어난 게 아무 소용이 없었다. 나는 리나에게 전화할 생각을 했다. 매일 나는 그녀에게 전화할 생각을 한다. 매일 나는 그녀에게 전화하지 않는다.

18

베 데 장주 상공의 비행기들의 발레. 오늘 아침, 장거리 화물기들이 하늘에 창백한 선을 긋고 있다. 다른 비행기들은 바다를 훑고, 날개로 선회를 시작하고, 착륙장치를 내리기 전, 기수를 프롬나드로 향한다. 당신은 늘 비행기를 좋아했다. 떠난다는 생각. 혹은 누군가 당신을 찾아와 어딘지 모르는 곳으로 당신을 데려간다는 생각. 공항, 이곳은 우리를 위한 장소다. 우리는 우리의 인생을 출발과 귀환의 진행형 속에서 보냈다. 펜션에서 아침을 먹은 뒤, 택시를 타고 니스 코트 다쥐르 공항에 내려달라고 했다. 나는 활주로 트랙들의 활기를 느끼고 싶었고, 비행기 바퀴가 콘크리트 판에 닿을 때 일으키는 작은 먼지구름을 관찰하고 싶었다. 가는 길에 기사가 이름을 기억하지 못하는, 오래전 어느 비오는 날 오후, 이 근방에서 목숨을 잃었다는 한 여배우 이야기로 나를 얼어붙게 만들었다. "정말, 누군지 모르시겠어요?", 라고 그 사람이 역설했다. "60년대 초반이었어요! 맙소사, 이름이 입에서 맴도네요."

그는 그레이스 왕비를 생각했던 것일까? 아니다. 그건 훨씬 전이다. "그녀는 비행기를 타러 가던 중이었습니다. 폭주를 했죠. 당시 온 신문에 도배가 되었어요. 그녀는 방금 옛 니스의 한 쇼윈도에서 멋진 구두 한 켤레를 점찍었죠. 이미 시간에 늦었지만, 욕심을 떨쳐버릴 수 없었습니다. 아직은 파리에서 볼 수 없는 모델이었습니다. 아무렴요! 그녀는 그걸 신어보려고 차를 세웠고, 물론 샀습니다. 시간을 아끼려고, 그녀는 그걸 그냥 신고 나왔습니다. 그녀의 불행은 그녀가 렌터카를 몰았다는 겁니다. 르노 10, 타이어도 괜찮았어요. 다시 출발하려고 했을 때, 비가 두 배로 쏟아졌죠. 비행기를 안 놓치려고 너무 빨리 달렸습니다. 사람들 말로는 길이 미끄러웠고, 급커브에서 차를 통제하지 못했다고 합니다. 이건 틀림없는 사실입니다. 그녀에게 그 구두를 판 상인을 난 알고 있습니다. 멋진 이탈리아제였죠. 그 사람은 완전히 넋이 나갔습니다. 새 깔창의 젖은 가죽이 브레이크 페달 위에서 미끄러졌을 겁니다. 원래의 구두를 신고만 있었어도, 송전탑은 피할 수 있었을 겁니다. 하긴 이런저런 가정들이야 아무……." 그가 나를 출발선 입구에 내려놓으면서 우리의 대화가 갑자기 중단되었다. 물론 나는 출발하지 않았다. 그는 그 여배우의 이름을 기억하지 못해서 낙담했다. 차에서 내리자마자 한 가지 사실이 떠올랐다. 당신에 관한 것. 라 로셸에서 아주 드물게 우리가 함께 장을 보았을 때였다. 당신은 한 켤레 구두 앞에서 갑자기 멈췄다. 당신은 환호를 질렀다. 그 고함은 저 멀리에서부터, 당신의 청춘 저 깊은 곳에서부터, 삶은 태평하다고 믿었던 그때로부터 온 것이었다. 당신의 두 눈에 눈물이 차올랐다. 난 그게 예쁜 샌들이었는지 토슈즈였는지 기억이 나지 않는다. 당신에게 물어봐야겠다. 전화를 걸 좋은 핑계 같다. 당신 생각을 하고 있다가 방문객 전용의 대형 통유리 공간에 들어섰다. 라 로셸의 쇼윈도의 그 신발은 아마 오래전 당신이 니스에서 꿈꾸었던 소소한 사재기를 상기시켰을 것이다. 그러나 신상품 모델에 빠져 있을 때가 아니었다. 어쨌든 당신에게는 한 푼도 없었다. 돈이 없어도, 살아 있을 수는 있다.

한 커플이 내 옆에 앉았다. 아이가 둘이다. 아폴린과 테오와 같이 있는, 실비와 나일 수도 있었다. 난 한번도 가장이라는 역할을 한 적이 없었다. 꼬마 엄마야, 난 그 모델이 없었다. 아버지가 없는 탓에, 당신이 내 아버지이자 내 어머니였다. 내 기억이 날 하얗게 속이고 있다. 기다란 흰 자국.* 내 기억 속, 당신은 내 아버지도 내 어머니도 아니었다. 난 당신이 누구였는지 모른다.

그 시절, 당신을 가장 아프게 했던 것은 마르크의 편지다. 난 그걸 읽은 적이 없지만 그 독설을 낱낱이 알고 있다. 그 편지에 당신은 어찌나 깊은 상처를 입었던지 지금도 그 기억은 당신에게 마

---

* une grande traînée blanche. '커다란 비행운'.

르지 않는 고통을 안긴다. 당신들은 당신들 나름대로 한 가족이었다. 하나도 이상하지 않은 한 희한한 가족. 악마에게* 떠난 당신의 아버지, 예배에 절은 당신의 어머니. 그리고 당신들, 아이들이었던 당신들은 그냥 알아서 컸다. 먼저 폴. 당시, 게이라는 말은 없었다. 사람들은 호모, 수다쟁이, 페달**이라고 했다. 폴은 재채기를 하듯 자살했다. 아무 예고 없이 그렇게 갔다. 당신이 운전면허증을 딴 그해, 당신은 얼마나 많이 그를 펠르그랭 병원[124] 응급실로 데려갔던가. 그는 피를 흘리고 있었고, 그리고 난 뒷좌석에서, 내 자리에서 울부짖으며, 당신의 신경을 헤집고 있었다. 한참 뒤, 오십대가 되어, 그는 마침내 자신의 기도를 성공시켰다. 자기 집에서 조용히. 그는 하양, 파랑, 빨강 알약 — 민족주의적 색상의 자살이랄까, 그는 드골파였다 — 이 몇 개가 필요한지 개수까지 잘 알고 있었고, 그런 캡슐 몇 개가 있어야 저세상으로 건널 수 있는지 잘 알고 있었다. 그는 스무 살 때부터, 자신의 존재가 막 시작되자마자 그 삶을 줄이려는 시도를 거듭했다. 그리고 당신, 착한 여동생이자, 당신의 아들과 타이피스트 강의로 버거운 당신은, 그를 도우려 날아갔다. 당신은 당신의 첫 월급으로 할부로 구매한 당신의 첫 차인 도핀의 버섯[125]을 계속 밟으며 운전했다. 비가 내리기 시

---

* au diable. '아주 멀리'.
** pédé, tapette, pédale.

작하면 진짜 비눗갑 같은 차였다. 당신은 당신의 용서를 갈구했던 이 오빠를 살리기 위해 모든 위험을 감수했다. 당신은 심장이 터질 것 같았다. 난 당신이 폴을 데리고 응급실의 미로를 휘젓는 동안, 점점 더 목이 쉬도록 울었다. 그는 두 팔목에 가위를 댔고, 위에 독을 부었고, 이미 정신착란 상태였다. 당신은 아나요? 바로 거기서, 날 한번도 떠난 적 없는 이 유기의 감정이 태어난 것을? 당신이 오빠에게 죽지 말라고 애원하는 동안, 병원 주차장 위, 홀로 차 안에서?

마르크의 편지는 뭇사람들의 진땀을 빼게 만든 그 수다쟁이만을 힐난한 게 아니었다. 한 장 전체가 남동생 장 장에게 할애되어 있었다. 당신의 엄마는 그를 '기쁨이 장 장'이라고 불렀는데, 왜냐하면 그는 쉬지 않고 흥얼댔기 때문이다. 할매의 노력은 보상을 받았다. 장 장은 성직을 지망했다. 그는 미사에서 성사까지, 영성체에서 사순절까지, 은거와 할렐루야 속에, 얼굴을 찌푸리지 않고 하느님을 받아들였다. 그는 가톨릭 고등학교의 마스코트가 되었고, 하느님의 나라의 한 희망이었다. 그의 아름다운 미소와 함께, 항상 헌신할 준비가 된 장 장은 그의 열정으로 교구를 빛냈다. 단지 그날, 푸른 눈에 가벼운 스커트 차림의 샹탈이라는 여자가 그곳을 지나면서, 그의 저항이 한순간에 무너질 때까지는. 그는 자신의 신앙심을 삼켜버렸고, 그것을 이 젊고 영악한 여인의 발밑에 내려놓았고, 그녀는 그에게 속죄 대신 많은 자손을 선사했다. 마르크는 그의 분노의 편지에서 호모와 잡년에 이어 환속한 신부를 언급하면서, 정말 멋진 트리오라며 돌이킬 수 없는 판결로 칼을 씌웠다. 해당 요금의 우표를 정확히 붙이고, 또 그 욕의 무게까지 재서 보냈다. 이 가짜 오빠*는 당신들을 단죄했던 것이다. 폴과 장 장은 그 서한을 그냥 무시했다. 형이 지나간 곳마다, 그의 뒤로 줄줄이 가난과 비탄을 남겼던 한 바람둥이의 충고를 받아들일 리 만무한 사내들이었다. 그러나 꼬마 엄마야, 당신은 무엇보다 당신의 오빠였던 한 남자의 사악함과 정면으로 충돌했다. 어떻게 당신의 핏속에 흐르는 것과 똑같은 그 피가 독이 될 수 있었을까? 당신이 어렸을 때 그토록 우러러봤고, 또 당신의 아버지가 이미 그 자리에 없었을 때 당신을 자기 품에 안고 꼬맹이 소녀의 아픔을 달려주었던 그 사람의 피가? 난 알고 있다. 그리고 당신은 내가 알고 있는 걸 모른다. 폴은 자신의 돌아올 수 없는 여행을 떠나기 전, 당신 집 안의 소소한 생지옥을 내게 들려주었다. 그는 당신을 내게 맡겼다. "넌 리나를 잘 돌봐야 돼." 이미 당신은 내 손에서 떨어졌다. 자신의 어머니를 꽃병인 양 끊임없이 깨뜨리는 태만한 아들. 수천 개로 조각난, 단 한번도 그런 그녀를 붙이려고 안 한.

나는 공항에서 돌아가려고 택시를 잡았다. 정말 놀랍게도, 올 때

---

* faux frère. '배신자'.

와 똑같은 기사가 섰다. 그도 똑같이 놀랐다. "떠나지 않으셨나요?"
"무슨 말씀을. 엄청난 여행을 했습니다." 승리의 목소리로 그가 내
게 날렸다. "그 여배우, 프랑수아즈 도를레악[126]이었습니다."

19

일요일이었다. 니스에 도착한 지 일주일이 지났다. 나는 프롬이
말처럼 뒷발로 일어서는 퐁셰트 해변의 신문가판대 옆에 자리를
잡았다. 조깅족들이 산책으로 향하는 언덕길을 공격하고 있었다.
가장 용감한 자들은 정상으로 가는 일련의 계단을 타고 성 언덕으
로 돌진하고 있었다. 내 안간힘은 그런 종류는 아니었다. 벤치에
앉아 꼼짝도 안했지만 머리는 어질어질했고, 난 다른 운동에 진이
빠져 있었다. '시간을 거슬러 올라가 마침내 리나와 닮았을 한 어
머니 상을 적출하는 것.' 지금껏 나는 리나가 미셸 시뇨렐리와 결
혼한 해에서 좌초했다. 그 이전은? 이전은 없었다. 나는 엄격한 태
도의 까칠한 여교사 같은 내 할머니의 보호자 상에서 리나를 떼어
내지 못했다. 수단을 안 입은 수녀, 라고 리나는 말하곤 했다. 니스
로 떠나기 전 내 꿈속에서 할머니는 티볼리[127] 예수회 신부들의 수
단과 똑같은, 길고 검은 수단을 입고 있었다. 옛날에는, 내 어머니
와 그녀의 어머니가 한 몸이었다. 간혹 심지어, 리나는 지워져 있

었다. 오직 할매만 남아 있었다.

나는 이 환영들과 싸우고 있었고, 그때 폴로셔츠를 입은 한 남자가 달리기 중 내 앞에서 멈췄다. 아까는 노박을 알아보지 못했었다. 얇은 땀줄기가 그의 관자놀이를 타고 흘렀다. 그는 단숨에 작은 물병 하나를 비웠다.

"한번 시도하셔야죠."

"물요?"

"아뇨. 조깅요."

나는 미소를 지었다. 그에게 물어볼 게 참 많았을 텐데.

"어제 선생님 생각을 했습니다." 그가 계속 숨을 헐떡이며 말했다.

"저를요?"

"네. 콜랭을 보면서 그런 생각을 했습니다. 자기 엄마와 같이 온 여섯 살짜리 사내애였습니다. 아이는 의자에 앉자마자 갑자기 일어서더니 플레이모빌 인형 한 무리를 집어서 힘차게 껴안기 시작했습니다. 쉽게 확인할 수 있는 인물들이었죠. 검정 머리의 부모. 노랑 머리의 여자애. 밤색 머리의 소년. 잿빛 머리의 할머니와 할아버지. 아이는 한동안 그들을 어루만졌습니다. 그리고는 내 앞에 그들을 세워놓았습니다. 그 비극의 밤, 아이는 가족과 함께 프롬나드에 있었습니다. 19톤 트럭이 밤에 불쑥 나타났을 때, 아이의 어머니는 기적 같은 반사행동으로 아들을 땅바닥에 눕혔습니다. 그 둘은 트럭 바퀴 사이에 납작이 엎드려 있었습니다. 그들은 무사히 다시 일어났습니다. 그러나 아버지는 그런 운이 없었습니다. 나는 콜랭에게 그날 밤에 일어난 일에 대해 물었습니다. 그가 다시 본 것들에 대해. 아이는 몰랐습니다. 아니, 아이는 내게 그걸 이야기해도 되는지 몰랐습니다. 그의 반응에서 난 아이들의 내면의 미로를 밝힐 수 있었습니다. 밤, 별들, 음악, 가족, 기쁨, 불꽃놀이, 한 괴물. 이 점들을 잇는 것입니다. 아이에겐 간단한 일이었습니다. 마지막 점만 빼고."

"왜죠?" 내가 노박에게 물었다.

"왜냐하면 그 아이 때는 죽음이 장갑처럼 쉽게 뒤집히는 마법의 연령이기 때문입니다. 다음 날, 잠을 푹 자고 나면, 자기 아버지가 살아서 집에 돌아오는 게 당연했습니다. 그런데 그렇지 않았습니다. 그러자 아이는, 신속한 동작으로, 작은 흰 트럭을 잡아 모든 인형을 뒤엎었습니다. 아이는 처음엔 차량을 아주 천천히 몰았고 이어 전속력으로 지그재그로 몰았습니다. 살인자가 최대한의 사람들을 넘어뜨리기 위해 했던 그대로입니다. 콜랭은 비명을 질렀고, 그렇게 끝났습니다. 나는 누워 있는 사람들이 누구인지 알고 싶었습니다. 아이가 열거했습니다. '엄마, 아빠, 누나, 할아버지, 할머니, 그리고 나예요.' 죽은 사람은 그의 아버지뿐이 아니었습니다. 모두였습니다. 모두, 심지어 자기까지."

나는 노박이 왜 나를 생각했는지 궁금했다. 그리고, 우리 이야기에서, 그 하얀 트럭을 본 사람은 누구였는지.

20

노박은 샤워를 하러 갔다. 나는 해변으로 내려갔다. 아직 미미하지만, 이런저런 것들이 내 안에서 움직이고 있는 듯하다. 어렸을 때 당신은 내게 "우린 파란 피야"[128]라고 말하곤 했다. 나는 무슨 말인지 몰랐다. 당신의 구호, 그건 깃발이었다. 나는 그걸 편지 끝 말로 썼고, 거기서 빠져나올 수 없었다. 우리의 피는 파랬었다. 난 우리가 거길 간신히 헤쳐 나왔다고 생각했다. 집에는, 돈이 꼭 사랑처럼, 늘 모자랐다. 우리는 보르도의 멋진 동네의 다락방에서 살았다. 겨울이면 몸이 얼었고, 여름이면 숨이 막혔다. 형벌은, 끼니였다. 지갑에 한 푼도 없었다. "이러다가는, 다리 밑에서 죽는다!"고 할매는 윽박질렀다. 나는 돌다리 밑에서 짙은 그림자를 보곤 했다. 나는 그녀가 우릴 잡아먹을까봐 떨었다. 협박이 가라앉으면, 할매는 전날 남은 음식을 요리했다. 아시 파르망티에[129], 라비올리 통조림, 뿌리채소, 카퓌생 시장[130]의 벤치에서 파장 때 헐값에 파는 과일 졸임. 때때로, 강가의 어부들이 다 팔고 돌아가기 위해 떨

127

이를 하면, 칠성장어를 구하기도 했다. 난 그 물고기가 무서웠다. 뱀파이어의 낯짝에 빨판 입술. 악마를 삼키는 느낌이었다. 같이 삶은 감자를 더는 먹을 수 없었다.[131] 식사가 끝나면, 할매는 손에 나이프를 들고, 기름보 위에 떨어진 부스러기들을 열심히 모았다. 그리고는, 슬그머니, 자신의 손바닥을 입에 대고 노획물을 꿀꺽 삼켰다. 나는 그 습관을 그녀에게서 배웠고, 테오는 종종 그걸 따라 해 보려고 하지만 절반을 바닥에 떨어트린다. 닭 뼈에 말라붙은 살 조각이 조금이라도 남아 있으면, 할매는 기를 쓰고 그걸 발라냈다. 끈기 있게 골라낸 가녀린 하얀 살들은 다음 날 수프에 들어가 있었다. 변변치 않았다. 식탁은 비좁았지만, 불안은 늘 우리와 함께했다. 그는 엄청 먹었다. 우리가 마를수록 그는 살이 쪘다. 할매는 하느님을 말했다. 폴은 죽는 이야기를 했고, 늘 똑같았다. 라브리들은 스스로를 불행에 내맡겼다. 난, 거기 들어가는 것을 거부했다. 불행은 다크서클과 불면, 속쓰림, "우리가 진즉 알았더라면"이라는 한을 안겼다. 우리는 서로를 할퀴었고, 그렇게 슬픔이 쌓였다. 우리는 우리가 서로를 사랑하는지, 우리가 죽도록 서로를 사랑하는지 확인하기 위해 서로의 심장에 바늘을 꽂았다. 그리고는, 그걸 잘 견뎌내면, 우리는 바늘을 뽑으면서, 오열 속에, 사랑해! 사랑해!를 외쳤다. 가족끼리 이토록 서로를 잘 찢은 적은 없었다. 꼬마 엄마야, 당신은 입을 닫았다. 당신은 재갈을 물듯 참았다. 당신이 입었던 원피스들은 당신에게 걸맞지 않았고, 벽이 너무 얇아

벽 너머 소리가 다 들리는, 베개에 얼굴을 묻고 소리 죽여 오열하는 폴과 할매의 코골이와 큰 방귀소리가 다 들리는, 이 벽들 사이의 이 음울한 삶은, 전부 다 웃기고 울부짖고 싶은 것들이었다. 우린 거기 그렇게 우리 라브리라는 거죽 속에 갇혀 있었다. 당신의 차가운 분노가 그 외침 속에 폭발했다. "우린 파란 피야." 나는 성들, 마차들, 공주로 변한 엄마, 내 시동으로 변한 사과를 상상했다. 부귀영화의 사재기.

한참 후, 라 로셸에서, 당신은 도심의 가게들을 싹쓸이했다. '잃어버린 시간'이라는 가게에서, 점원들은 당신의 붉은 갈기와 당신의 빛나는 눈에도 불구하고, 당신을 흰 늑대마냥 잘 알고 있었다. 당신은 신상품의 냄새를 킁킁거리며 맡았고, 당신은 당신의 마음에 드는 모든 것을 아낌없이 쓸어 담았다. 유행을 타지 않는 스타일로 고른 자수 재킷들과 짧은 바지모양의 스커트들을, 그리고 커다란 진주 목걸이들과, 넓은 벨트들과, 콤팩트들과, 레이스 장식물들까지. 당신은 철 지난 유행, 복고풍을 가졌고, 자신은 유행에 연연하지 않는다고 우쭐댔다. 아빠는 당신에게 "남작부인" 작위를 부여했고, 당신은 그게 좀 거슬렸지만 그냥 내버려두었다. 당신은 케케묵은 쿠션들을 트렁크에 잔뜩 싣고 집에 돌아왔다. 그때가 당신의 전성기였고, 활짝 핀 삼십대였다. 대학입학자격증이 없었던 당신은 우당탕탕 준비해서 간호전문학교 입학시험에 합격했고, 이후 삼 년의 학업을 무사히 마쳤다. 당신의 좌우명은 "한 나막신에 두 발을 담지 말 것"*이었다. 당신은 당신보다 십 년은 훨씬 젊은 당신의 동급생들을 집에 초대했고, 우리는 불쾌하지 않았다. 우리는 당신이 예전의 당신의 어머니와 똑같은 학위를 따내려는 당신의 집착에 감탄했다. 국가공인 간호사. 우린 우리의 리나가 자랑스러웠다. 아빠는 자신의 부인이 해부학이나 감염병학을 파고들고, 온갖 시험을 "한 손은 코를 잡고도"**통과하는 것을 보고는 어안이 벙벙했다고 말하곤 했다. 인생이 아름다웠다. 당신도 아름다웠다. '잃어버린 시간'에 들르는 것도 이에 기여했다. 비록 우리들, 아이들이었던 우리들은, 커다란 주름 스커트를 입은 당신이, 빛의 궤적에 따라 진동하는 향수 범벅으로 라 로셸의 아케이드 밑을 걸을 때, 조금 창피했고, 다 바보 같았지만.

지금 기억난다. 당신은 프리쥐닉 슈퍼마켓 바로 옆에 문을 연 덴마크 가게에도 심취했다. 그곳에서는 두꺼운 모직담요와 발사나무로 만든 식기류들과 온갖 진기한 물건들을 팔았다. 간판 'God Dag' — 그냥 '좋은 하루' — 는 명랑한 표정의 두 명의 금발 여인이 받치고 있었다. 덴마크의 복지에서 연상되는 모습이었다. 난 어느 날 당신을 따라 그곳에 갔고, 당신은 "평범함을 벗어난" 램프 하나를 찾고 있었다. 당신은 열기구를 닮은 뚱뚱한 전구가 달린 브

---

* ne pas garder les deux pieds dans le même sabot. '난관을 힘차게 극복할 것'.
** les doigts dans le nez. '아주 수월하게'.

러시드 메탈 스탠드에서 그 행복을 찾았다. 벽에 액자에 담긴 포스터들이 걸려 있었다. 그중 하나가 내 시선을 사로잡았다. 싸구려였고, 새파란 바탕에 하얀 대문자로 "WE ARE FAMILY", 라고 쓰여 있었다. 난 한껏 열에 들떠 당신에게 그걸 보여주면서 당신이 그걸 샀으면 했는데, 당신은 고개를 돌렸다. 그때가 1월, 곧 당신의 생일이었다. 당신은 신경질을 냈다. 난 그 포스터를 당신에게 선물하고 싶었다. 난 본능적으로 자제했다. 결과적으로 잘한 짓이었지만 그 이유는 잘 몰랐다. 세월이 흐르면서 당신은 촛불을 부는 것을 그쳤다. 서른다섯이 넘으니 그 짓이 우습다고 했다. 난 이제 안다. 당신이 태어난 1월 19일은 당신의 상처인 1월 10일과 너무 가까웠다. 1963년 1월 10일의 그 생생한 상처. 간호사가 된 당신조차 그것을 봉할 좋은 붕대를 찾을 수 없으리라.

요트들이 정박지를 벗어나 먼바다로 향하고 있다. 바람이 마룻줄을 팽팽히 당겨 돛대와 겨루고 있다. 흡사 노랫소리 같다. 수수께끼 하나가 밝혀진다. 사실 아주 단순했다. 단지 눈을 크게 뜨고, 파랑 분칠한 니스의 눈을 크게 뜨고, 그리고 바라보면 되는 일이었다. 어느 날, 할매가 내게 설명했다. 그녀의 친어머니 쪽으로, 우리는 부르주[132]의 한 옛 귀족의 가문이었고, 그 시조는 십자군인 생 수플레의 드 라 구달리 뒤송(de La Goudalie d'Husson de Saint-Souplet) 가로 거슬러 올라갔다. 그녀가 그 이름을 전깃줄처럼 늘였기 때문에, 난 "시원하시겠어요!"*라는 말을 보태지 않을 수 없었는데, 그럼에도 할머니는 자신의 족보는 물론 내가 유람선 (croisières)으로 잘못 들은 십자군(croisades)에 대해 결코 가볍게 말하지 않았다. 그 자손들 중에는 장군들, 주교들, 나폴레옹 3세의 한 주치의, 심지어 영국 귀족들이라는 리스 루이스 가도 있었다. 난 지소사가 붙은 선조들 페미와 금수저들에게는 아무 관심도 없었다. 단지 우리가 옛날에 여러 성과 농장과 소작지를 소유했다는 것을 알게 되었을 때 귀가 솔깃했을 뿐이다. 그런데 그 남자들이 전쟁터에서, 또 우환으로 혹은 병으로 죽기로 작정한 순간, 모든 것이 연기처럼 사라졌다. 이 집안의 여인들은 세상없어도 노동하지 않았을 것이다. 그 결과, 할매는 열아홉 살에 앙굴렘의 한 중학교 사감이 되었다. 주부가 되면서, 돌과 땅을 물려줄 수 없게 되자 그녀는 자기 자손들에게 온갖 꿈을 접종했다. 하나의 꿈. 그날이 오면 자기 자식들이 드 라 구달리 뒤송 가문의 이름과 수많은 다른 것들을 다시 일으켜 세울 것이다. 그들은 가이야르 성 — 통통한 탑들과 순찰로가 있는 로마네스크 걸작—을 되찾을 것이다. 그들은 다시금 수백 헥타르를 앞세운 대지주가 될 것이다. 어느 밤에는, 마리 브리자르[133]를 한 잔 걸친 할매가, 열에 들떠, 우리를 프랑스 궁정으로 데려가기도 했다. 우리들은 법복 귀족이거나 군

---

* à tes souhaits! 알아들을 수 없는 말을 한 사람에게 하는 농담.

132

인 귀족이었고, 왜냐하면, 맙소사, 우리 피가 파랬기 때문이었다. 오래전 마르크가 편지에 썼듯, 재탈환은 호모, 미혼모, 그리고 환속한 신부 탓에 엉망이 되었다.

풀린 수수께끼가 눈앞에서 찰랑인다. 우리의 파란 피, 나는 그 속으로 기꺼이 잠수한다. 그 피는 결코 빠지지 않는다. 지중해가 내 안에 있다. 나도 모르게 지중해가 내 핏속에 흐르고 있었다. 내가 거길 건너기 훨씬 전 지중해가 나를 관통했다. 내 스무 살 때, 한 여객선 위, 몰타와 팔레르모로, 이어 아버지의 튀니지로 가는 배였다. 가베스[134]의 오아시스, 종려나무의 늘어진 가지에서 직접 딴 신선한 대추야자 열매가 있는 그곳. 지중해는 여기, 겨울 태양 아래 요동치고 있다. 꼬마 엄마야, 두 번에 걸쳐, 당신의 파란 피가 말했다. 페스의 모셰와 튀니스의 미셸은 당신의 꿈을『천일야화』의 가짜 무대로 바꾸었다. 나는 당신 딸의 기원을 잊고 있다. 아니, 난 그걸 잊지 않는다. 군청색 파랑. 우리는 서로 몰랐던 한 가족이었다. 당신은 드넓은 가슴과 지중해 분지를 품고 있었다.

21

오늘 아침 탐색을 재개했다. 퐁세트 가의 한 장난감 가게에서 멈췄다. 옆 가게는 신생아용품 가게다. 아주 작은 사이즈의 옷들과 바람의 속도로 프롬을 가로지를 경주용 맥클라렌 유모차들이 보인다. 나는 반세기 전 당신이 당시 광고문구의 배내옷 쇼윈도 앞, 어쩌면 바로 이 가게 앞에 선 모습을 상상한다. '여러분의 베베 카둠[135] 제품에 천사의 살결 같은 감을 선택하세요.' 한 판매원이 당신에게 무엇을 찾느냐고 물었다. 당신은 분명 얼굴을 붉혔다. 그녀는 당신에게 배내옷, 배냇저고리 하나, 깃털처럼 가볍고 끈 대신 리본이 달린 아기 버선을 보여주었다. "색상은요?" 당신은 확신에 차 답했다. "사내일 거예요. 그러니까, 파랑요." 이번만은 간단했다. 당신은 한 치의 의심도 없었다. "만약 딸이면, 바꿀 수 있습니다", 라고 점원이 알려주었다. 딸이라니, 바보같이. 그녀가 당신에게 한 말을 당신은 곧바로 알아듣지 못했다. "아기를 바꾼다고요? 도대체 왜요?" 이 가게 옆의 장난감 장수도 있었을까? 아니면 당신은 다른 가게에서 내게 고무로 된 꼬마 기린을 사줬을까? 주근깨투성이의 기린은 당신을 닮았다. 내 출생 직후, 그 사진사가 자신의 파인더에 당신을 포착한 날, 당신의 얼굴은 주근깨로 덮여 있었다. 똑같은 반점들이 당신이 오빠를 병원으로 데려가려고 질주했던 그 겨울 혹한의 그날에도 다시 나타났다. 그 반점들이, 1963년 1월 10일, 당신이 한번도 갖지 못한 그 딸애를 맞이하기 위해 다시 솟았나요?

지금 내 눈에는 옛 니스의 길거리에서 혹은 프롬나드를 따라 산책하고 있는 임신부들만 보인다. 나는 상상한다. 생리가 몇 번 지연되자 당신은 당신의 배를 촉진했다. 당신의 심장이 쿵쾅댔다. 당신은 당신의 가장 깊숙한 곳에 제자리를 잡고 있는 이 미세한 존재와 함께 당신의 모든 것을 느꼈다. 그렇게 시작한다, 한 아이는. 오지 않은 핏줄. 그 피로 자신의 꿈을 만들고 있는 꼬마 세입자 때문에 돌아선 핏줄. 당신은 기뻤나요, 임신을 알았을 때? 당신은 온 세상에 알릴 생각을 했나요? 신발에 지푸라기나 넣고 다닐 듯 당신을 경멸하며 훑어보는, 강베타 광장 르 레장 카페[136]의 여드름투성이 대학생들에게 그들을 질투하게 만들 이야기를? 실수의 무게가 당신을 짓누르기 전, 당신은 어쨌든 찰나의 태평을 느꼈나요? 아니면 겁이 났나요? 시퍼런 겁이. 한 집안에, 한 아기, 그건 행복이 들어오는 것이다. 우리는 그에게 문을 열어주고, 그에게 "들어와, 편히 있어, 길이 힘들었지?"라고 말한다. 행복은 자리를 잡고,

맘대로 쉬고, 여유를 부린다. 행복은 그냥 지나가는 게 아니다. 여기가 자기 집이고 우리 집이다. 행복은 집을 넓히는 동시에 집을 좁히고, 그의 자리를 빨리, 만들어줘야 한다. 한 아기, 사실 엄청 크다. 그 행복이, 온 공간을 잡아먹는다. 배냇짓과 울음, 빨개진 볼, 부은 잇몸, 탈지면, 사면 벽의 끝없는 활보가 벌어지는 몇 평방미터. 우리는 예쁜 무늬로 가득한 새 벽지를 바른다. 모빌은 전부 컬러로, 또 온갖 물체들은 삼키지 못하게 적당한 크기의 것들로 걸어준다. 베이고, 긁히고, 자극될 것들을 조심하고, 테이블 모서리, 날 선 시선도 조심한다. 주변을 다 둥글게, 부드럽게 해야 한다. 특히 뾰족한 건 하나도 없게. 집 전체가 애기 피부가 되어야 하고, 어른들의 목소리도 마찬가지다. 왜냐하면 당연히 그에게, 이 아이에게 말을 해야 하기 때문이다. 그는 침묵에서 오지 않는다. 그는 사랑에서, 모셰가 더없이 부드럽게 뱉은 말들에서, 리나, 당신의 말에서 온다. 엄마의 양수 속, 그는 가는귀다. 그가 놓치는 것은 하나도 없다. 아이의 시초는, 스펀지다.

당신은 할매의 얼굴을 조심스레 살폈다. 돌로 변한 어머니를 누그러뜨리는 일은 쉽지 않다. 당신의 머릿속은, 당신의 세 가지 소원을 들어줄 착한 마녀가 나오는 요정 이야기들로 가득하다. 한 가지 소원이면 족하다. '당신의 어머니가 유대인 모셰, 모로코의 *파시*[137] 모셰를 받아들이는 것.' 당신은 조르기도 한다. 생명이 싹트는 것을 느끼는 당신은 대담해진다. "엄마, 이제 할머니가 되시는 거예요. 이 꼬맹이가 엄마를 엄청 사랑할 거예요!" 잉크병을 쏟은 듯한 당신의 어머니의 두 눈, 동공도 새까맣다. 한 아이, 그건 하늘의 선물이다. 맞다. 단, 규칙을 깨지 않는 경우에만. 당신은, 아무것도 지킨 것이 없다.

꼬맹이는 죽이지 않을 것이다. 기쁨을 죽일 것이다.

아주 표독스럽다, 할매의 그 눈길은. 그 이전에, 당신은 한번도 산부인과 의사를 본 적이 없다. 모셰 그놈은 도움이 안 된다. 그는 아직 학위가 없다. 그리고 그는 외국인이다. 유대인, 결국 다 알게 될 것이다. 그는 전혀 중요하지 않다. 생리가 멈추자 당신의 어머니는 그 이름에 걸맞은 의사에게 당신을 끌고 갔다. 검사는 신속했다. "네 아가씨, 임신하셨습니다. 갓 두 달 되었습니다. 옷을 다시 입으셔도 됩니다." 당신은 무슨 말인지 모른다. 어떻게 임신이 되는 거지? 당신은 그것에 대해 전혀 아는 게 없다. 아무도, 아무것도 말해준 게 없다. 그런데 당신은 어디서 왔나? 당신의 시골, 어느 날 자기도 의사가 될 거라고 큰소리칠 때 다들 조용히 비웃는 하찮은 한 시골 소녀. 심장병 전문의. 학위증에서, 당신은 크고 작은 혈액순환을 다 외웠다. 모셰, 당신은 그를 믿었다. 그는 당신보다 여섯 살이 많고, 그는 곧 의사가 될 것이다. 그 나이면, 그라면, 아이를 어떻게 만드는지 당연히 안다. 당신의 어머니도 안다. 엄한 얼굴의 이 여인은, 언젠가 내가 사랑하는 할매라고 부르자, 이를 악물었다. 의원을 나서자마자, 당신의 어머니는 비상구들을 하나하나 점검한다. 낙태는 있을 수 없는 일이다. 기독교도 여인은 하느님이 보내신 시련을 받아들인다. 알고 싶지 않은 한 낯선 이의 자식. 결론 끝, 논의는 필요 없다. 한 마리 고양이를 주듯 이 작은 살덩이를 내놓을 것이다. 당신은 충격을 받는다. 당신은 원한다. 공처럼 웅크린 이 아가, 지진을 일으킨 이 하찮고 하찮은 아가를. 당신은 울부짖고, 당신은 그 울부짖음을 삼킨다. 당신은 존재하지 않는다. 당신은 아무것도 아니다. 그 하찮음조차 이미 과하다. 당신은 터럭만큼도 아니다. 나도 똑같다. 태어나기 전부터 부정되었다.

22

곧 어둠이 내릴 것이다. 나는 여전히 프롬을 산책 중이다. 난 나의 오고 가기로 도시의 기운을 빼고 있다. 당신을 네그레스코에서부터 데려온 파티꾼들 틈에서 당신이 불쑥 튀어나올 것 같다. 트럼펫들과 바이올린들의 소리가 들리고, 장발의 청년이 「니사 라 벨라」[138]를 부르고 있다. 물론 당신이 여기 있을 리 없다. 모든 것이 멈춘 그 시절, 당신은 누구와도 말하지 않고, 누구도 당신에게 말을 걸지 않는다. 하루 종일, 당신은 한 마디 말도 하지 않는다. 이 침묵, 그게 당신의 처벌이다. 당신은 누군가에게 털어놓고 싶다. 당신은 누군가 이 허리 경련에 대해 당신을 안심시켜주었으면 싶다. 당신의 아기의 크기는? 그의 몸무게는? 자리는 잘 잡았나요? 발길질, 이건 아기가 화가 난 건가요? 당신은 불안을 홀로 삼키고, 당신은 누굴 괴롭힐 사람조차 없다. 당신은 너무 어리고, 그리고 당연히 난 거기 없다. 당신에게 내가 필요할 때 난 한번도 거기 없었다.

시간이 걸렸다. 숱한 세월의 후광 너머로, 난 이제 아기 숙녀였던 당신의 고독과 회의를 짐작한다. 신부들의 판결에 넘겨졌을 때, 이미 아스크로스에서 몇 주가 격리된 후, 어깨를 기댈 친구도 없이, 당신을 안심시킬 자클린도 없이 그 숱한 밤낮을 보낸 후, 당신, 당신의 뚱뚱한 사내아이보다 작은 당신은, 니스의 무자비한 태양속에서, 세상의 이기심 속에서, 더는 될 수 없는 것을 감추려고 애쓰면서, 끝났다. 당신은 여전히 엄마의 명에 떨고 있다. 임신 중인것이 자랑스러운 그런 여자들처럼 뚱뚱한 배를 보이지도 말고, 앞으로 내밀지도 말 것. 자랑스러울 게 없다. 실컷 즐기지 않았니? 입을 다물 것, "입 닥쳐", 라고 폴은 당신에게 외쳤다. 당신은 죄인이다. 잊으면 안 된다. 나는 상상한다. 당신은 살레야 시장에서, 뭇시선을 피하면서, 꽃장수들의 칭찬에 귀를 막고, 다짜고짜 걸음을 재촉할 때, 억양이 잔뜩 들어간 한 목소리가 당신에게 묻는다. "그피춘*, 곧 나오지요?" 당신은 대답을 삼간다. 당신은 이미 멀리 와있다. 당신의 배를 집어넣을 것. 그들, 당신의 어머니와 그녀의 까마귀 떼들은, 농담한다. 어쨌든 그녀는 당신을 위해 기도하고, 다들 하찮게 여기는 이 꼬맹이를 위해 살짝 기도한다. 인생을 잘못시작하는 한 사람이 또 있습니다. 그가 처음은 아닙니다. 기도합

---

* pitchoun(\pit.ʃun\). '꼬맹이, 아기, 아가'의 정감어린 뜻이 담긴 남불어(occitan). 여성형은 'pitchoune'.

시다. 처음에는, 당신은 거들과 붕대로 몸을 혹사시켜 위를 압박했다. 당신은 아무것도 삼킬 수 없었고, 소화를 시킬 수도 없었다. 그러나 아스크로스에 오자마자, 아스크로스의 선량한 사람들 속에서, 당신의 어머니가 산의 좋은 공기로 가득 찬 예쁜 아가를 보면 모든 게 풀릴 거라는 말에, 당신은 자연이 말하게 내버려두었다. 이따금, 당신은 늙은 목동과 그의 부인이 당신에게 들려준 그 이야기를 믿고 싶었다. 그들은 자식이 여섯이었다. 늘 똑같은 기쁨이었다. 당신은 당신을 짓누르고 압박하는 모든 것을 버렸다. 장롱 거울에서, 당신은 당신의 둥그런 모습, 커진 가슴, 의기양양한 배꼽을 본다. 당신이 이토록 예쁜 적은 없었다. 당신은 북처럼 팽팽해진 당신의 피부에 기름진 크림을 조심스레 바른다. 혼자 말하지 말자고 다짐한 뒤, 당신은 조그만 목소리로 말한다. 저녁마다 당신은 울면서 잠들고, 당신의 눈물은 뒤섞이고, 당신의 어머니를 향한 눈물, 그녀가 당신을 용서해주기를 바라고, 당신의 꼬맹이를 향한 눈물, 그가 당신을 사랑하기를 바란다. 분수.* 파란 피들.

푼돈이 생기면, 책이 당신의 유일한 군것질이었다. 꽃시장의 한 고서점에서, 당신은 『이방인』을 샀다. 낡은 문고본이었고, 면지에 검정 사인펜으로 쓴 소녀의 이름이 적혀 있었다. 카트린 뒤셴, 중

---

* partage des eaux(分水). 참조. '분수령'(ligne de partage des eaux).

학교 2학년, 스타니슬라스 중학교. 당신은 버스에 앉으면서 느꼈던 충격을 기억한다. 그곳에선, 지중해 저편에선, 그렇다는 걸 당신은 잘 알고 있다. 모세를 붙들고 있는 그 북아프리카에선. 알제리든 모로코든, 무슨 차이일까? 당신은 두 나라 그 어디도 모른다. 당신은 조심스레 책을 펼쳤고, 이마가 따끔거려서 후다닥 책을 덮었다. 당신의 심장이 쿵쾅대기 시작했다. *이런 걸 쓸 수 있다는* 깃에 당신은 기겁한다. 당신은 당신이 무슨 나쁜 행동을 저지른 것 같고, 또 다들 그걸 알아차릴 것 같아 주변을 둘러본다. 사람들이 당신을 규탄할 것 같았다. 책의 짧은 문장이, 첫 문장이, 그냥 하찮은 그 문장이, 당신을 사로잡았다. 니스의 마른하늘에 벼락이었다. "오늘, 엄마가 죽었다. 혹은 어제였는지, 잘 모르겠다." 한 수녀가 당신을 마주본다. "아가씨, 어디 편찮으세요?"

당신은 답하지 않는다.

당신은 그 문장을 다시 읽는다.

생각지도 않은 평온이 당신을 휩쓴다.

그래, 이게 진실이야.

당신은 그 똑같은 말을 할 수 있는, 그리고 당신은 아무 상관 않는, 그 순간을 기대한다. 오늘 엄마가 죽었다.

십대 때, 당신은 내게 책을 읽게 하려고 전쟁을 치렀다. 가망 없는 전쟁이었다. 난 당신이 좋아하는 것을 멀리하는 경향이 심했다.

가끔 당신은, 지나친 확신으로, 강요하곤 했다. 당신은 내가 응접실의 유리 장에서 책을 뒤지기를 바랐다. 얇은 두께에 끌려, 나는 폴 기마르의 『르 아브르 길』에 눈독을 들였다. 나는 앙리 트루아야의 웅장한 소설들인 『세상이 존재하는 한』이나 당신의 어린 시절을 상기시켜준 그의 전원 대하소설 『파종과 수확』, 혹은 당신이 탐독한, 당신 선조들의 코레즈 지방을 그린 클로드 미슐레의 『개똥지빠귀에서 늑대까지』는 피했다. 두꺼운 책 한 권이 삐져나와 있었고, 여성의 실태에 관한 보고서였는데, 펄 벅이라는 이름에서, 난 진주(pearl)의 얼굴을 한 저자를 상상했다. 당신은 내 시큰둥한 태도에 두 손을 들었다. 그런데 어느 날, 당신은 거의 간청하다시피 말했다. "이거 읽어 봐, 아들아. 대단한 책이야." 당신은 대-단-한!을 하나하나 끊어서 말했다. 『갸론 강의 술꾼』이라는 이상한 제목의 소설이었다. 당신은 리종과 당신을 동일시했다. 열다섯 살의 그 여주인공은 식구들로부터 벗어나기 위해 혈투를 벌였다. 저자의 이름은 미셸 페렝이었다. 당신은 그 책을 내게 건넸다. 당신의 손은 유달리 흥분으로 떨고 있었다. 난 아직도 당신이 이 고백을 했을 때의 강렬한 시선을 느낀다. "내가 작가였으면 좋았을 텐데." 나는 얼빠진, 아니 어쩌면 빈정대는 표정을 지었다. 난 당신이 당신의 그 숱한 이사 후에도 『갸론 강의 술꾼』을 간직했는지 모르겠다. 이제 그 책을 읽어보고 싶다. 보르도에서 돌다리를 건널 때마다 그 생각을 한다. 강물이 그날 당신의 손처럼 떨고 있다.

23

아침 시장에서 불쑥 벌어진 일이었다. 살레야 시장의 한 아주머니가 내게 만다린 귤을 하나 주었을 때 구역질이 일었다. 꿀 한 스푼을 넣은 미지근한 주스를 만들려고 산 레몬들에 그녀가 덤으로 준 것이었다. 앞치마를 두른 그 부인은 역설했다. "우리 니스 레몬을 드세요. 다 망통[139]에서 온 거지만……. 정말 기름지고 달콤해요." 난 수긍하는 척했고, 어려운 일도 아니었다. 그리고 귤껍질을 벗겼다. 수년의 세월이 얼굴로 튀었다. 당신에게 말도 않고 지냈던, 당신을 피하고, 대화를 회피하고, 빈말과 겉도는 말로, 공손함으로 다정함을 대신했던 그 모든 시간이. 옛 귤 조각은 시었었다. 한 입을 베문 순간, 단맛이 내 입을 가득 채웠다. 그리고 난 갑자기 무턱대고 울기 시작했다. 그 무턱, 그것은 사라진 우리의 인생이었다. 꼬마 엄마야, 그것은 내가 당신을 껴안은 적 없이, 당신이 그토록 기다렸던, 그리고 끝내 아무도 더는 찾아오지 않는 삭막한 방에 빛을 닫듯 당신은 그 희망을 버렸던, 그 몸짓도 없이 사라진 우리의 인생이었다.

난 아이의 슬픔을 안고 태어났다.

목 깊숙이 걸려 있는 커다란 오열.

"넌 왜 우니?"

내가 제일 많이 들었던 질문이다.

"넌 왜 우니?"

"왜냐하면."

"왜냐하면 뭐?"

"왜냐하면."

난 몰랐다. 난 아직도 모른다.

잊어버렸다.

이야기도 없고 얼굴도 없는, 말 없는 슬픔.

예고하지 않는 슬픔.

슬픔은 내 안에 이불을 펴고, 내 숱한 밤을 괴롭혔다.

소음이 아닌, 내 존재의 방마다 파놓은 침묵으로.

그러나 가끔, 비명이 들린다.

그 비명의 나이는 쉰 살이 넘는다.

그게 소음기 총알처럼 내 인생을 관통하고 있다.

내게만 들리는 소리다.

눈이 따끔거린다. 폰 배터리가 다 충전되었다. 작은 막대 다섯 개. 그래도 당신에게 전화해서 질질 짜지 않겠다.

24

오늘 저녁 라 메렌다는 사람들로 만원이다. 주인이 내게 기다리라고 손짓했다. 오래 걸리지 않을 것이다. 스탠드바에서 주인이 재량껏 벨레(Bellet) 한 잔을 대접했다. "니스 시에서 수확한 유일한 포도주입니다. 이곳 품종만 들어갔지요. 자두, 살구, 말린 장미 향을 맡아보세요." 몇 모금을 마시자 홀을 적시고 있는 즐거운 분위기에 나도 빠져들었다. 우리의 행복했던 추억의 분위기에. 난 당신이 미셸과 결혼했을 때 하늘을 날 것 같았다. 그의 누이들이 나타났고, 짙은 향수에 뾰족한 억양, 머리칼이 파도처럼 출렁이는 남쪽 미인들이었다. 눈부신 세 고모들. 그리고 두 볼 가득 숟갈질로 쿠스쿠스[140]를 먹는 내내 한시도 쉬지 않고 자기네 튀니지를 회상하는 두 삼촌들. 시뇨렐리 조부모님들은 이제 프랑스의 흐린 하늘 아래서 성인이 된 구릿빛 자식들의 모습을 눈에 담고 있었다. 내눈이 더 밝았다면, 난 그때 그들의 눈길 한 구석에 불길처럼 일었던 우울을 간파했을 것이다. 특히 닌느, 준느 혹은 니콜이 수스의 한 해변에, 토죄르[141]나 야수 가프사[142]의 한 오아시스에 두고 온 행복을, 또 어느 시장 아줌마의 진열대에 있던 패물 하나, 한 덩이 헤나[143], 그리고 온갖 재스민 향을 되새길 때마다 일었던 그 불길을. 처음에 리나와 나는, 언쟁도 없고 서로 헤어져야 한다는 슬픔밖에 없는 그런 가족식사가 믿기지 않았다. 대신 우리는 여유로웠다. 잣을 넣은 민트 차와 하도 투명해서 속이 다 비치는 대추야자 "빛의 손가락"[144]을 대접할 참이었다. 당시의 한 장면이 아직도 새롭다. 나의 아버지는 두 손으로 빵을 잘랐다. 칼도 없었고, 잭나이프도 없었다. 오직 그의 두 손의 힘, 빵과 일체가 된 손의 열기뿐이었다. 내 부모님이 끝내 결별했을 때, 그 매혹도 끊어졌다. 난 성인이었지만, 식구들의 찢어짐 앞에선 우린 항상 어린애다. 난 그 어디서도 우리 모두의 가슴에 단 하나의 심장이 하나로 뛰었던 그런 모임을 다시는 마주한 적이 없다. 빵이 웃었던 그런 모임을.

홀 전체가 다 보였다. 술 효과가 있었다. 내가 생선을 고르자 주인은 내게 니스 적포도주의 아우격인, "감귤류와 베르가모트 귤 향이 풍부한" 벨레 백포도주를 권했다. 그가 내 잔을 채우면서 이 밤의 작은 충고를 건넸다. "오늘 저녁에는 선생의 인생을 말하지 마세요. 이런 금언이 있죠. '벨레가 들어가는 곳, 비밀이 나온다…….'" 나는 술의 달콤한 내음에 붕 떠 있었는데 한 커플이 테이블에서 일어났다. 남자가 아는 사람이다. 웨스트민스터 해변 위에서 부메랑을 날리는 그 말총머리 아시아인이다. 주인이 잠시 팬을 내려놓고 그에게 감사를 표했다. 틀어 올린 잿빛 머리를 한, 고상한 차림의 한 여인과 동행이었다. 여인의 맑은 눈이 그을린 얼굴 속에서 빛나고 있다. 그녀는 친구일까? 친척일까? 부메랑 남자의 부인이기에는 나이가 너무 많아 보인다. 그는 돌아보지 않고 출구로 향한다. 나는 그에게 손짓해서, 그의 부메랑 열정을 묻고 싶었다. 여인이 그의 뒤를 따른다. 그러나 식당을 나서기 전, 그녀가 나를 뚫어지게 쳐다보기 시작했다. 어쩌나 집요했던지 난 불편함을 느꼈다. 그녀의 입술이 곧 움직이리라 생각했는데, 천만의 말씀이었다. 그녀는 계속 말없이 나를 쳐다보았다. 아주 여유롭게. 그녀는 날 안다. 더 나쁜 건, 그녀는 날 알아보고 있다. 드디어 그녀가 사라졌을 때, 난 그들이 누구인지 주인에게 물었다. "베티 르그랑, 오페라극장의 전 안무가입니다. 남자는 싱, 그분의 아들입니다. 그들은 살레야 시장의 끝, 막다른 골목에서 골동품상을 운영하고 있습니다. 한번 가보셔야 됩니다. 그들의 잡동사니는 온갖 진기한 물건들의 궁전입니다."

25

오늘 아침 평소보다 늦게 내려왔다. 잠을 설쳤다. 해가 뜰 무렵 잠이 들었다. 벨레 포도주가 위에 남아 있었다. 그 여인의 시선은 아니었겠지. 파헤쳐진 듯한 느낌. 아침 뷔페가 치워져 있었다. 커피머신으로 향하다가 거기서 노박을 발견하고 놀랐다. "기다리고 있었습니다." 그가 미소로 나를 반겼는데 왠지 불안했다. 그리고는 나를 플레이모빌 박스가 있는 자기 테이블로 데려갔다. "당신의 질문들에 대해 생각해보았습니다. 소아 기억에 대해, 우리가 망각하거나 망각하지 않는 것에 대해, 당신의 어머니에 대한 당신의 변질된 감정에 대해." "네⋯⋯." "당신을 돕고 싶습니다. 성공할지 모르지만, 한번 시도는 해보죠. 괜찮으신가요?" "네⋯⋯." 나는 '네'라는 말밖에 달리 할 말이 없었다. "이 인물들을 바라보세요." 노박이 말했다. "한 아이를 고르세요. 가능한 한 가장 어린 애로." 갑자기 내 친절한 아침 동료에서 자기 진료실의 전문의가 되어 있었다. 나는 상자에 손을 집어넣었다. 작은 사내애 같아 보이는 것

150

을 하나 꺼냈다. 그가 칭찬했다. "좋습니다. 그걸 바라보시고, 그게 당신이라고 상상하세요." 그는 계속해서 나를 관찰했고, 그 강렬함이 그의 미소만큼 불편했다. 나는 이 소년, 지그재그로 자른 머리칼이 이마에 나부끼는 소년이 된 느낌이었다. 나는 이상한 현기증을 느꼈다. 그 순간, 내가 어렸을 때의 내 얼굴을 잊었다는 걸 깨달았다. 내 옛 생김새가 다 증발해버렸다. "자 이제, 당신의 가족을 만들어보세요", 라고 노박이 단호하게 말했다. "내 가족을요?" 난 다시 손을 집어넣었고, 이번엔 왠지 머뭇거렸다. 할머니 하나, 젊은 여자 하나, 두 남자를 집었다. 노박의 두 눈이 내 머뭇대는 손짓을 쫓고 있었다. 그의 예리한 표정에 엄청난 집중이 드러나 있었다. 다 고르자, 그는 내가 나라고 여긴 인형 주위에 그 인물들을 배치하기를 바랐다. "이걸 어떻게 배치하죠?" "느끼시는 대로요." 나는 가장 논리적이라고 여긴 순서를 택했다. 그가 눈썹을 찌푸렸다. "확실한가요?" 흡사 한 학생이 칠판에 완성한 연습문제를 미심쩍어 하는 수학선생 같았다. "누가 누구인지 제게 말씀해주세요", 라고 그가 곧바로 청했다. 나는 내 할머니, 리나, 미셸, 모셰를 열거했다. "제가 생각했던 대로입니다." 그는 날 뚫어지게 쳐다보았다. 난 그가 무엇을 보았는지 감히 물어볼 수조차 없었다. 나는 내 할머니를 내 옆에 두었다. 그리고 리나─나는 "나의 어머니"라고 말하지 않았다─를 나타내는 젊은 여자 인물을 내가 할매와 같이 있게 만든 작은 커플에서 떨어뜨려, 아주 멀리 두었다. 미셸

151

은 할매와 리나 사이에 있었다. 오직 모셰만이 인접한 원에서 분명하게 빠져나와 있었다. "당신의 할머니가 모든 자리를 다 차지했네요", 라고 노박은 한참을 침묵한 뒤 이렇게 평했다. "당신의 첫 감정은 당신의 어머니를 향하지 않았습니다. 왜 그런지는 당신이 잘 알고 있습니다." 그는 자신의 플레이모빌 부족을 다시 그러모았고, 나를 홀로 두고 떠났다.

니스에 오기 전, 난 리나와 관련된 그 모든 사건들을 정리할 수 없었다. 난 온갖 디테일에 짓눌려 있었고, 난 그걸 멋대로 해석했고, 그리고 그렇게 난 우리의 삶에서 비켜나 있었다. 커피 한 잔을 더 하려고 일어났다. 두 아버지와 한 할머니, 떠도는 한 젊은 여자, 길 잃은 한 아이. 한 희한한 가족. 아까 폴을 보냈어야 했다. 당시 그는 저음 역을 맡은 유일한 베이스였다. 기억이 살아났다. 펑펑 울어야 할 기억이. 꼬마 리나야, 우린 두 아이였다. 당신은 나보다 약간 더 컸을 뿐. 당신은 내 어머니가 아니었다. 걱정해주는 엄마는 없었다. 할매가 전적으로 지배했고, 별것을 다 결정했다. 당신들의 입씨름은 비명으로 끝났다. 난 귀를 막았다. 당신은 당신의 방에 틀어박혔고, 그 방은 우리의 방이었다. 난 조용히 문을 두드렸고, 나 들어갈래, 했다. 난 당신을 위로했다. "네 누이를 가만 놔둬라", 라고 할매가 이를 악물고 쏘아붙였다. 나의 누이.

기억난다. 당신은 나의 누이, 나의 큰누이였다. 당신은 내가 그걸 믿게끔 처신했다. 당신에게 선택의 여지가 있었나요? 어쩌면 또 그게 당신에게 맞았다. 난 옷을 입어보는 것도 떠맡았다. 나는 치마나 블라우스에 대한 내 의견을 말했다. 남동생들은, 그런 거 하는 거야. 당신은 내게 "등 돌려"라는 말도 없이 옷을 벗었다. 혹 당신이 울면, 난 당신을 위로했다. 난 당신의 공범이자 당신의 심복이었고, 어린 왕자이자 타월이었다. 당신이 외출 준비를 하고 있었던 그 특별한 저녁이 다시 보인다. 당신은 늦었다. 당신은 옹알옹알 거렸다. 사랑꾼이 머잖아 벨을 누를 것이다. 당신은 사방으로 뛰어다녔다. 옷이 하나도 마음에 들지 않았다. 당신은 몸을 가리려고도 하지 않았다. 당신은 내가 없는 듯 행동했고, 알몸으로 당신의 소년 앞을 지나치고 또 지나쳤다. 난 당신의 우윳빛 피부, 당신의 주근깨, 뭇 남성들의 눈을 떨구게 한—내 눈은 아니었다— 당신의 야성미에 이골이 났다. 혹 당신이 내 누이였다면, 내 어머니를 사랑하려면 난 누구를 사랑해야 했을까? 몰이해의 댐 하나가 내 앞에 서 있었다. 내 감정의 정상적인 흐름은 강줄기를 틀듯 이미 틀어져 있었다. 어머니, 우리는 그녀를 아낌없이 사랑한다. 누이, 우리는 그녀를 혐오할 수 있다.

26

나는 온실에 머물렀다. 여주인은 미모사의 때아닌 개화를 터트린 화창한 날씨 이야기로 대화를 이끌었다. 우리는 그 기상에 대해 잠시 이야기를 나누었다. 난 엊그제 아스크로스로 올라가면서 그걸 관찰할 수 있었다고 했다. 해질 녘, 더는 참을 수 없어서, 라 메렌다 주인이 내게 알려준 골동품상으로 향했다. 프롬에 다가가자 가로등에 불이 들어왔고, 밤의 시작을 주홍색 아치로 품기 시작했다. 몽 보롱 언덕 너머로, 저무는 태양이 그림자놀이를 하듯 산줄기의 검은 능선을 되던지고 있었다. 부메랑 남자는 해변에서 자신의 기구를 던지고 있지 않았다. 어쩌면 그의 가게에서 그를 볼 기회가 있겠다 싶었다. 그 시각 썰렁한 살레야 시장을 지났고, 막다른 골목으로 향했다. 성 언덕이 통째로 짓누르고 있었다. 컴컴한 장소였다. 두 개의 통유리창 너머로 오래된 궤들과 위대한 세기[145]의 촛대들이 철제 프로펠러들과 옛 소련군 군복들과 한데 어우러져 있는 기이한 광경을 선사하고 있었다. 부메랑 남자가 거기 있었고, 빛나는 검은 머리는 뒤로 넘겨 두툼한 고무줄로 묶여 있었다. 그는 기념비적인 영화 조명기로 조명을 시도 중이었고, 거대한 눈알 전구가 눈부신 광선을 날리고 있었다. "빅토린 스튜디오[146]에서 살아남은 겁니다", 라고 그 남자가 내게 머리로 인사를 건네며 말했다. 일을 마치더니 사라졌다. 나는 아동용 페달 자동차들, 회전목마들, 다수의 조각물 한가운데에 덜렁 서 있었다. 라디오에서 클래식음악이 흘러나왔다. 한 받침돌에 인간의 형체를 한 이상한 나무줄기 하나가 솟아 있었다. 본능적으로, 뒷걸음을 쳤다. 조개껍질로 손, 발, 얼굴의 요철을 형상화했다. 두 조약돌로 무릎뼈를, 갑오징어 뼈 두 개로 팔꿈치를 표현했다. 구리 머리의 이런저런 모양의 나사로 귀, 코, 입을 대신했다. 구멍이 뚫린 셔츠 단추 두 개가 강렬한 시선을 던지고 있었다. "마음에 드시나요?" 한 여자의 목소리가 들렸다. 난 그녀가 오는 것을 보지 못했다. 몸을 돌려 라 메렌다의 그 위압적인 여인과 마주했다. 그녀는 여전히 꼿꼿했다. 담청색 눈의 빛나는 냉기가 고양이의 자태를 풍겼다. 자신의 궁에 있는 여왕, 크리스털이 주렁주렁 매달린 샹들리에들 속에 군림하고 있는, 탐조등 뒤에서 변신하는 것에 익숙한 여왕이었다. 그녀는 내 답을 기다리는 것 같지 않았지만, 내가 그녀의 질문에 답하려고 하는 동안 그녀가 홀의 블라인드를 내리기 시작했다. "문을 닫아야 합니다. 빌프랑슈[147]에서 약속이 있어요. 빌프랑슈를 아시나요? 아니지, 이런 멍청하긴. 여긴 하나도 모르지요? 아닌가

요? 당신의 어머니를 보러 왔었다면 몰라도." 이 말에 나는 감전된
듯했다. 내가 반응하기도 전에, 그녀가 허둥지둥 사과를 했다. "죄
송해요. 그걸 말하지 말았어야 했는데." 나는 간신히 "제 어머니를
아시나요?"라고 물었고, 그사이 그녀는 이번에는 진열창을 보호
하는 철제 셔터를 작동하기 시작했다. 난 그녀를 따라 홀의 끝으
로 갔다. 거기에서, 나는 니스를 입힌 수많은 작은 오브제들을 목
격했다. 돌, 진주, 금실, 금속, 그리고 나무들의 조합물이었다. 인물
들, 상상의 동물들을 표현한 것이었다. 리나의 작품들이었다.

"미안합니다, 시뇨렐리 씨. 난 당신이 올 줄 알았습니다. 개가 고
양이를 낳지는 않으니까요.* 이젠 정말 자리를 떠야 합니다. 다시
오시겠다고 약속하세요……." 그녀가 자신의 명함을 건넸다. "내
일 꼭 전화를 주세요. 그러시리라 믿습니다." 그녀는 어디서 나의
어머니를 알았을까? 당연히 최근 몇 년, 리나가 간호사였을 때다.
그녀가 이 이상한 피조물들을 구상한 게 그때였다. "전화를 주세
요……", 라고 잿빛 머리의 여인이 강조했다. 나는 약속했다. 난 마
치 시간을 거슬러 올랐던 것처럼, 이번에는 살레야 시장을 거꾸로
되돌아왔다. 그땐 참을 수가 없었다, 꼬마 엄마야. 난 당신에게 베
티 르그랑의 가게에서 당신의 작품을 보았다고 말하고 싶었던 모
양이다. 자동응답기가 받았다. 난 메시지를 남기지 않았다. 난 당

---

* Les chiens ne font des chats. '피는 못 속이지요.'

신에게 전화를 건 것에 위안을 느꼈고, 그리고 당신이 전화를 받지 않은 것에 더 큰 위안을 느꼈다. 전화는 우리가 서로 이야기하지 않기 위해 찾은 가장 좋은 물건이다.

27

오늘 저녁은 배가 고프지 않다.

골동품상에서 돌아오자마자 곧바로 방으로 올라왔다.

불도 켜지 않았다. 소파 깊숙이, 꺼진 텔레비전 앞에 앉았다.

노박의 퇴근도 기다리지 않았다.

비명이다. 그 비명, 당신은 그걸 내지르지 않았다.

그 비명이 다가온다.

방을 미광 속에 둔 건 잘했다. 이번에도 또, 그 비명은 빛에 도망 쳤을 것이다. 그걸 느끼려면 난 어둠이 필요하다.

어두웠다, 그날은.

그 비명, 그건 문장에 의한 비명이다.

나를 살인자로 만든 한 문장.

그 문장, 프롬 위 내 미친 트럭이다.

난 흰 트럭의 핸들을 쥐고 있고, 난 당신을 의식적으로 뭉갠다.

난 열세 살이다. 나는 내 방에서 공부하고 있다. 공기에 바다 냄새가 난다. 우리는 니월에서 행복하다. 당신은 내게 마호가니 색 스크리방 책상을 사주었다. 난 공부를 하기 위해 늘 책상 판을 열어둔다. 혹은 꿈을 꾸기 위해. 난 머리에 스치는 것들을 글로 쓴다. 낱장 종이에, 나는 펜으로 몇 마디를 끄적댔다. 분명하고 단정적인 짧은 한 문장. 성수 일치도 다 맞다. 틀린 데는 없다. 꼼꼼히 확인했다. 내 어두운 방에서, 의심 많고, 내 호기에 취해, 물론 두렵기도 한 나는, 낮은 목소리로 그 문장을 다시 읽는다. 입술이 흔들린다. "나는 한 유대인 개자식이 도망가기 전에 욕보인 한 창녀의 아들이다." 속삭임조차, 폭언도 이런 폭언이 없다. 내가 손에 쥐고 있는 건 펜이 아니다. 벼락이다. 나는 내 호기에, 단어의 잔인함에, 그 생생함에 탄복했다. "유대인", "개자식", "욕보인", "창녀". 나는 내 눈을 의심한다. 요동치고, 조악하고, 부당하고, 목불인견의 문장이 여기 있다. 난 이런 글을 쓴 아이였다. 마을 정육점 아저씨가 "계집애니?"라고 했던, 섬세한 인상의 부드러운 아이였던 나.

물론, 곧 다 찢어버릴 것이다. 낱장 종이는 날리면 그만이다. 일초의, 한 호흡의 역사. 난 다시금 그 독의 힘을 느끼고 싶다. 마지막으로 다시 읽는다. 머리를 푹 숙이고, 내 몸의 체중을 스크리방의 판 위에, 질주하는 내 심장의 판 위에 싣고. 어머니는 내가 있을 때는 절대 내 방에 올라오지 않는다. 그런데 그날 저녁 그녀가 내 등 뒤에 있다. 미소를 띠고, 공부하는 제 사내 녀석에 감동을 받

은 채. 난 그녀가 오는 걸 못 느꼈다. "하나도 안 보이겠다. 불 켜줄
게", 라고 그녀가 부드러운 목소리로 말한다. 그녀는 내 전등의 올
리브 모양 버튼을 누른다. 호기심에, 이번에는 그녀가 몸을 숙이
고, 파란색 잉크로 완벽하게 쓴, 철자 하나 틀린 데 없는, 10점 만
점에 10점을 받을 문장을 본다. 그녀는 내가 만년필 쓰는 게 많이
늘었다고 생각할까? 그녀의 두 눈이 빛나기 시작했다. 그녀의 주
근깨들이 그녀의 두 뺨을 구멍투성이로 만들고 있다.

나는 나의 어머니를 폭파시켰다.

말 한 마디 없었고, 비명도 없었다. 더 심했다. 히로시마 이후처
럼, 거대한 침묵이 내려앉았다. 공기가 떨리기 시작했고, 세상이
흔들린다. 리나는 구름이다, 수증기로 된. 그녀는 내 방을 나갔고,
자기 방에 틀어박혔다. 우리는 절대 그 이야기를 안 했다. 쳐다보
지도 않았다. 그 나쁜 짧은 문장은 꿋꿋이 제 길을 갔고, 내 나머지
인생을 좌우했다. 숱한 세월이 걸려 각 단어의 지뢰를 제거하고,
그 창녀는 창녀가 아니며, 그 개자식은 개자식이 아님을 확인했다.
단지 수단들*의 갱단에 넘겨진 한 소녀. 그는 친지들의 영향력에
굴복한 한 외국인. 너무 잘 간직된 비밀들은 아동용 펜의 잉크심
같다. 그 비밀들이 터지면, 짙은 잉크가 흐르고, 그건 피 같다.

———

* soutanes.

28

해가 방금 솟았다. 베티 르그랑은 낡은 버드나무 의자에 앉아 나를 기다리고 있었다. 그녀가 자기에게 오라는 손짓을 했다. 그녀 앞에 앉았다. 가게 휴무를 알리는 판지가 방문객들을 물리칠 만큼 잘 보였다. 나는 전직 무용수에게 밤늦게 문자를 보냈었다. 그녀가 곧장 답을 보냈다. "여덟 시, 가게 문을 열기 전에 오세요." 그렇게 했다. 숨이 막히는 느낌이었다. 내가 니스에 도착한 이래, 그녀는 리나의 존재의 내 첫 증인이었다. 지금껏, 나의 어머니는 비현실적 이고 반투명적인 존재로 머물러 있었다. 벽에 박힌 세 개의 미니 스피커에서 한 협주곡이 가랑비처럼 내리고 있었다. 베티 르그랑 은 한동안 나를 뚫어지게 쳐다봤다. 그녀가 대화를 시작하려는 순간, 한 실루엣이 다가왔다. 그 부메랑 남자였다. 그는 수염 없는 맨 얼굴에, 그 나이에도 머리가 검었고, 내 연상인지 아닌지는 확실히 말할 수 없지만, 내 또래일 것이다. 내 생각에 시간은 그에게 천천 히 흘렀던 듯싶었다. "저는 싱입니다. 만나서 반갑습니다. 어제 뵈었지만 혹 제가 방해가……." 그는 내게 웃으며 악수를 청했고, 그리고 그날 저녁처럼, 사뿐히 사라졌다. 고양이의 자태. 베티 르그랑이 말을 참고 있었다.

"난 당신을 곧바로 알아봤습니다."

"어머니가 제 이야기를 하셨나요?"

"난 무리 속에서도 당신을 식별했을 겁니다!"

"어머니가 니스에 와서 사실 때 당신의 고객 중 한 분이셨나요?"

"고객? 리나가? 아뇨! 우린 당시 서로 자주 봤어요. 그녀는 하나도 안 변했죠."

"그전에 서로 아셨나요?"

베티 르그랑이 나를 강렬하게 노려보았다. 라 메렌다에서와 같은 시선이었다.

"처음부터 알았죠. 무슨 말인지 아시겠어요? 아니지, 모르실 겁니다."

그녀는 내게 말할 최상의 방법을 찾는 듯했다.

"우린 조산원에서 같은 방을 썼어요. 나는 싱을 임신 중이었고, 그녀는 당신을 임신 중이었죠. 둘 다 아버지가 부재했거나 금지되었죠, 요즘 말로 하자면. 그게 연이 되었죠. 우린 서로 도왔어요. 난 그녀보다 세 살 위였고, 그래서 그녀가 안심했어요."

"그 말씀은……."

"맞아요, 난 당신이 태어나는 걸 보았어요. 그해 여름, 우리의 멋진 아가들과 함께 우리를 이 세상에 홀로 남겨놓은 그때부터, 우리는 편지를 주고받았고, 소식을 나눴어요. 첫 배냇짓, 첫 걸음마, 첫 옹알이들. 우리의 희로애락, 우리의 불안. 물론 사진도요. 한참 후, 리나가 니스에 정착했을 때, 난 믿을 수가 없었어요. 난 누이 하나를 되찾았던 거예요."

베티 르그랑은 무릎 위에 커다란 봉투 하나를 올려놓고 있었고, 흑백사진 몇 장이 삐져나와 있었다.

"네 할머니가 해산 전에 왔었다. 리나가 나간 사이 그분이 나를 따로 불러 이야기했다."

존칭에서 낮춤말로 바뀌었다. 난 뭐라 하지 않았다.

"그분은 내가 네 어머니를 감시하기를 바랐지."

"어머니가 혹 바보 같은 짓을 저지를까 봐 할머니가 겁을 내셨나요?"

"무슨 소리니? 이제 말을 놓으마. 어쨌든 넌 조금은 내 아들이니까. 네가 상상하는 것 이상으로 말이다."

그 말이 궁금했다. 난 그녀의 말을 끊지 않았다.

"네 어머니는 삶이 기쁨인 분이었다. 그녀는 널 간절히 원했지. 네가 크면 아무도 자길 아프게 하지 못할 거라고 말하곤 했지. 네가 움직이고 발길질하는 깃에서, 그녀는 네가 사내애임을, 자신의 사내임을 확신했지. 그녀는 너에게 말을 했고, 너에게 노래를 불러주었지. 그녀는 멋진 음악을 들으면 트랜지스터라디오를 자기 배

163

에 붙였어. 리나는 무슨 일이든 할 기세였다. 모세와 결혼하기 위해 유대교로 개종할 생각도 했지. 아무에게도 알리지 않고, 네 아버지 명의의 증명을 받을 생각도 했다. 모로코로 갈 생각도 했어. 그녀는 널 위해서라면 능지처참도 자처했을 거야!"

그녀가 이 말을 반복했다. "능지처참".

중세의 한 장면이 머릿속에서 번득였다. 눈가리개를 한 네 필의 말에 의해 그녀의 사지가 하나씩 찢겨 능지처참된다. 리나가.

베티는 여전히 도도한 자태의 미인이었다. 여든 살 가까운 나이에, 그녀의 탄력 있는 몸은 수천 시간의 봉, 그녀의 얼굴의 단호함을 빚어낸 그 극기의 삶을 드러내고 있었다. 그녀는 봉투의 사진들을 한 장 한 장 내게 건네면서, 리나가 쓴 메모들을 큰 목소리로 읽었다. 이내, 나는 내가 그 어떤 흔적도 간직한 적 없는 미지의 세계로 던져진 느낌이었다. 그 메모들은 이랬다. "리나가 에릭과 함께", 장소와 날짜, 르 베르동 1962, 라카노 1963, 르 포르주, 아르카숑, 술락.[148] 1964, 1965, 1966. 나는 렌즈를 향해 웃고 있고, 리나의 두 팔은 내 목을 감싸고 있다. 가끔 그녀는 내게 입을 맞추고, 난 가만히 있다. 어떨 때는, 난 그녀의 목말을 탄 채, 데이비드 크로켓[149]의 모자를 머리에 쓰고, 그녀에게 내 모험담을 들려주는 것 같다. 베티 르그랑은 반달 모양의 안경 너머로 내 반응을 예의 주시하고 있었다.

"놀랐니? 놀랍지?"

나는 머리를 가로저었다. 말이 나오지 않았다. 지금껏 그토록 멀리 있던 사랑이 다시 생존 신호를 보내고 있었다. 마치 기척도 없이 다가와, 불쑥 당신 앞에서 북을 치는 팡파르의 첫 음 같았다.

"네 아버지는 너의 출생 전에 두 번 왔다 갔다. 세 번째는 없었다. 너희 할머니가 넘을 수 없는 장애였다. 리나는 미성년자였고, 그럼 어떤 어조로 그에게 그걸 상기시켰겠니? 샤포 루주 광장[150]의 보르도의 한 카페에서 의논을 했다. 광장 이름을 기억한다. 리나의 어머니와 모셰 중간에 있었으니까. 일종의 조정이었지. 그는 다신 모습을 드러내지 않는다. 그녀가 모든 것을 알아서 한다. 개의 십자가다, 라고 그녀가 말했지. 너의 출생 한참 뒤, 리나가 그걸 알았을 때, 그녀는 거역하지 않았다. 뇌 세탁이 이미 행해졌지. 그녀는 유혹에 넘어갔던 것이고, 그러니 속죄해야 했다."

명백한 증거가, 각각의 사진에 적힌 글들이 내 얼굴로 튀어 올랐다. 베티가 말했다. "다 네 거다. 가져도 된다." 전직 무용수가 내게 넌지시 건넸다. 리나는 처음부터 어머니의 사랑의 손길을 다한, 나의 어머니였다. 장님이라도 그걸 보았을 것이다. 그 증거가 여기, 눈물로 흐려진 내 눈앞에 있었다. 베티가 내게 다른 사진들을 내밀었고, 그게 내 기억의 분화구들을 메웠다. 단 하나, 내가 영성체 흰옷을 입고, 회양목 십자가를 단 괴상한 모습으로, 코데랑[151]

의 돌계단에 앉아 있는 사진만 빼고. 착한 꼬마 기독교인. 난 그걸 잊은 적이 없었다. "너희 할머니에겐 네가 세례를 받고, 공식 영성체를 마치는 게 중요한 일이었다. 네 안의 유대인을 일소해야 했으니까. 네 유대 영혼을" 나는 침을 삼켰다. "그럼 리나는, 그녀는 거기에 반대할 수 없었나요?" "리나는 안중에도 없었다!"라고 베티가 응수했다. 그녀는 곧바로 자신의 말을 후회하는 듯했다. 나는 그 말을 못 들은 척했지만, 그 말은 계속 무거운 공기 중에 떠돌고 있었다. "그녀가 스물한 살이 된 해, 드디어 성인이 되어, 네 어머니가 모로코로 전화를 했다. 라바트에 있는 모셰의 번호를 얻었지. 그가 전화를 받았다. 그녀는 그의 목소리를 듣는 것만으로도 기절할 것 같았다. 그는 그녀의 말을 들었고, 그녀와 너의 안부를 물었다. 그리고는 그녀에게 자신은 젊은 프랑스 여자와 결혼했다고 알렸다. 곧 아이도 나올 예정이었다. 너무 늦었던 것이다. 리나가 내게 이 이야기를 들려주었을 때, 그녀는 세 마디를 잇지 못했고, 정말 펑펑 울었다. 그리고는 마음을 가라앉혔다. 내가 오래전부터 알았던 전투적인 리나가 되살아났다. 그녀는 이렇게 말했다. 뭐, 괜찮다고, 자네는 지금껏 그 없이도 잘 살았다고 했다. 그리고 언젠가 자기는 니스에 정착할 거고, 우리 서로 다시는 헤어지지 말자고 했다."

베티 또한, 가는 눈의 사내애를 홀로 키웠다. 그는 니스 오페라

단의 한 시즌에 참여한 베트남 무용수의 아들이었다. 그녀는 자신이 임신한 것을 알았을 때 그에게 아무 말도 하지 않았다. 남자는 사이공으로 다시 떠났다. 아무 소식도 없었다. 그때부터, 싱은 바다로 병을 흘려보내듯 자신의 부메랑을 던지는 것을 멈추지 않았다. "너희들은 어떤 점에선 형제들이다, 싱하고는. 리나가 내 아들의 사진들을 가지고 있었을 거야. 뭐 떠오르는 게 없니?" 나는 모르겠다고 고개를 저었다. 엄마는 내가 하나도 이해하지 못할 거라고 생각했으리라. "형제들이지", 라고 베티가 반복했다. 난 그녀에게 몸을 숙였다. 난 그녀에게 내게 말해줄 것을 부탁했다. 왜 나는 어머니를 사랑하는 게 이토록 힘들었는지. 왜 나는 그녀의 사랑을 그토록 멀리 있다고 느꼈는지. 내 말이 그녀를 기겁하게 한 모양이었다. 그녀는 내가 한 말을 이해 못하겠다는 듯싶었다. 마치 내가 외국어를 말한 듯 여겼다. 그녀의 신경질적인 목소리에서, 난 내가 그녀의 심기를 거슬렸음을 느꼈다.

"2000년 초에 리나가 니스에 살려고 왔을 때", 베티가 다시 말을 이었다. "그녀는 몽 보롱의 한 아파트에 입주했다. 그녀의 집은 아주 작았다. 그런데도 그녀는 큼직한 네 사진들을 사방에 걸어야만 했다. 거실에, 부엌에, 심지어 침실에도. 혹 그녀가 다른 자식들이 있는 건 아닐까 싶을 정도였다. 어느 날 저녁, 같이 식사를 하던 중, 내가 무릅쓰고 말했다. 너무 많다고, 이 모든 너의 사진들이. 그녀가 짜증을 냈다. 그리고는 이렇게 답했다. '에릭하고 있으면 다 달라요'. 넌 정말로 그 집의 가장이었고, 어쩌면 그녀의 인생의 남자였다. 넌 늘 없었지만 말이다. 나는 고집하지 않았다. 그건 지뢰밭이었다. 접근금지였다."

나는 아무 말도 보탤 수 없었다.

베티가 우리의 대화에 끝을 맺었다.

그녀가 말했다. "내일 다시 와라. 너무 고단하구나."

29

우리의 인생의 파편들이 내게 돌아왔다. 내 피가 새롭게 돌았고, 내 기억의 신경 말단들이 다시 작동했다. 그날 오후, 난 정확한 목적 없이 역과 화랑들 주변을 거닐었다. 침묵이 필요했다. 또 내 안에서 베티 르그랑의 말들이 메아리치는 걸 듣고, 그것에 익숙해지고, 이런저런 장소들의 지도를 만드는 게 필요했다. 아르카숑, 라카노, 샤포 루주 광장, 술락 쉬르 메르. 아마 오래전 난 이미 그 이름들을 들었을 것이고, 이후 그것들은 흐르는 시간에 용해되어, 완전히 사라졌을 것이다. 사폰 갤러리 앞에서, 난 혹시 키리코의 한 화폭과 안락의자에 앉은 매료된 젊은 여자를 볼 수 있을까 찾아보았다. 어쩌면 난 리나의 정확한 이미지를 반영한 그림 하나를 발견하고 싶었던 것이었는지 모르겠다. 그녀의 열일곱 해 위에 흐르는 가벼운 드레스 차림의, 뭇사람들로부터 벗어나, 순간의 미광에 휘감긴 채, 피렌체의 한 광장을 조용히 응시하며 푹 빠져 있는 리나, 자신의 꿈만을 셈하고 있는 리나를. 그 장면을 상상하다가, 정말 그런 장면이 존재했었다고 믿게 되었다.

　베티에게 보낸 사진들 중 몇몇은 미셸과 내 어린 동생들과 지내는 내 어머니의 새로운 삶을 들려주고 있었다. 나는 그중 몇 장을 꺼내 가리발디 광장의 한 테라스에 자리를 잡았다. 잔디밭 위, 풍선보트 안, 프랑수아를 안고 있는, 혹은 첫 걸음마를 떼는 장을 도와주고 있는 나를 사람들이 보고 있다. 이 장면들을 당시 모습으로 보니, 내겐 다 조작된 사진 같았다. 하나도 이치에 안 맞는다. 그 느낌이 맹렬했다. 난 꼼짝 않고 그 속임수를 삼켰다. 내가 한 아버지만을 찾고 있다고 여긴 그 모든 세월, 난 사진마다 부재했던 여자를 느끼지 못했다. 누가 없었다. 그녀, 그 여자아이가 없었다. 우린 그녀를 지웠고, 그리고 난 아무것도 못 느꼈다. 본 적도, 아는 것도 없었다. 오직 내 어머니의 시선만이 내게 경고했을 것이다. 난 그녀의 두 눈 속 그늘이 슬픈 나의 반영이라고만 생각했다.

　오후 늦게 펜션에 다시 들렀다. 그리고 니스에 도착한 후 처음으로, 운동 장비를 풀었다. 어느 아침, 노박을 보고 부러웠었다. 프롬나드를 달리면 내게 도움이 되겠다고 생각했다. 습관에 충실한 부메랑 남자가 자신의 나무 새를 저 멀리 자기 앞으로 날리고 있었다. 난 이제 그의 이름이 싱이라는 것과 우리가 젖을 나눈 형제라는 것도 알았다. 언젠가, 그에게 말을 걸어야겠다. 저 도구가 다시 자기 손안에 묶으러 올 거라는 말도 안 되는 자신감으로 자신의 팔을 단단히 조이고 또 자신이 낚아챈 것을 놔주는 것을 보면, 마음이 평온해졌다. 이상적인 날씨였다. 땅에 깔린 태양이 건물의 통유리들을 보듬고 있었다. 끊임없이 바다로 눈을 돌리면서, 정자들, 파랑 의자들[152]을 지나쳤다. 수많은 생각들이 내 정신을 스쳤고, 그리고 달리면서 하나하나 사라졌다. 속도를 높였다. 내 육체가 떨리는 것을 느끼고, 숨을 가쁘게 하고, 그리고 어쩌면, 기절할 필요가 있었다. 내 보폭을 늘릴수록 모든 것이 뒤섞였다. 실비와 애들의 이미지, 엄마의 젖내, 그리고 분명 얼굴 없는 이 여동생으로 남아 있을 그 미지의 여자까지. 나는 잔해와 추억과 회한의 한가운데를, 여전히 답이 없는 그 모든 질문들의 한가운데를 뛰었다. 평온한 저녁 햇살에 몸이 가벼워졌다. 하나씩 가로등이 켜졌다. 끄면 다시 살아나는 불꽃, 생일케이크에 꽂힌 그 마법의 초들 같았다.

30

그의 얼굴이 밝게 빛났다. 이어 그가 눈살을 찌푸렸다. 식당이 만원이었다. 저녁 아홉 시가 넘었다. 대화들이 길게 늘어지고 있었다. 아무도 라 메렌다의 고치솝을 서둘러 떠날 생각이 없었다. 주인이 가까이 와보라는 신호를 주었다. 그는 나를 보아 기쁜 듯했다. 난 아무 자리에서라도, 심지어 타부레에 앉아서라도 저녁을 먹을 생각이었다. 단지 먹기만 하면 됐고, 내 주변에 삶이 꿈틀대는 걸 듣기만 하면 됐다. 달리기 때문에 허기가 졌다. 베티 르그랑과의 만남으로 계속 일이 생겼다. "잠시만요", 라고 영감이 어딘지 모를 쪽으로 검지를 흔들면서 외쳤다. 그날은 금요일이었다. 스톡피시[153] 냄새가 홀을 감싸고 있었다. "리브카와 테이블을 합석하면 어떨지요? 그녀도 분명 동의할 겁니다." 알 것 같았다. 여기서 처음 본 적이 있는 적갈색 머리의 키 큰 여자였다. 그녀는 한 손에 책을 들고, 혼자 저녁을 먹고 있었다. 그가 그녀에게 잠시 귓속말을 했다. 그녀는 눈을 들지도 않고 고개를 끄덕였다. 리브카. 부드러움과 메마름이 뒤섞인 이름, 난 그런 이름을 한번도 들은 적이 없었다. "됐습니다. 앉으세요." 책을 읽느라 코에 걸쳤던 안경이 그녀의 진지한 인상을 누그러뜨리고 있었다. "방해가 안 되었으면 합니다", 라고 나는 자리에 앉으면서 말했다. 그녀는 책을 덮었고, 미소로 내 감사를 물렸다. "여기서 이미 한 번 뵈었는데요, 아닌가요?", 라고 그녀가 내게 물었다. "맞습니다. 저녁을 먹으러 자주 옵니다. 음식이 맛있고, 주인이 잔신경을 써주네요." 그녀가 묵직한 목소리로 동의했다. 서른다섯 살쯤 되어 보였고, 그 이상은 아니었다. 머리칼이 타원형의 곱상한 얼굴을 감싸고 있었고, 커다란 두 검은 눈이 반짝였다. 모든 테이블들을 태워버렸을 것 같은 큰 웃음소리들이 홀 안에 파도타기처럼 번지고 있었다. 우리의 말소리가 그 소리의 파도에 묻혔고, 우리는 대화를 잇기 위해 그 파도가 가라앉기를 기다렸다. 난 그녀의 이름이 어디서 왔는지 궁금했다. "레베카라고 하셔도 됩니다. 신을 섬기는 여자 리브가, 아람 여자 리브가, 야곱의 어머니, 이삭의 부인. 이삭, 아, 제가 너무 빠른가요?" "네……." "천사가 손을 잡기 전, 아브라함이 제물로 바치려고 했던 아들 이삭. 성경이 직계입니다……. 잘 모르시겠으면, 샤갈 박물관[154]에 올라가보세요. 그림으로 다 설명이 되어 있습니다……." 나는 약간의 조롱을 느꼈다. 그녀는 나를 관찰하고 있었다. 그녀 방식대로, 나를 읽으려고 시도하고 있었다. 내가 물었다. "왜 그러시죠?" "키파를 쓰시면 딱 시너고그의 선한 유대인

이실 것 같은 생각이 들어서요. 아, 바보 같은 소리를 했네요. 죄송합니다." "제가 유대인 같아 보이나요?" "유대인 같아 보이는 사람은 없어요!", 라고 리브카가 반박했다. "그걸 믿는 사람들을 나치라고 부르죠! 그런데 방금 도착하셨을 때의 모습, 또 제게 말씀하시고 질문하시는 모습, 그리고 당신의 목소리의 억양에서 전 당신에게 뭔가 유대적인 것이 있다고 생각했어요." 나는 말없이 가만히 있었다. 그녀에게 내 인생을 이야기할 생각은 없었다. 그런데 그렇게 했다. 나보다 나를 더 잘 아는 것 같은 이 낯선 여인에게, 난 리나와 모셰의 이야기, 1960년 여름 동안, 여기 니스에서의 그들의 마지막 면회의 이야기를 다 털어놓았다. 또 마다가스카르에서 사라진 내 할아버지 이야기까지. 그녀가 손을 뻗어 내 말을 끊었다. "정확히, 며칠에 태어나셨나요?" "8월 26일입니다." 그녀가 눈을 크게 뜨더니 책을 그녀의 가방에 넣었다. 내가 그렇게 놀라운 이야기를 했나? 그녀가 목소리를 낮춰 말하기 시작했다. "26은 유대인의 최고의 숫자입니다. 그건 신의 이름을 숫자로 표현한 것이죠." "그래서요?" "간단합니다. 설사 당신이 당신의 종교에서 떨어져 나왔어도, 당신은 유대인입니다." 그녀의 표현이 달라져 있었다. 진짜 흥분이 그녀의 얼굴을 휩쓸고 있었다. "신의 이름들 중 하나가 'YHWH'입니다. 이스라엘의 신 야훼(Yahvé)는 모음을 쓰지 않습니다. 잘 듣고 계시죠? 각 머리글자마다 하나의 숫자가 부여되어 있습니다. Y는 10, H는 5, W는 6, H는 5. 모두 합하면 26

입니다. 당신의 출생일은 우리의 신의 이름과 일치합니다." 난 이 발견에 압도되었다. 리브카가 말을 보탰다. "절 믿으세요. 종종 숫자가 모든 것을 말해줍니다. 바로 당신이 유대인이라는 증거죠."

홀이 텅 비었다. 우리들, 그리고 분위기가 고조된 여섯 일행의 테이블만 남아 있었다. 나는 리브카에게 내겐 이 모든 게 불가능해 보인다고 말했다. 나는 유대인이라는 게 뭔지 몰랐다. 어쩌면 내 안에 내가 몰랐던 유대인이 존재했거나, 아니면 내가 다 잊었는지도. 이 대화가 있기 전, 난 단지 모계로 유대인이 된다고 믿었고, 또 나의 어머니는 유대인이 아니었다. 나는 이 모든 이야기가 내게 낯설다고 덧붙였다. 그 말이 충격이었을까? 그녀는 손짓으로 내 말을 끊었다. "수천의 니스의 유대인들이 1943년 아우슈비츠로 강제수용 되었습니다." "제게 그걸 가르치시나요? 이번 주초에, 유대교 묘지 앞을 지나면서 저는……. 그런데 제게 왜 그 이야기를 하시지요?" 그녀의 목소리가 더 쉬어 있었다. "당신은 오늘 밤 제가 말씀을 드릴 마지막 분입니다. 십대 이후, 제가 알게 된 이후, 전 쇼아[155]를 매일 언급하겠다고 다짐했습니다. 어떨 때는 긴 시간에 걸쳐, 상세한 데이터들, 일자들, 이름들, 수송열차의 번호들을 풍부하게 곁들입니다. 어떨 때는, 지금처럼, 몇 마디 말로 그칩니다. 오늘 저녁이 끝나고 있었고, 전 아무에게도 그걸 말하지 못했습니다. 그런데 당신의 말을 들으면서 그 순간이 왔습니다. 당

175

신의 질문들, 당신의 의혹들을 들으면서. 전 당신에게 그걸 말하고 싶었습니다. 여기 유대인들에게, 전쟁 중에, 무슨 일이 벌어졌는지에 대해 당신에게 밝혀주고 싶었습니다. 옛 니스에서 벌어진 게슈타포의 유대인 소탕. SS 장교 중 가장 과격했던 알로이스 브루너의 범죄들. 여기서 가까운, 엑셀시오르 호텔의 금장식 속에서 행해진 그의 심문들. 브루너는 자신의 오토바이에 앉아 그 웅장한 계단을 올랐고, 그는 그렇게 사람들을 겁주는 일을 즐겼습니다. 그는 전력 질주했습니다. 히틀러는 만족했을 겁니다. 그는 온 도시의 유대인들을 깨끗이 치웠습니다. 전 당신에게 그걸 말할 수 있다고 생각했습니다." "잘하셨습니다", 라고 나는 평범하게 수긍했다. 마치 수천의 몰살된 니스의 유대인들에게 걸맞은 하나의 답을 찾은 것처럼. 리브카가 말을 이었다. "자, 들어보세요. 많은 유대인들은 두려움으로 유대인입니다. 나의 아버지도 두려웠고, 나의 할아버지도 두려웠습니다. 그들은 그 이유를 알고 있었습니다. 다른 유대인들은 그들의 어머니가 유대인이기에 두렵습니다. 정말입니다. 그런데 그들의 어머니가 주말마다 그들을 상점으로 데려가서 쇼핑을 한다면, 전 그들을 유대인으로 보기 어렵습니다. 혹 당신은 당신을 진짜 유대인으로 만드는 게 뭔지 아시나요?" "아뇨……." 리브카는 안경을 벗었고, 자신의 두 눈을 내 눈에 맞추었다. "유대인이라는 건, 유대인 아이를 갖는 것입니다."

여섯 일행의 테이블에서 터진 고성이 우리에게까지 들렸다. 난 그녀의 말을 속으로 되뇌었다. 그녀가 말을 이었다. "혹 당신이 유구한 옛 방식과 똑같은 기도로, 똑같은 의례로 토라를 전했다면, 당신은 유대인입니다." 나는 아폴린과 테오를 떠올렸다. 난 그들에게 전한 게 하나도 없었다. 그저 어떻게 빵 부스러기를 집어서 자기 입에 가져가는지를, 설화석고로 만든 성모마리아의 눈길 아래서 식사 때마다 그렇게 행했던 내 할머니의 방식대로 알려준 게 다였다. 나는 그들을 미량의 종교에서도 떼어놓았다. 그들의 삶으로, 나는 정신의 사막 하나를 만들었다. 그것이 거기 있었다. 우리의 프롬의 학살에, 1960년 여름 동안에. 아무 소리도, 아무 비명도 없었다. 단지 영원히 으스러진 신만이 있었다. 그리고 지금 한 미지의 여인이 한 니스 전문 식당에서 내 유대인 영혼을 되살리고 있었다. 아이들의 동화책에 존재하는, 내 약속에도 불구하고 내 아이들에게 한번도 읽어준 적 없는 그 동화책의 한 요정 같은 여인이.

리브카의 손이 내 팔에 느껴졌다.

"제가 충격을 드렸나요?"

"천만에요. 그런데 전 일어나야겠습니다."

나는 일어섰다.

"다음에 뵈어요", 라고 나는 생각보다 자신감이 없는 목소리로 말했다.

"신이 원하시면요." 리브카가 답했다. "우리가 할 수 있는 건 없습니다. 토라가 우리에게 그걸 알려줄 겁니다. *Gam zou le tova*."

"뭐라고요?"

"모든 것은 선으로 통한다, 라는 뜻입니다. 원하신다면, 다음에 히브리어로 쓴 이 문장을 보여드릴게요. 경이롭습니다, 활자들의 그림이. 안녕히 주무세요."

밤이 늦었다. 유대인이 되기에는 너무 늦었다.

31

통증이 아렸다. 가슴 주변, 등, 목, 다리, 온몸이 욱신욱신 쑤셨다가 멀쩡해지기를 반복했다. 숨어 있는, 지끈지끈한 통증. 바다는 퉁퉁했고, 일렁였다. 평소와 다른 밀물이었다. 뭍바람에 파도가 부풀었다. 파도를 후빈 뒤 해안에 격렬하게 내다꽂는 바람이었다. 니스에서 그런 걸 본 적이 없었다. 하긴 여기서, 내가 본 게 하나도 없었다. 어둠은 짙었지만, 곱슬곱슬한 거품, 부서진 파도의 맑은 옆구리가 분간되었다. 해변으로 다가가면서, 난 불쑥 사라진 그림자 하나를, 내 할머니의 얼굴을 본 것 같았다. 그녀의 나치 장교 얼굴. 괴물 하나가 내 이야기에 어른거리는 걸 난 잘 알고 있었다. 난 그녀에게 내 출생일을, 나를 악으로부터 해방시킨 그 숫자 26을 흔들면서 그녀를 쓰러뜨리고 싶었을 것이다. 나는 리브카가 내게 알려준 그 히브리어 단어들을 발음하려고 해보았다. 이미 잊었다. 결코 내 것이 될 수 없는 언어였다. 리나야, 내 어렸을 때, 내가 그토록 사랑했던 그 여인, 내가 열렬히 사랑하게 당신이 내버려둔 당신의 어머니, 그녀는 단지 모세만을 떼어놓은 게 아니었다. 내 유대인 영혼, 그녀는 그것을 내게서 훔쳤다. 그 영혼을 일으킬, 그것이 하늘로 오를 힘을 줄 *카디시*[156]는 없었다. 영원히 방황할 영혼이리라. 성당들의 분향 속에서 날아간 영혼. 매일 저녁 그녀가 내게 주기/도문 페이지를 펼치게 했던 그녀의 기도서의 냄새 속에서 날아간 영혼. 나는 믿지도 않으면서 어름어름 말했다. 하늘에 계신 우리 아버지……. 처음에는, 무통이었다. 당신의 어머니는 죄다 박멸했다. 쥐약보다 강했다. 난 그 괴상한 생일 사진들을 보관했다. 이제, 유대인 아들의 사진은, 전혀 남은 게 없다. 난 내 자식들에게 그에 대해 할 수 있는 말이 거의 없다. 난 유대 말을 못 하고, 난 유대인 생각을 안 하고, 난 유대 음식을 안 먹고, 난 유대인 꿈을 안 꾼다.

땅 속에 묻혔던 한 이미지가 다시 솟아올랐다. 리브카와의 저녁이 그걸 무에서 끌어냈다. 오래전, 모세의 고향, 페스의 유대교 묘지에서의 한 만남이다. 실비는 그 지역의 한 생존자가 보존한 그 벽지로 나를 인도했다. 남자는 우리를 내 모로코 조상들의 무덤들로 이끈다. 한 랍비 증조부, 열일곱 살에 사망한 한 고모, 새하얀 무덤 안에 영원히 유폐된 그녀. 움푹 파인 구멍이 하나 뚫려 있고, 물이 가득하다. 새가 목을 축이는 주발. 그곳을 방문한 후, 가이드는 우리를 묘지 박물관까지 데려갔다. 프랑스로, 미국으로 혹은 이스라엘로 떠나기 전, 유대인 가족들이 남긴 평범한 물건들로 가득한 옛 시너고그. 인형들, 가족사진이 가득한 앨범들, 옛 삽화신문들, 드레스 몇 벌, 먼지 쌓인 LP판들. 빗, 칫솔, 속옷들로 뒤엉킨, 하나같이 점점 더 밀접한 물건들로 이어진 방들을 지날수록 온몸에 불편함이 엄습했다. 한 최하층민이 모로코를 떠나기 전 허물을 벗었다. 흑백사진들로 뒤덮인 벽들에서, 우리는 페스의 멜라[157]와 그 유령들을 알아보았다. 넓은 모자를 쓴, 긴 수염의 노인들, 스카프를 쓴 여자들. 생기 없는 그 실루엣들 사이에, 컬러사진의 한 흔적이 내 주의를 끌었다. 덜 오래된 사진이었다. 70년대 초반의 사진 같았다. 나는 사진의 산성 톤을 보고 이를 짐작한다. 그 사진에 열두 살쯤 된 한 소년이 렌즈를 보고 미소를 짓고 있다. 시선은 정면을 보고 있고, 두 볼에 보조개가 파여 있다. 거기서, 난 비틀거렸다. 어렵지 않게 그 얼굴을 알아보았다. 나다. 키파를 쓴 나. 한 아이가 내 생김새, 내 얼굴, 내 머릿결, 심지어 내 눈을 갖고 있었다. 유대인 나. 나는 그 하찮은 사진에 다가갔다. 자신의 바르미츠바[158] 날, 페스의 한 꼬마. 내 영성체 날에 찍은 똑같은 사진이 내 앨범에 있다. 약간의 차이가 있다. 머리 위 키파 대신 목에 건 회양목 십자가. 나는 그 방을 나와 바깥 공기를 쐬었다. 숨을 깊이 들이마셨다. 도시의 언덕에서, 무에진[159]이 기도송을 시작하고 있었다. 난 실비에게도, 애들에게도 그 사진을 보여주지 않았다. 그 순간 이후, 난 내가 다른 사람임을 알고 있다.

32

간밤에 심하게 뒤척였다. 리브카가 내 유대 영혼에 대해 한 말들이 내 뇌리를 떠나지 않았다. 그녀는 말로 표현할 수 없는 신의 이름을 발음하면서 — 허공 속 그녀의 손가락은 첫 철자 뒤에 마침표를 찍었다. D.ieu —, 과거, 현재, 미래를 동시에 의미하는 그 이름의 신기한 특징을 강조했었다. 나는 이해가 잘 안 되었다. 평생신 없이 지낸 나에게, 유대인들의 신이 내 미래와 무슨 관계가 있는지 의문이었다. 일어나면서, 기력이 하나도 없었다. 나는 나와 리나의 망가진 관계를 압도하는 그 신비에 온통 짓눌려 있었다. 베티 르그랑과는 오후 일찍 륄 해변[160]에서 만나기로 했다. 아직 시간이 넉넉했다. 마세나 광장에서, 카라바셀[161]로 올라가는 전차를 잡았다. 마지막 칸에 앉았다. 어떤 두려움이 내 곁에 있었다. 우리에게 뭔가 일어날 듯한 두려움. 그러나 서로 너무 사랑하는 것보다 더 심각한 일이 우리에게 일어날 수 있었을까? 1943년, SS 대위 알로이스 브루너가 테살로니키에서 도착했다. 난 그 역사를 알고 있었어야 했다. 드랑시 행 열차에 앞서, 아우슈비츠에 앞서, 니스의 유대인 소탕이 있었다. 난 그걸 무시했었다. 알베르 칼메트 여자고등학교 학생 시몬 자쿱, 훗날의 시몬 베유가 학업 중이었다. 그때까지, 그녀와 그녀의 가족은 전혀 불안하지 않았다. 이탈리아 인들은 유대인들을 건드리지 않았다. 그러나 1943년, 그녀가 태 어난 해에, 더는 예전의 상황이 아니었다. 유대인들, 브루너는 그 들을 조직적으로, 그리고 열정적으로, 하나씩 솎아내는 것을 자신 의 의무로 삼았다. 그는 그들을 옛 니스의 가장 좁은 골목들로 몰 았다. 오늘날 기막히게 맛있는 생면과 파니스를 파는 곳이다. 일급 천문학자, 맨눈으로도, 대명천지에도 노란 별들[162]을 구분할 수 있 는 그 브루너.

생각을 정리해본다. 이건 우리 이야기가 아니다. 당신은 한때 유대인이었고, 유대인처럼 숨어 있었지만, 그건 1960년 한 해뿐 이다. 그리고 우리 서류에는, 내가 확인했지만, 내 아버지가 되는 것이 금지된 페스의 유대인의 흔적은 전혀 없었다. 우리는 안전 했다. 전쟁 중이었더라도 당신은 불안하지 않았을 것이다. 나도 기 껏해야 사돈의 팔촌 같은 유대인이었을 것이다. 마늘과 병아리콩 [163] 냄새가 나는 한 유대인, 북아프리카 출신의 한 유대인, 어쭙잖 은 스파라드 유대인.[164] 분명 수단들 중에는 당신의 어머니에게 이 렇게 소곤댄 자가 있었을 것이다. "유대인은, 반쪽짜리라도, 절대 좋지 않아요". 그건 한낱 또 다른 환상이었다. 우리는 서로를 잃을 위험 외에는, 그 어떤 위험에도 처하지 않았다. 그렇잖아, 꼬마 엄마야, 우린 유대인이 될 뻔했지만 그것도 성공하지 못했다. 알로이스 브루너가 한낱 에릭 위장을, 쿠스쿠스 알갱이 속에서 추격했을까? 그런데 여기 도착한 지 곧 열흘이 되는 지금, 내 고작 한 점으로 태어난 이곳, 이 도시의 전차에 올라탈 때마다, 난 본능적으로 열차 꼬리로 미끄러져 간다. 거기가 내 자리다. 난 영원히 뒤 칸의 승객, 마지막 기차의 단골일 것이다. 여기에 무슨 우연이 존재하는지 모르지만, 난 그걸 우연히 알게 되었다. '독일 점령 중, 지하철과 전차의 끝 차량은 유대인 전용이었다.'

몇몇 건축가들이 자신이 지은 건물의 파사드에 본인의 서명을 남기듯, 당신은 당신의 상표를 내게 물려주었다. 시간이 흐르면서 그게 희미해졌다. 그런데 난 내 피부에서 당신의 주근깨를, 태양이 그걸 막 일깨울 때마다, 느낀다. 당신의 특징들이 내 안에서 부대끼고 있다. 그런데 무슨 잘못으로? 니스에서, 난 두 뺨에 노란 별 하나가 빛나는 걸 피부로 느낀다. 첫날 저녁, 라 메렌다에서 우리 옆에 앉았던 변호사들은 뭐라 말할까? 그들은 운명의 아이러니에 맞서 우리를 변호하겠다고 할까? 누가 우리를 변호할까? 지금은 평화 시기다. 나는 시각을 되찾는다. 나는 후각을 되찾는다. 당신은 날 껴안았고, 난 당신의 머릿결 냄새를 맡았고, 난 내 얼굴을 당신의 곱슬머리 속에 파묻었다. 당신은 당신의 두 팔, 당신의 두 손, 당신의 가슴을 내게 선사했다. 자유 지역들[165]이다. 난 당신의 온기 속에 똬리를 틀었고, 난 당신의 숨결을 들이마셨고, 당신은 당신의 젖가슴으로 나를 보듬었고, 당신의 눈길은 내 잠자리를 살폈다. 니스, 어머니의 기슭.*

　전차가 출발점으로 되돌아왔다. 회전목마 한 바퀴를 돈 느낌이다. 모든 승객에게 하차를 알리는 종이 울린다. 베 데 장주가 반짝이고 있다. 당신에게 전화를 걸어야겠다. 주머니에서 휴대폰을 꺼냈다. 의욕이 샘솟는다. 당신에게 다정하게 이야기하고, 지금 난 니스에 있고, 당신을 생각하고 있다고 말하고 싶다. 어쩌면 당신에게 다시, 내가 어디서 태어났는지, 우린 어디서 태어났는지 물을지 모른다. 휴대폰 화면이 까맣다. 배터리 방전. 정말로, 난 당신에게 전화를 못하게 되어 낙심했다.
　웨스트민스터 해변에, 한 무리가 부메랑 남자 주변에 모여 있다. 그가 자신의 별 하나를 태양 속으로 던지고 있다.

---

* bord de mère. '해변'(bord de mer)과 같은 발음.

33

바다를 마주한 한 생선 식당에서 점심을 먹었다. 종업원이 건네준 신문의 1면을 본 순간 불현듯 떠올랐다. 「니스 마탱」이 니스의 어두운 면, 라리안 구[166]의 사진 한 장을 실었다. 어떤 기시감에 휩싸였다. 오래전 익숙했던 한 외딴 곳의 흔적. 탑들, 토끼집들, 온통 잿빛인 곳. 층마다 울려 퍼졌던 목소리, 승강기를 나오자마자 사방이 문이었던 층계참들. 우리들 삶의 한 틈새. 꼬마 엄마야, 당신과 나의, 오직 당신과 나만의 우리의 삶의. 지금 내 눈앞에 펼쳐진 것은 더는 라리안이 아닌 그랑 파르크 단지였다. 예전에 보르도의 늪지대 위에, 물냉이 재배지와 나무 오두막집들 대신 그 단지가 솟아올랐다. 나는 흥분과 슬픔이 뒤엉킨 어떤 감정에 사로잡혔다. 그 기억 속에서 당신이 나를 사랑했었다는 증거를 되찾을 것 같은 확신.

어느 날 저녁, 당신은 일을 마치고 돌아와 당신의 결정을 발표했다. 할매는 빵 한 조각을 우물우물 씹고 있었다. 폴은 멍한 시선으로 이를 악물고 있었다. "에릭과 함께 떠날래요." 당신의 어머니는 눈살을 찌푸렸다. "어디로?" 당신은 이렇게 답했다. "그랑 파르크로요"라고, 당신은 마치 낙원의 별관 하나를 지목한 듯 답했다. 낙원이란, 당신에게는, 당신의 어머니로부터 멀리, 당신의 오빠로부터 멀리, 닭 모가지 신부들로부터 멀리, 그냥 멀리 있는 것. 모두 같이 살다보니, 누구 하나 공간이 없었다. 그래서 우린 떠났다. 우린 그들을 버렸다. 그들은 우리가 없어 한층 넓을 것이다. 그리고 우린 그들이 없어 너무너무 좋을 것이다. "그랑 파르크"라는 말을 들었을 때, 난 바람에 휘청대는 커다란 나무들, 새들이 가득한 눈부신 하늘, 놀이들, 친구들, 그리고 오직 나만을 위한 리나를 상상했다. 나는 허허벌판들, 차디찬 대로들, 늘어선 건물들 사이로 이는 돌풍, 장보기 돈을 내놓으라고 내 손목을 비트는, 나이프를 든 아이들의 패거리는 생각도 못했다. 나는 가래침 뱉기, 지하실의 덫들, 내 자전거 바퀴를 찢는 건 알지도 못했다. 리나는 여전했다. 빛났고, 드디어 자유로웠고, 길에서 그녀에게 휘파람을 불 정도로 아름다웠고, 사내들은 거리낌이 없었고, 두 눈으로 그녀를 집어삼키는 그녀의 소년에게 늘 시간을 내주었다. 저녁이면 우리 둘은 「인생 만세」나 「동네방네 노엘」[167]을 보며 밥을 먹었다. 세상없어도 우린 우리의 연속극을 놓치지 않았을 것이다. 우리는 시그널뮤직에 자지러졌다. 우리는 두 명의 꼬맹이들처럼 군것질 자판기로 달려갔다. 우리의 최애품은, 얇은 알루미늄 포장지를 벗기자마자 비스코트[168] 위에 발라 먹는 '사각 제르베'[169] —난 아직도 그 짭짤한 맛이 혀에 남아 있다—, 그리고 팽 데피스[170] 조각에 버터를 발라 설탕을 뿌려 먹는 것이었다. 그다지 균형 식단은 아닌, 꼬맹이들의 소꿉놀이. 배가 많이 고프면, 당신은 치즈를 넣은 코키예트[171]를 차려주었다. 나는 당신이 일을 마치고 오기 전, 응접실에 상을 준비하곤 했다. 아, 직장 주소가 생각났다. 샤르트롱 구[172], 라 쿠르스 가의 한 세차장. 당신은 비서였다. 당신은 전축을 하나 샀다. 우리는 LP판 두 개를 갖고 있었다. 당신을 울렸던 아랑후에스 협주곡, 그리고 역시 당신을 울렸던 레니 에스쿠데로[173]. 난 달리다의 도넛판 하나, 위그 오프레[174]의 다른 도넛판이 있었다. "난 너랑 세~계 일주를 하고 싶어. 그런데 넌 너무 어려, 남동~생아, 그러기에는"[175]. 난 더는 당신의 남동생이 아니었다. 난 가장이었다.

34

베티 르그랑은 예상대로 륄 해변에서 나를 기다리고 있었다. 부드러운 볕이 모두의 얼굴을 애무하고 있었다. 꿈같은 오후였다. 나는 뜨거웠다. 나는 불탔다. 베티는 색안경을 쓰고 있었다. 장담컨대 그녀는 펑펑 울었을 것이다. 그녀는 등을 꼿꼿이 하려고 등받이를 세운 긴 안락의자에 앉아 있었다. 그녀의 설명은 무장해제의 명료함이었다. 마치 수업이 끝날 때 자기 학생이 교과를 잘 이해했는지 걱정하는 여선생 같았다.

내가 그녀의 이야기에서 기억한 것, 그걸 여기 내 말로 옮겨본다. 당신의 어머니는 평화를 얻고 싶었다. 이 꼬맹이, 빨리 그를 인정해야 했다. 유대인이 달려와서 아이를 훔쳐가기 전에, 그리고 그의 유대 이름으로 아이를 서명하기 전에. 1960년, 전쟁이었다. 알제리에서 서로 싸우고 있었다. 여기서도 서로 싸우고 있었다, 니스에서도. 그 증거가, 당신의 하혈이었다. 피가 흥건했다. 그 와중에도 당신을 빨리 깨울 생각만 했다. 좀 늦추면 안 되나요, 관청 서류를? 안 된다, 라고 당신의 엄모가 일찌감치 결정했었다. 한시도 늦출 수 없었다. 그녀는 당신의 머리맡으로 달려갔다. 길에 차의 시동을 걸어 놓았고, 택시미터기가 돌고 있었다. 시청, 호적부실로 질주하기, "기사님, 빨리 가주세요. 급합니다". 출생신고 창구에서 두 다리로 간신히 버티고 있는 소녀. 치골 주변, 당신의 원피스에 묻은 검은 얼룩. 당신은 더는 살아 있다는 확신이 들지 않았다. 관자놀이에 펜을 댄 꼬마 엄마, 그리고 당신에게 답변을 소곤대고 있던 그 무당벌레[176]. 당신은 몸을 잘 지탱하려고 분투 중이었다. 서 있으려고 분투 중이었다. 부친의 성과 이름은요? 모릅니다. 십사 년의 병사처럼.[177] 물론 당신은 다 알고 있었다. 그의 성, 그의 이름, 그의 보조개, 그의 목소리의 억양, 그의 피부의 점, 심지어 진주처럼 새하얀 그의 치열과, 해가 비치면 살아나는 그의 갈색 눈의 에메랄드 초록빛까지. 모르는 이가 당신에게 이토록 살가웠던 적은 없었다. 스탬프에는 서류승인을 담당하는 공무원의 이름이 박혀 있었다. 베롤라. 나는 에릭 라브리가 되었다. 당신은 에릭보다 아르튀르를 더 좋아했을 것이다.

이름은 둘이 고르는 법. 당신들은 둘이었다. 당신의 어머니와 당신. 그녀는 당신이 선택하게 두지 않았다. 그녀가 정했다. 에릭, 나를 위한 이름이 아니었다. 나와 반하는 이름이었다. 모셰와 반하는 이름이었다. 반발적인 이름. 니스에서는, 여름에 온갖 종류의 벌레들이 사람들을 공격했다. 살충제 이름. 유대인을 뿌리치기 위

한 이름. 에릭, 독일놈 느낌이었다. "에리히 폰 슈트로하임[178]처럼
요", 라고 당신의 어머니는 공무원에게 속삭였다. 그녀는 패를 속
이고 싶었다. 그 변신을 위해, 내가 바뀌었다. 에릭. 딱딱하고, 건조
하고, 호전적이었다. 그에게, 모로코의 유대인에게 "꺼져"라고 말
하기 위한 에릭. 그에게 "다신 오지 마"라고 말하기 위한 에릭. 그
는 오지 않았다. 어느 유대인이 제 아들의 이름을 에릭으로 할까?
그가 그걸 알았을 때의, 모세의 슬픔을 상상해본다. 그리고 당신의
슬픔도. 처음부터 난 당신의 아들이 아니었다. 왜냐하면 당신은 나
의 어머니가 될 수 없었기 때문이다.

조산원―내 아버지를 모르듯 모르는―에 돌아와서, 당신은 날
껴안았다. 당신은 당신의 품에 나를 안고 함께 굴러 죽지 못했다.
실패의 그날 저녁, 간호사가 당신의 침대로 다가와 별일이 없는지
점검했다. 당신은 요동쳤다. 그녀는 당신을 박대했다. 당신은 온
갖 불평불만으로 모두를 괴롭혔다. 의사가 당신에게 진정제를 놓
았다. 마침내 당신은 엄지손가락을 빨며 잠이 들었다.

그다음 날, 샘이 말랐다. 당신의 젖꼭지가 텄다. 피가 젖에 섞여
나왔다. 이미, 당신은 더는 꼬마 엄마가 아니다. 당신은 그날 하루
만 그랬을까? 베티가 자신의 이야기를 이어간다. 모든 단어, 모든
문장이 당신을 새롭게 조명하고 있다. 난 주먹을 불끈 쥔다. 무력
하고, 쓸모없다. 당신은 나를 조산원의 가장 아름다운 가슴들에게
바쳤다. 가장 너그러운 가슴들에게. 진짜 열기구들이었다. 베티의

열기구에서부터 시작해서, 난 영양가 만점의 좋은 젖을 싱과 나눴다. 이어 니스에 바캉스를 온 한 젊은 노르망디 여인의 젖가슴에. 한 세네갈 엄마의 검은 젖가슴에. 한 이탈리아 미인의, 그리고 이름이 에스테르인 동유럽에서 온 한 유대인 여인의 풍만한 젖가슴에 바쳤다. "우리는 간청할 필요가 없었다", 라며 베티는 미소를 짓고, 온기와 젖에 목말랐던 내가 이 품 저 품을 옮겨 다녔던 그 순간들을 떠올린다. 리나는 절망에 잠겼다. "그녀는 네가 몸무게가 빠질까봐, 네가 세상의 모든 엄마들을 진정시키는 그 곡선에서 벗어날까봐 겁이 났지. 그 시기에, 매일 똑같은 악몽이 네 어머니를 괴롭혔다. 그 악몽은 잠이 들자마자 찾아왔다. 그녀는 잠과 싸웠고 정말 잠은 그녀에게 공포였다." 악몽? "리나는 커다란 뱀 한 마리가 시트 밑으로 기어 들어와 그녀의 젖을 게걸스럽게 빠는 것을 보곤 했다. 그 이미지가 그녀를 떠나지 않았다. 그건 암소 젖을 빨기 위해 사바나를 건너는 마다가스카르의 한 종류의 뱀에 대해 그녀의 아버지가 그녀에게 들려준 이야기에서 온 것이었다. 그녀는 그가 그리웠다, 아버지가. 그녀는 아버지가 단 한번이라도 눈길을 주길 간절히 바랐다. 그녀는 그 환영에서, 아버진 자신이 잘못 되기를 바랐고, 자긴 더는 그의 딸이 아니라고 결론 내렸다. 그녀가 그토록 자책하는 모습이 끔찍할 정도였다. 난 그녀의 정신에서 그 뱀을 쫓아낼 힘이 없었다. 너희들을 살린 건 산파 엘리안이었다. 레위니옹 섬에서 온, 우리의 어머니가 될 뻔했던 분이었다.

그녀는 늘 밝았다. 우리는 멀리서 그녀가 오는 소리를 들었다. 감미로운 노랫소리, 우레와 같은 웃음소리, 얼굴 가득 생명과 태양이 넘치는 분이었다. 어느 날 아침, 그녀가 리나의 젖꼭지에 꿀을 발랐다. 핑크베리 꿀[179]이었다. 그녀는 그날 저녁 그리고 그다음 날 또 되풀이했다. 리나는 순식간에 네게 젖을 다시 물릴 수 있었다."

신은 핑계다. 내가 태어난 지 사흘 후, 행정서류가 완비되자, 나의 할머니는 온갖 것들을 다 정해버렸다. 나의 삼촌 폴과 함께, 그들은 보르도로 돌아가기 위해 차를 한 대 빌렸다. 어둠을 꿰뚫는 강력한 헤드라이트를 장착한 르노 프레리[180]. 초여름부터, 첫 해수욕장들은 야간영업을 시작한다. 당신은 옛 니스에서 꿈같은 광고 하나를 보았다. 한 커플이 무개차를 타고 밤길을 달리고 있다. 남자가 핸들을 잡고 있다. 여자는 그의 옆에 앉아, 입가에 편안한 미소를 머금고, 한 팔을 살포시 운전자의 어깨 위에 올려놓고 있다. 머리는 스카프로 감싸고 있다. 한 휘발유 브랜드가, 바캉스를 떠날 때는 항상 가득 급유를 하라고 권한다. 빛나는 배경 속에, 주유소 하나가 우측에 나타난다. "밤에도 걱정 없이 운전하세요", 라는 광고문구가 보인다. 당신은 안심하고 뒷좌석에 몸을 던졌다. 새차 냄새가 물씬하다. 당신은 차가 믿음직하다. 코트 다쥐르가 멀어진다. 내일 아침, 당신은 낯익은 풍경을 다시 볼 것이다. 당신은 당신의 아가에게 말한다. 당신은 그에게 산보를 약속한다. 당신의 꿀

젖가슴. 포근한 차 안에서 편히 자리를 잡은 당신은 슬며시 잠이 들었다. 폴은 능숙한 손놀림으로 기어를 바꾸고, 엔진은 왕왕거리고, 당신에게 무슨 일이 일어날 리 없었다.

당신은 당신의 동생이 메리냑[181]으로 방향을 틀 때 여전히 자고 있었다. 햇볕이 솟고 있었다. 바로 그제야 당신은 그에게 왜 우회하느냐고 물었다. 그는 답하지 않았다. 당신은 계속 눈을 감고 있다. 차가 달리고 있는 이상. 그런데 갑자기 더 나아가지 않는다. 차가 막다른 골목 깊숙한 곳의 한 집 앞에 멈추었다. 한 여인이 문을 열었고, 손가락을 입술에 댔다. "조용히 하세요. 다른 애들은 깨지 않았어요." 당신의 어머니는 다 예상했다. 괄괄한 손짓으로 그녀는 내 요람을 들었다. 그녀가 이 낯선 여인, 유모가 직업인 그녀에게 나를 준다. 난 그녀의 네 번째 기숙생이 될 것이다. 그녀는 당신에게서 날 뜯어내고, 그녀는 내게서 당신을 뜯어낸다. 끝났다.

당신은 죽고 싶다. 당신은 당신의 어머니를 저주한다. 당신은 폴, 이 가짜 오빠*를 저주한다. 당신은 길에서 그들을 쫓으려 하지만 이내 당신은 선 채로 인도에서 토한다. 폴은 당신을 도랑 위로 끌고 갔다. 멋진 차의 좌석을 더럽히면 안 되니까. 그는 한 손으로 당신의 목덜미를 눌렀고, 그의 손톱들이 당신의 목에 심하게 박혔다. 이어 그는 당신을 뒷좌석에 밀어 넣었다. 당신은 기절했다.

---

* faux frère. '배신자'.

코데랑의 단칸방에서 정신을 차린 당신, 당신은 사방으로 나를 찾았다. 이어 기억이 살아났다. 당신은 조산원에서보다 더 크게 비명을 질렀다. 결정된 일이다. 유대인의 자식은 여기 들어오지 않을 것이다. 당신은 어머니가 되지 않을 것이다. 당신은 비명을 지른다. 계속 비명을 지른다. 그 비명, 난 오래전부터 듣고 있다.

사람들이 우리를 갈라놓았다. 몇 달 내내. 얼음장 같은 잠자리들. 불안의 숨결들. 대낮도 한밤중이다. 서로를 빼앗긴, 온기를 빼앗긴 우리들. 끝없는 비탄, 그리고 당신의 비탄을 달래줄 그 누구도 없다. 지금, 명백한 사실이 내 눈에 확연히 보인다. 나는 당신을 몰랐다. 당신의 얼굴, 난 그걸 한번도 본 적이 없다. 디테일 속으로 다시 들어가야 한다. 생의 시초에는, 디테일들이 중요하다. 당신의 젖, 난 그걸 마신 적이 없다. 기껏해야, 당신의 어머니가 우리를 떼어놓기 전, 니스에서 날아간 몇 번의 수유. 그 짓이 우리에게 행한 악. 꼬마 엄마야, 당신은 유일했다. 당신은 대체불능이었고, 사람들이 당신을 대체했다.

어느 날 당신이 돌아왔다. 한 줄기 돌풍, 태풍. 유모는 내 두 팔을 커다란 옷핀으로 매트리스에 묶어놓았었다. 나는 길게 자란 내 손톱으로 내 얼굴을 난자해놓았다. 당신은 감금된 나를 보았다. 당신은 나를 풀어주었다. 당신은 나를 가져갔고, 우리는 함께 날아

195

갔다. "아가씨, 당신은 이럴 권리가 없어요!" 우리는 이미 멀리 있고, 난 당신 가까이, 아주 가까이 있다. 심장병 전문의가 되겠다는 당신의 꿈, 당신은 그걸 포기했다. 당신은 심장을 탐지하지 않을 것이다. 당신은 저금한 돈을 타자기를 사는 데 다 쏟아부었다. 당신은 피지에 강좌[182]로 타자 속기를 속성으로 배웠다. 그때부터 당신은 타자를 친다. 이제 당신은 주먹에 주먹으로 응수한다. 당신의 어머니가 우리 둘 모두를 거둔다. 당신은 그녀에게 어떤 선택도 주지 않는다. 난 당신의 방을 같이 쓸 것이다. 바로 지척에 그녀의 증오가 있다. 새로운 삶이, 진짜 삶이 시작된다. 아침, 오후, 저녁이면 군악이 울린다. 딱-딱-딱-딱-딱, 핑 그리고 원위치 레버.[183] 나의 모유, 그건 당신의 자판의 활자들이다. 단어들이 탁탁 소리를 낸다. 가끔 먹줄 리본이 당신의 손가락과 내 배내옷과 내 피부에 얼룩을 묻힌다. 당신은 나를 "문신남"이라고 부른다. 난 당신을 보면서 어떻게 반응했을까? 내 비벤둠 다리[184]가 스프링처럼 움직이기 시작했을까? 날 안아달라고 온몸을 흔들면서 당신에게 팔을 뻗었을까? 내 잇몸을 다 들어내면서 당신에게 웃었을까, 기뻐서 쩍쩍거리는 소리를 냈을까? 당신을 알아보려면, 난 당신을 알았어야 했다.

그 몇 달 동안, 밤이면 밤마다, 낮이면 낮마다, 난 당신을 찾았다. 당신은 없었다. 플레이모빌 가족에서도 빠졌다. 난 불안을 한가득 주유했다. 그걸 소진하는 데 평생이 걸렸다. 난 수축에서 태어났다. 고통스럽다, 수축은. 내 이름은 괜히 에릭이 아니다. 에릭(Éric)과 울부짖음(crier)은 서로 수축한다. 우리는 이중으로 셈하는 단어들, 이중적 의미의 단어들을 알고 있다. 내 이름의 철자들을 옮기면서, 무질서를 만들면서, 에릭(Éric)은 울부짖는(crié)이 된다. 나는 당신을 쏙 빼닮은 아들이 아니라, 당신의 울부짖는 아이다. 그 비명이, 드디어 밖으로 나왔다. 이곳, 니스에서. 악몽의 조각들이 제자리를 찾는다. 내가 얌전하지 않으면 당신이 날 돌려줄지 모른다는 두려움. 어린 시절 반복된 꿈. '난 안개 낀 밤 돌다리 한 구석에서 태어났다.' 당신은 내가 뒤집히지 않고 바로 앞으로 나아가도록 등을 떠밀어 나를 밖으로 내보낸다. 저 멀리 정면에, 두 개의 실루엣, 하나는 작고 호리호리한, 하나는 크고 육중한. 작은 실루엣, 마리인지 엘리자베트, 그 아이를 사람들은 당신에게 돌려준다. 큰 실루엣, 나를 다시 취하는 유모. 사생아들의 교환. 안개 낀 다리 중간, 난 소녀와 마주치고, 그리고 난 당신을 알아본다. 맞다, 당신이다. 아이의 몸을 한 당신의 얼굴. 그녀는 발걸음을 늦추지 않고, 내게 어떤 관심도 보이지 않고, 그녀가 끝내 재회할 제 엄마에게 미소를 던지며 갈 길을 간다. 나는 길을 열어준다.

베티가 막 선글라스를 벗었다. 난 내가 그토록 사랑했던 당신의 어머니를 생각한다. 그녀는 내 친어머니를 폭격했다. 나의 태양 그리고 나의 신을. 그녀는 유대인의 위험이 사라지자마자 나를 자기 아들처럼 품에 안았다. 그녀는 깔깔 웃으며 이렇게 반복했다. "자식 아주 근엄하네!" 그녀는 당신을, 당신과 세상 전체를 가렸다. 왜 당신은 내가 그녀를 그토록 사랑하는 걸, 당신 대신 그녀를 사랑하는 걸 방치했나요? 당신에게 전화를 걸고 싶다. 꼬마 엄마야, 난 다시 당신에게 묻고 싶다. 어떤 성령의 역사로 당신은 내가 한 괴물을 사랑하게 했는지.

베티가 눈을 감았다.
그녀가 이야기를 중단했다.
마치 자는 듯하다.
슬픔, 그건 단숨에 당신을 죽인다.

기억 하나가 알 수 없는 곳에서 휙 도착한다. 난 갓 서른이었다. 전화 속 당신의 목소리. "할매가 돌아가셨다. 그들이 생 탕드레[185] 병원에 옮겨놓았다." 나는 병원 로비로 달려간다. 안내 데스크에서, 그녀의 이름을 댄다. 사람들이 나를 시체안치실로 데려간다. 쇠 침대 위, 그녀의 작고 뒤틀린 몸, 마치 손수레에서 떨어진 듯, 혐오스런 자세로, 비스듬히 누워 있다. 반으로 접힌 두 다리, 잠옷은 무릎 위까지 걷혀 있다. 그녀의 마른 몸. 그리고 그녀의 야윈 넓적다리 사이에 붉은 자줏빛 반점이 보인다. 나는 그녀의 발치에 구겨져 있는 시트를 다시 올린다. 그녀의 벌린 입은 더는 말이 없다. 난 내가 그녀를 사랑하는지 더는 모르겠다. 난 언젠가 그녀를 용서할 수 있을까? 정도를 찾는다며 차디찬 성당들을 가로지를 때마다 그녀가 내게 귀에 못이 박히도록 말한 그 최후의 심판의 날에? 내가 누구였는지 밝히는 게 그녀에겐 살점이 뜯기는 아픔이었을까? 난 더는 그녀를 할매로 부르지 않는다. 난 그녀를 노파로 부른다. 그게 위안이 된다. 내가 그녀를 그렇게 부르는 걸 그녀가 들었다면 그녀는 괴로워했을 것이다. 노파, 노파, 노파. 심지어 리나도, 시간이 흐르면서, 관대해졌다. 그녀는 그녀, 자신의 어머니를 이해해야 한다고 내게 말했다. 사내를 마주치느니 가던 길을 바꾸는 것을 택했던 그녀의 귀족 교육도. 난 종종 내가 그녀와 말하고 있는 것을 듣고 있는 또 다른 꿈을 꾼다. 나는 엄마를 생각하면서 그녀를 할매라고 부르는 아이다. 임종 때 그녀가 나를 알아본다. "너니 아가야? 언짢은 게 있으면 말해라." 난 그녀에게 왜 나의 유대 영혼을 죽였는지 묻는다. 난 나도 모르는 언어로 그녀에게 말하고 있다. 혹 모세가 거기 있었다면, 그건 히브리어라고 내게 속삭였을 것이다. 키파가 내 머리를 덮고 있다. 그녀는 비명을 지르고, 두 번 죽는다.

맞다. 베티가 깜빡 졸았다. 묵직하고 규칙적인 숨소리가 고음의 코 고는 소리로 딱딱 끊긴다. 태양이 몽 보롱 언덕을 눈부시게 비추고 있다. 너무 좋다, 저 위 반짝이는 빛.

나는 내 질문들과 함께 홀로 있다.

내 두 눈이 본 첫 얼굴은 누구일까?

내가 누군지 알았고, 내가 맹목적으로 따랐고, 그쪽으로 내 머리를 돌렸던 첫 목소리는 누구일까?

그렇게 멀리 거슬러 올라가기는 불가능하다. 그래봤자 기껏해야 한 손의 손가락 수를 세는 일이다. 쉽다. 채 닷새가 안 되어, 아니 사흘 반 만에, 떨이하듯, 난 낯선 이에게 맡겨졌다. 당신은 일주일에 한 번, 아침에 한 시간, 혹은 오후 늦게 한 시간 방문할 수 있었다. 가끔 당신은 둘을 다 취했다. 그 사이 당신은 메리냑을 떠돌았다. 보르도로 돌아갔다가 다시 오는 건 너무 멀었다. 당신은 손톱을 깨물었다. 사람들은 당신의 모유수유를 저지했다. 당신은 사상누각을 짓고 있었다. 당신은 오직 우리만의 삶을 상상했다. 그러려면 돈이 있어야 했다. 마침내 당신은 더는 오지 않았다. 그럴 욕망이 없었던 것이 아니라 다시 출발할 힘이 없었다. 누가 일주일에 한 번씩 심장을 도려낼 수 있을까?

결론은 이렇다. 난 평생 당신이 그리웠다. 내 신생아 눈에서 장막이 걷혔을 때, 당신은 빛 속에 있지 않았다. 당신은 빛이 아니었다. 그냥 그녀였다. 그녀는 내 어머니, 당신은 낯선 이였다. 난 오랫동안 사람들을 삐딱하게 바라보았다. 난 다른 사람을 찾고 있었다. 난 당신을 찾고 있었다.

"베티, 도와주세요."

전직 무용수의 얼굴에 미소가 환하게 빛났다. 그녀가 사과를 구한다.

"난 불면증이야. 이렇게 낮에 메꾸지, 잠깐잠깐 수면으로. 내게 말을 했니?"

"리나는 내가 어디서 태어났는지 결코 모른다고 주장해요. 난 한번 망상을 해봤어요. 간혹 난 우리가, 크게 떠들면서 사방의 벽에 보드카 잔을 던지는 술 취한 러시아인들에게 둘러싸여 있는 상상을 해요. 엄마들과 그들의 분홍빛 아기들의 건강을 위해! 만수무강! *spassiba bolchoi*!* 술은 화이트 러시안이죠, 여기 러시아인들처럼. 그들의 웃음소리가 옆방까지 울려요. 내 할머니를 닮은 수간호사가 그들에게 입을 다물라고 부탁했죠. 그들은 그녀에게 건배를 제안했고, 그녀는 거절 대신 이렇게 고함쳐요. '신사 여러분, 제발, 소리를 죽이세요!' 내 머릿속에 이런 광경이 떠돌아요. 뭐 생각나는 게 하나도 없나요, 베티? 러시아 노래, 웃음소리, 술잔 소리? 실은 아무래도 좋아요. 고를 수 있다면, 난 생 로크 병원에서 태어나고 싶어요. 크림색의 멋진 이탈리아식 파사드의 안쪽, 차양 덧창으로 가려진 방에서. 정말 로마 궁 같잖아요. 난 거기서 태어나고 싶

---

* '감사합니다!' (러시아어).

어요. 비록 가끔 내 안에, 아무르 강 비슷한, 이상한 러시아가 흐르는 것 같아도 말이죠. 그런데, 그 조산원은 어디 있나요?"

지루한 표정이 다시금 그녀의 시선을 탁하게 했다. 그녀가 담배한 개비를 뽑았다. 연기 소용돌이가 한 벌의 수의처럼 우리를 감쌌다. 난 그녀가 담배를 피우는 것을 여태 본 적이 없었다.

"리나가 그걸 잊을 수 없지." 베티가 잿빛 연기를 뿜는 동시에 숨을 내쉬었다. "그녀가 널 더 힘들게 안 하려고 그러는 것 같구나."

"왜 그녀가 날 힘들게 했을까요?"

"상징들 때문이다. 그리고 그 상징은 별로 달갑지 않다. 1962년, 지진으로 니스가 흔들렸다. 전혀 심각하지 않지만, 그래도 과학자들은 지진의 영향으로 언젠가 이 도시가 사라질지 모른다고 두려워하지. 니스는 한 개의 절벽에 세워진 거야. 니스 사람들은 그걸 잘 알고 있지만 그냥 무시해. 대부분 평생 여기에 머물지. 그들은 그런 하찮은 일로는 꼼짝도 안 할 거야. 그해에, 오랑제 조산원이 심각하게 흔들렸다. 「니스 마탱」의 사진 한 장이 기억나네. 파사드가 달걀 껍질처럼 금이 갔지. 시에서는 신생아들을 거기 계속 수용하는 위험을 감수할 생각이 없었지. 오랑제를 부췄어. 당시 수많은 니스 아이들이 그랬듯, 넌 거기서 태어났다. 침상은 생 로크와 산타 마리아로 나눠졌지."

나는 그 유령 조산원이 어디에 있었는지 알고 싶었다. 베티가 프롬 위의 한 장소를 내게 가리켰다. 네그레스코 호텔을 지나, 공항 쪽으로 올라가는 곳이다. 난 방향을 잃었다. 더는 존재하지 않는 곳에서 태어났음이 공허한 감정에 더해졌다. 니스는 내 출생무지[186]라고 말하는 것이 더 정확하겠다. 난 내가 도착한 이후 아침저녁으로 오랑제 병원의 옛 터 앞을 지나쳤다는 것을 깨달았다. 다음 날, 또 다른 기억이 되살아났다. 모셰와의 긴 대화였다. 숱한 약속들이 어그러진 뒤에, 난 마침내 그를 찾았다. 그는 프랑스에 살고 있었다. 남서부의 한 도시에서, 언젠가 내가 그에게 오리라는 희망을 맘속에 묻은 채. 우리는 운명에 대해, 리나에 대해, 그녀의 어머니에 대해, 그리고 특히 그와 그의 가족에 대해 이야기했다. 병으로 쇠약해진 목소리로, 그는 나에게 온갖 두려움에 사로잡혔던 자신의 유대인 이야기를 들려주었다. 나는 한 이상한 디테일을 맘속에 간직했다. 그는 해산에 대비할 때마다, 자신의 여권을 가운 주머니에 흘려 넣곤 했다. 하시라도 도망가기 위한 것이었고, 그의 병적인 집착이었다. 내가 태어난 여름, 모로코의 거주지 제한에 묶여 있던 그는 마레샬 리오테 병원[187]에서 일하고 있었다. 그는 있는 힘을 다해 아이들을 해산시켰다. 난 혹 그가 날 닮은, 키파를 쓴 소년을 해산시켰는지 궁금했다. 그런데 그 시설의 진짜 이름은 마레샬 리오테가 아니었다. 라바트에서는, 사람들이 그걸 다른 명칭으로 알고 있었다. '오랑제 조산원'.

35

내게 전화를 한 건 그녀였다. 그녀의 목소리가 멀었다. 대서양과 지중해 사이의 주파수 혼신. 그녀는 내게 첫 기차를 타라고 부탁했다. "아들아 와 네가 내 옆에 있는 걸 느껴야겠어. 눈이 안 보인다. 끔찍한 느낌이야." 그녀는 힘이 너무 없어 보였다. 또 그녀가 되찾으려고 하는 그녀의 아버지의 집 이야기도 했다. 그녀는 왜 내게 그녀의 아버지 이야기를 했을까? 그리고 그녀의 눈에 무슨 문제가 생긴 걸까? 그녀는 전화로는 길게 말하고 싶어 하지 않았다. "빨리 와." 나는 "panoplie"인지 "diplomatie"인지 하는 단어를 들었다. 그리고 대화가 끊겼다. 나는 그녀를 다시 만나기로 결심했다. 너무 기다리기만 했었다. 나는 펜션에 내 출발을 알렸다. 여주인은 아쉬움 속에 내 숙박비를 정산했다. 우리는 서로 보는 것에 익숙해져 있었다. 가족 펜션, 무엇보다 가족이었다. 나는 급히 노박에게 메모를 남겼고, 그의 도움에 감사를 표했다. 내 방으로 올라와 다음 날 아침 급행 표를 예약했다. 라 로셸에는 오후 늦게 도착할 것이다. 느린 점 때문에 나는 기차를 선호했다. 리나를 다시 본다는 생각에도 대비할 수 있을 것이다. 난 그녀가 아직도 열일곱 살이고, 그녀가 내게 처음부터 다 말해주리라 상상했다. 우리들의 삶이 다시 시작되리라 상상했다. 내 믿음이 다시 태어나리라 상상했다. 어린 시절의 그 순간들처럼, 그녀가 날 꼭 껴안고 이렇게 속삭였을 때처럼. "아무 걱정하지 마. 혹 네가 죽어도 난 널 다시 살려놓을 거야".

III

난 척할 거야

1

"난 당신이 죽은 척할 거야."

이 작은 문장 하나가 니스를 떠나면서 나를 사로잡았다. 당신을
미치게 하는 한 노랫가락[188]과 비슷한 그 문장이.

2

리나는 역 앞에서 나를 기다리고 있었다. 날씨가 좋았다. 저녁
공기에 요오드 냄새가 났다. 마지막 햇살이 텅 빈 커다란 하늘을
붉게 물들이고 있었다. 나는 크게 심호흡을 했다. 마치 내 어린 시
절을, 내 기원을, 내가 선택되었던 그 기원의 짠 내음을, 그림엽서
의 옛 항구를, 거기에 으레 빠지지 않는 탑들과 바다의 부름에 달
려가는 운하가 그려진 그 항구를 들이마시는 느낌이었다. 미님므
곶[189]의 불빛이 밤의 공격에 맞서 올라오고 있었다. 그래도 아직은
울창한 돛대들, 세상 끝 등대[190], 떠 있는 도크가 어슴푸레 보였다.
내 집에 왔다. 열 살 때 리나가 생일선물로 주었던 그 진짜 내-집
에 왔다. 대합실에서 나를 찾고 있던 그녀를 보면서, 난 그녀가 이
역에서 날 마지막으로 기다렸었던 그때를 다시금 느꼈다. 내 나이
열일곱이었다. 그때 리나는 꼿꼿이 서 있었다. 자신의 실루엣을 한
층 높인 꼬마 여인의 하이힐에 올라서서, 파르르 떨리는 당신의
콧날개와 내게 말을 걸어도 될까 걱정하는 눈빛을 한 채. 그녀 옆

에서, 아빠는 안절부절 못하고 있었다. 꼭 끼는 겨울 외투에 무너질 듯 파묻혀 있었다. 으스스한 2월의 어느 저녁이었다. 내 고등학교 친구들도 날 기다리고 있었다. 난 그들과 함께 도시로 다시 떠나고 싶었다. 내 부모님들의 가냘픈 실루엣이 다시 보인다. 그들은 나를 포옹한 뒤, 멀어졌고, 그들의 슬픔 속에 딱 붙어 있었다. 자정 무렵, 집에 돌아왔을 때, 난 그들의 침실에 불이 켜져 있는 것을 보았다. 나는 마지못해, 두 번 다시 그러지 않겠다고 약속했다. 내 아버지는 진정된 듯 보였다. 약간의 홍조가 그의 두 뺨에 비쳤다. 엄마는 겁먹은 미소로 내게 웃음을 건넸다. 내가 모세 ─ 내 "진짜 아빠"라고, 난 출발하기 전날 밤, 섣불리 미셸에게 그렇게 말했었다 ─ 를 만나러 툴루즈[191]로 간 그 며칠 동안 이분들 사이에 무슨 일이 있었던 걸까? 이들은 내가 돌아오지 않을까 두려웠던 걸까? 난 아무것도 몰랐다. 단지 모세가 나를 자기 쪽으로 끌어갈까봐 아빠가 초조해했다는 것밖에는. 어쨌든, 그는 안심해도 되었다. 그는 내 아버지였고, 난 그의 이름을 달고 있었다. 난 단지 "다른 사람", 이전의 삶의, 존재하지 않았던 그 삶의 그가 어떤 모습인지 보고 싶었을 뿐이었다.

내가 출구의 군중들 틈에서 리나를 찾는 동안 다시 표면에 부상한 것이 바로 그 이미지였다. 나의 어머니의 괴로워하는 표정. 나의 아버지 ─ 내가 유일하게 인정한 사람, 왜냐하면 그는 날 인정한 유일한 사람이었으니까 ─ 의 짓눌린 인상. 난 시뇨렐리였다, 영원히. 그건 재론의 여지가 없었다. 나와 모셰의 진정한 만남, 그렇게 여길 만한 만남은, 그 후 한참이 지난 뒤에야 이루어졌다. 내 나이 쉰 무렵이었다. 그는 죽음을 앞두고 있었다. 우리는 시간의 부스러기들을 다시 잡아보려고 노력했고, 우리는 추억들을 주고받았고, 그걸로 새 추억들을 함께 만들어보려고 했고, 그러나 우리의 열의에도 불구하고 그건 쉽지 않았고, 그리고 그의 병이 그를 앗아갔을 때, 우리에겐 아직 갈 길이 남아 있었다. 그럼에도 그 또한 나의 아버지가 되었다. 미셸이 그 자리를 저버리면서, 모셰에게 온전히 자신의 모로코로 내 입양의 튀니지를 대체할 수 있도록 했던 만큼, 그는 이 뒤늦은 역할에 잘 흘러들었다. 나는 이 상처받은 남자에게 관심이 갔다. 심지어 난 그에게 애정을 느꼈고, 그의 용기와 수줍음들을 좋아했다. 난 그의 유대인 이름, 그의 부모의 이름 — 마르도셰와 프레아 —, 그의 조상들의 이름, 그들의 출생지들, 페스, 이프란, 미들 아틀라스, 타피알레트, 그다음 튀니스, 수스, 스팍스, 가프사, 그리고 미셸 쪽의 염수호 제리드를 기억했다. 나는 한 아버지에서 다른 아버지로 이동했고, 난 그들을 합했다. 나의 어머니, 그녀가 그 수술비를 감당했다. 난 다시금 그녀를 고통 받는 인간들*의 선반에 처박아두었다. 내 내면의 문법 속에서 남성이 여성을 지우고 있었다.

---

* des êtres en souffrance. '미결제 건들'.

212

문득, 내가 어디 있는지 찾으려고 리나가 까치발을 딛고 몸을 일으켰을 때, 난 그날 밤 부모님들을 그냥 떠나보냈던 내가 원망스러웠다. 분명 아버지는 날 기쁘게 해주기 위한 스케줄을 하나 구상했었다. 우리는 차로 기항지까지 가서, 거대한 화물선들과 그들의 보물 같은 진귀한 목재들, 땅바닥에 그대로 늘어놓은 감람나무, 마호가니, 모잠비크의 흑단을 보며 감탄했을 것이다. 우리들의 산책의 종점이었고, 우리들의 이국 취향이었다. 아빠는 내 어린 동생들이 원목 더미 위를 달리는 것을 응원했을 것이고, 자신의 손을 뻗어 프랑수아의 손을, 이어 장의 손을 움켜쥐었을 것이다. 마치 인생의 새로운 발걸음마다 당신을 동반한다는, 헨델의 선율을 담은 한 보험회사의 광고처럼. 그때 난 당장 내 아버지와 내 어머니를 달랠 수 있었다. 간단했다. 그냥, 기차에서 내리자마자, 내가 모셰를 찾아갔다고 달라진 건 하나 없고, 난 당신들을 무조건 사랑한다고 그들에게 보여주면 되었다. 그런데 그러는 대신, 난 그들이 의심하는 것을 즐겼고, 내 묵묵부답으로 난 떠날 수도 있다는 걸 믿게끔 만들었다. 턱없이 잔인했던 그 순간이 지금 얼굴에 화끈거린다. 한 가지 변명은 맞다. '난 열일곱 살이었다.'

3

리나는 내 앞에 서 있었다.

다시 한번 그녀의 작은 키에 놀랐다. 그리고 그녀의 코에 이상한 안경이 걸쳐 있었다. 한쪽은 투명했고, 한쪽은 색유리였다. 난 그녀가 날 보지 못하고 있는 것을 보았다. 마침내 그녀가 날 발견했을 때, 그녀의 얼굴이 풀어졌다. 우리는 별다른 표현 없이 포옹했다.

"이 안경은 뭐예요?" 난 의심스런 어조로 물었다.

"어제 내가 한 말을 못 들었니? 난데없이 내가 복시(diplopie)란다."

"복시요?"

"두 개로 보여. 두 눈이 더는 일치하지 않아. 따로따론 잘 보이는데 두 개를 동시에 뜨면, 다 흔들려. 병원에선 쉬지 않고 찾았어. 종양, 뇌졸중, 바이러스. 그들은 온갖 검사를 다 했어. 붉은 렌즈 테스트, 시신경에 대한 헤스 랭커스터 테스트까지. 아무 이상이 없대. 일주일이 갈지 평생을 갈지 모르지만, 어쨌든 내게 남은 게 평생인데, 일주일 이상은 살고 싶어. 그때까진, 절대 쓰러지지 않을 거야!"

그녀가 잔기침이 섞인 작은 웃음을 지어보였다. 간호사의 애교랄까, 그녀는 보통사람들은 그 뜻을 알 수 없는 의학용어에 기대는 걸 좋아했다. 헤스 랭커스터라는 이름에서 난 같은 성의 버트가 떠올랐다. 어쨌든 그녀를 보니, 영화는 아니었다.* 우리는 열려 있는 카페를 찾아 항구로 향했다. 내 꼬마 엄마, 그녀의 발걸음이 자신이 없었다. "행복하다", 라고 그녀는 쾌활한 목소리로 되풀이했다. 그녀는 내 팔을 잡았고, 난 그녀의 열기를 느꼈다. 그녀는 똑바로 걸으려고 애썼지만 그녀의 복시 — 난 이 단어에 익숙해져야 했다 — 때문에 몸이 좌우로 흔들렸다. 우리 단둘이, 가족 없이, 아이들 없이 만난 게 도대체 몇 해 만일까? 어머니를 보면서, 난 내가 이미 알고 있던 것을 깨달았다. 니스에서부터 날 따라온 그 작은 문장이 진실이었다는 것. 난 엄마가 죽은 것처럼 살았다. 난 그걸 말하지 않았다. 떠돌고 있던 생각이었다. 난 그 생각을 만지작거렸고, 그걸 길들였다. 엄마는 죽었다. 난 스스로에게 겁을 주는 걸 즐겼다. 일종의 보호관찰. 척하기. 바이스 하나가 내 목을 조이고 있었다. 난 내가 어머니를 사랑했었고, 그녀를 지독하게 사랑했

---

* ça n'était pas du cinéma. '허풍(거짓말)은 아니었다.'

었다는 걸 잘 알고 있었다. 그러나 어떤 뿌연 힘이 이후 나를 제지했다. 심장 주변에 쳐진 어떤 장막.

"너 배고프겠다." 리나가 말했다.

"기차에서 먹었어요."

그녀는 이 대답에 안심했고, 우리는 부둣가의 한 테라스에 자리를 잡았다. 사물이 둘로 보이는 걸 완화시킨다는 프리즘 안경 안쪽에서 난 그녀가 뭘 볼 수 있었을까 궁금했다. 그녀는 매끈한 얼굴을 간직하고 있었다. 온갖 충격은 저 내면에 가해진 것이었다. 그리고 쇠약해진 그녀의 두 눈에. 우리는 지극히 개인적인 것에 대해서도, 여자아이에 대해서도, 가슴 아픈 이야기도 전혀 꺼내지 않았다. 이어 그녀는 그녀의 의붓어머니가 돌아가신 지금 팔아야 할 그 유명한 집에 대해 내게 설명했다. 나는 집중했다. 이야기를 따라가야 했다.

1972년 봄, 리나의 아버지는 쿠데타 후 난리가 난 마다가스카르를 떠났다. 그는 간신히 건진 저금으로 브로에 생 루이[192] 근방의 부동산을 자신을 위해 구입했다. 가족묘 주변이었다. 그 시절, 리나는 그 사실만 알고 있었다. 당시 그녀는 서른 무렵의 성숙한 여인이었고, 미셸 시뇨렐리의 부인으로서, 호적부에 당당히 올린 두 명의 멋진 사내애들을 낳았다. 기대도 안 한, 너무 멋진 선물이 왔다. '엄마는 그녀의 인생의 절반인, 열다섯 살 이후 더는 안아본

적 없는 자신의 아버지를 되찾았다.' 그는 그녀 앞에, 반짝이는 치
열을 드러낸 채 서 있었다. 그는 작달막했고, 빨랫방망이 같은 두
손, 구릿빛 피부, 벗겨진 머리에 눌러 쓴 붙박이 사파리 모자, 미
러 선글라스 너머 작고 초롱초롱한 눈매, 그리고 관자놀이의 은빛
이 빛나는, 끌로 조각한 듯한 얼굴을 하고 있었다. 그는 우리를 올
레롱 섬[193]의 한 식당에 초대했다. 바다, 하얀 물거품, 거대한 고운
모래사장이 보이는 곳이었다. 그 자리에 내 삼촌들과 나의 어머니,
오래전 할아버지의 충실한 사냥 친구였던 조카 드비앙, 그리고 모
르는 사람들인 바르브지외의 친구들이 참석했다.

때는 초여름이었다. 우리는 시간을 벗어나 있었고, 진짜 삶을 벗
어나 있었다. 1972년 방탕한 바람둥이가 귀환했다. 난 그가 알록
달록한 새들이 우글대는 새파란 하늘에서 떨어졌다고 상상했다.
그는 노래하듯 수천 가지 이야기를 들려주었다. 할배 장은 살아생
전 모국을 다시 본 것에 환호작약했다. 그리고 리나를 다시 본 것
에. 특히 리나를. 그 옛날의 소녀는 자기 아버지의 무릎 위에 앉아,
그를 얼싸안고, 그의 냄새를 맡고, 그의 목덜미의 온기와 그의 살
내음을 되찾고 있었다. "누구의 부인이라고 했지?"라고 그가 엄마
에게 물었다. 그는 솥뚜껑 같은 그의 두 손으로 그녀를 껴안았다.
그녀는 울었다. 여러 사진을 찍었다. 폴라로이드 사진들. 그들의
두 얼굴이 반짝이는 표면 위에 기적처럼 나타났고, 그러나 가장
기적적이었던 건, 그 숱한 세월 후, 이 작은 종이 쪼가리 안에 아버

지와 딸을 한데 모이게 했다는 것이었다. 내 할아버지가 내게 몸을 숙였다. "내가 널 아는 걸 아니? 난 네가 태어났을 때 네가 울부짖는 소리도 들었단다!" 리나는 그에게 장난꾸러기라고 했다. 그는 아주 진지한 표정으로 날 바라보았다. "마다가스카르에는, 흑백의 이상한 새가 하나 있다. 바라우(Barau) 바다제비다. 그 새의 울음소리는 아기가 우는 것 같지. 다 깜빡 속을 거야. 네가 태어난 날밤, 바다제비 한 무리가 우리 집 앞 부채꼴 나무 위에 앉았다. 난 그놈들의 울음소리를 들었을 때, 네가 태어났다고 생각했다." 그때까지 난 할배에 대해서는 불타는 듯한 무희들이나 깜찍한 원숭이들이 그려진 형형색색의 우표들이 반짝이는 박스에 담겨 일 년에 한 번씩 항공편으로 온 리치의 맛밖에 알지 못했다.

식사를 마칠 무렵, 그는 자신의 인조가죽 가방에서 얇은 실크로 포장된 신비로운 선물 하나를 꺼냈다. 리나는 히비스커스[194]의 붉은 꽃들이 수놓인 티 없이 맑은 새하얀 식탁보를 펼치면서 감탄을 금치 못했다. 그러나 포옹을 하려는 순간, 나의 할아버지는 그의 딸에게 자신이 그녀보다 나이가 약간 웃도는 레위니옹 섬의 한 여자와 재혼했다고 알렸다. 그다음 일은 난 몰랐다. 자기 아버지의 무릎 위에 앉은 리나의 사진들은 젊은 부인의 손에서 끝이 났고, 그녀는 조건을 내걸었다. '그녀와 리나 중 선택할 것.' 물론 그녀였다. 돌아오는 길에, 엄마는 조용히 울었다. 그녀의 본능으로 이미 예상한 일이었다. 그녀가 와이퍼를 돌렸는데 커다란 태양이 반짝이고 있었다. 비는 그녀의 눈 속에서만 내리고 있었다. 내 어머니의 얼굴 위로 비가 뚝뚝 떨어지고 있었다. 밤마다 인도양의 거대한 땅 위에 퍼붓는 열대지방의 그런 비였다. 나는 홍수 같았던 그 슬픔의 추억을 간직했다. 엄마는 자기 아버지를 더는 보지 않았고, 2000년 벽두에 아버지의 사망 소식을 접했다. 마치 당신은 앞으로의 세기는 더는 알고 싶지 않다는 듯 돌아가셨다. 그동안, 그는 샤랑트의 소유지에서 그의 두 번째 부인과 살았다. 나의 어머니는 더는 할배 장에 대해 말하지 않았다. 우리는 그 예쁜 식탁보를 더는 꺼내지 않았다. 히비스커스의 꽃들이 꼭 생채기들 같았다.

난 응접실 소파 위에서 잤다. 다음 날 아침, 리나가 안경을 벗고 나타났다. 그녀의 두 눈은 공허했고, 비정상적으로 고정되어 있었다. 진한 커피를 마신 뒤, 난 그녀의 오래된 '무당벌레'[195]의 핸들을 잡았고, 우리는 떠났다. 뒷좌석에, 차 바닥 아래로 길이 보였다. 그러나 리나는 그녀의 니스 시절에서 살아남은 자신의 감색 자동차와 그 미터기에 기록된 추억에 매달렸다. 그걸 수리하는 게 급한 지출은 아니었다. 비스듬히 비치는 햇빛에 난 눈물이 났다. 나도 오래전부터 세상이 두 개로 보였다. 내가 어렸을 때, 누가 내게 "네 엄마는 누구야"라고 물으면, 할매의 얼굴이 리나의 얼굴 위로 겹쳤다. 그건 이미 플레이모빌로 증명되었다. 지금도, 내 아버지를 찾으면, 미셸과 모세의 인상이 겹친다.

리나는 내가 오직 그녀만을 위해 여기 있다는 것에 행복해했다. 그녀는 내가 니스에서 무엇을 했는지 묻지 않았다. 분명 베티 르그랑이 그녀에게 전화를 했을 것이다. 내가 데리고 갔던 일흔네 살의 부인은 나의 어머니가 아니었다. 그것은 자기 아버지가 버렸던, 자기 큰아들이 죽은 것으로 치부했던 위로할 길 없는 한 여자아이였다. 우리는 샤랑트로 나아갔다. 리나의 기억이 길을 따라 펼쳐졌다. 그녀의 어린 시절의 북극점. 마을의 이름들이 어떤 생각, 어떤 슬픔, 드물게 어떤 행복한 추억을 환기시켰다. 산토끼 한 마리의 미친 듯한 질주. 헐벗은 밭 한가운데 한 말똥가리가 낚아챈 들쥐 한 마리. 날씨는 추웠지만 하늘은 봄 같았다. 자동차 히터가 고장 났다. 환기가 차디찬 숨을 내뿜고 있었다. 리나가 외투 단추를 목까지 채웠다. "난 1센티미터도 자라지 않았어." 그녀는 우리가 바르브지외로 들어갔을 때, 이렇게 말했다. 이곳 빅토르 위고가에서 그녀는 어렸을 때 부모와 함께 살았다. 그녀의 아버지는 낚시와 사냥용품 가게를 운영하고 있었다. 그녀의 어머니는 가죽 제품 가게를 관리했다. 그녀의 친구 자클린은 길 건너편에 살았다. 두 소녀는 유리창 너머로 장난을 치는 사이였다. 난 리나에게 다시 말해달라고 했다. 무슨 말인지 못 알아들었다. 찬 공기 속 그녀의 말. "내 아버지가 떠났을 때, 난 성장을 멈췄어."

우리는 푸른 언덕들이 넘실대는 들판 한가운데에 있었다. 나는 몰래 어머니를 관찰했다. 그녀의 작고 곧은 코, 그녀의 주근깨, 흰 가닥들을 숨기려고 정성껏 염색한 시에나 밤색의 머리칼을. 그녀는 자신의 아버지를 기다렸던, 그리고 1960년 8월, 홀로 모두에 맞서, 니스 시, 바다 앞에서 자기 아이를 기다렸던* 그 말괄량이로 남고 싶었다. 시간은 아무 약속도 지키지 못한 그 젊음 속에 응고되어 있었다. 난 그녀가 가장 아끼는 문장을 내게 되풀이하는 소리를 듣는다. "난 인생을 사랑했어. 인생이 날 사랑하지 않았지." 열여덟 살이 된 날, 그녀는 운전면허증을 땄다. 일주일 후, 그녀는 할부로 차를 한 대 샀다. 그녀가 발견한 가장 싼 차는 일본 소형차였다. 도핀을 찾기 전까지는. 그녀는 프랑스제를 사는 데에는 관심이 없었다. 그녀의 자유, 그건 나를 훔치기 위한 핸들이었다.

　나를 훔치기 위해, 당신은 내게 날아왔다. 유모가 비명을 지르든, 길까지 당신을 쫓아오든 소용없었다. 당신은 마침내 날 되찾았다. 난 드디어 당신의 얼굴을 볼 것이고, 난 당신의 냄새를 느낄 것이다. 난 당신의 목소리를, 그리고 당신의 심장에서 고동을 들을 것이다.

---

* qui attendait son enfant. '임신 중이었던'.

4

거의 다 왔다. 난 할아버지의 집과 닮았을 만한 것을 찾고 있었다. 난 우리가 발견할 것이 두려웠고, 우리가 거기서 발견할 수 없을 것이 더 두려웠다. 도와달라고 내게 전화를 한 리나도 마찬가지였다. 침묵이 차 안에 번졌다. 불현듯 온갖 이미지들이 다시 떠올랐다. 난 그걸 다 잊었다고 생각했다. 더욱이 난 그걸 본 적이 없었다고 생각했다. 그런데 그게 지금 여름밤 등잔 주위의 벌레 떼처럼 내게 달려들고 있다. 정확히 언제였는지는 모른다. 나는 질주하는 차의 뒷좌석에 앉아 있다. 앞좌석에 주저앉은 삼촌은 헛소리를 하고 있다. 리나는 필사적으로 밟고 있다. 죽음의 질주에 뛰어든 꼬마 엄마. 폴은 여러 통의 캡슐을 삼켰다. 그의 심장은 곧 멈출 것이다. "죽지 마!"라고 리나는 애원한다. 이젠 거의 상습이다. 응급실에 닿기 위한 이 지옥행 랠리. 폴은 면도날로 자신의 혈관을 그었다. 난 차에 혼자 남아 있다. 당신은 당신의 오빠와 함께 사라진다. 당신은 사라진다. 당신은 결코 돌아오지 않을 것이다.

다시 우리가 보인다. 당신은 당신의 소형차를 몰고 있다. 이번에는 우리는 즐겁다. 우린 두 아이들이다. 우린 떠난다. 난 여섯 살이다. 당신은 직장 경연에서 우승했다. 사장의 비서가 당신에게 희소식을 알렸다. "당신은 당신이 원하는 사람과 일주일 휴가를 갈 수 있습니다." 믿겨지지 않는 당신은 말을 더듬었다. "내 아들도 될까요?" "물론이죠!"라고 비서가 답했다. 당신은 집에 돌아와 내게 말했다. 아들아 가자 우리 단둘이 스페인에 가자. 코스타 브라바[196]에서 일주일간 태양 속에 있자. 당신은 웃고, 당신은 웃느라 울고, 당신은 운다. 우리는 폭염을 피하려고 한밤중에 출발했다. 우리는 보르도에서부터 몇 시간을 달렸다. 스페인, 코스타 브라바, 이 단어들이 내 머릿속에서 통통 튄다. 어둠은 등대들의 붓질 속에서 사라졌다. 우리는 아래위로 오가는, 후미가 좌우로 요동치는, 끝없는 트럭들과 세미 트레일러들을 추월했다. 우리는 이 괴물들의 꽁무니에서 옴짝달싹 못할까봐, 혹은 산길에서 그들이 우리를 바위에 내동댕이칠까봐 두려웠다. 이어 모든 것이 평온해졌다. 여름이었고, 바캉스였고, 진짜 우리 둘뿐이었다. 보르도에서 난 당신을 늘 리나라고 불렀다. 스페인 국경을 넘자, 난 당신을 엄마라고 불렀다. 난 이 단어에 도취되었다. 엄마. 모든 마법의 단어들보다 더 마법적이었다. 이 두 음절, 보이지 않는 케이블에 둘러싸인 듯, 난 여전히 두려웠다. 난 시초의 두려움을 간직하고 있었다. 내가 당신의 아들이 될, 당신도 내 어머니가 될 권리가 없었을 때의. 엄

밀히 말해, 내 누이. 당신의 어머니가 내 어머니였다. 폴은 일종의
아버지였다.

우린 잘못 출발했었다, *madre mía.**

---

* '나의 어머니여.' (스페인어).

5

"저기다. 나무들 뒤."

자동차가 망가진 길에 들어섰다. 난 리나의 당황한 시선을 포착했다. 그녀는 항상 자신감이 부족했다. 자신감, 그건 우리가 받은 사랑과 함께 온다. 집은 매립지 위에 솟아 있었다. 아래쪽에 연못 하나. 과실수들. 난 이미 여기에 왔었다. 할배 장의 표현으로는, 오래 옛적에.[197] 난 법학을 공부하고 있었다. 난 그걸 리나에게 결코 말한 적이 없었다. 나의 할아버지는 수상쩍다는 듯 나를 맞이했었다. 마치 당신이 나를 보내 자신을 염탐해서 모험가인 자신의 재산목록—그의 중국의 골동품들, 그의 상아 조각들, 그의 에메랄드들, 그리고 복도 벽에 나사로 박아놓은 거대한 악어가죽—을 작성하려는 것으로 생각했었다. 당신은 그딴 것엔, 그의 재산 따위엔 전혀 관심이 없었다는 걸 혹 그가 알았었다면. 당신이 원했던 건 그였다. 오직 그였다. 난 서른을 갓 넘긴 나이였다. 그는 나를 한나절을 붙잡아두었고, 내게 자신의 멧돼지들을 보여주었다. 우린 철조망에 다가갔다. 그는 흉측한 외마디 소리로, 혀를 내밀고, 그들을 유인했다. "웽, 웽!" 무리가 달려왔다. 할배 장은 멧돼지어를 능숙하게 구사했다. 인간의 언어보다, 그리고 아버지들이 그들의 딸에게 하는 언어보다 더 잘했다. 그는 창살 너머로 먹이를 뿌렸다. 그리고는 자기 총을 장전했다. "자식, 멋지네. 한 방 쏘자." 별로 사납지 않은 짐승 한 마리가 다가왔다. 녀석의 짙은 속눈썹과 턱수염에서 온순한 느낌이 들었다. 내 할아버지는 두 눈 사이로 그를 쏘았다. 짐승은 둔탁하게 쓰러졌다. 이어 그는 그것을 손수레에 실어 물 호스까지 데려왔다. 능숙한 가축 장사꾼답게 그는 녀석의 털에 물을 먹여 잔뜩 부풀렸다. 저울 무게가 엄청날 것이다. 그의 집으로 가는 길에, 철망 너머로, 사슴 한 마리가 꼼짝 않고 나를 노려보고 있었다.

철제 대문은 열려 있었다. 난 그 앞에 차를 세웠다. 우리는 콘크리트 계단 앞까지 몇 미터를 걸었다. 리나는 걸음마다 머뭇거렸다. 마치 일부러 비스듬히 걷는 것 같았다. 저기로 가고 싶지 않은 듯 보였다. 경사면 초입은 다시 최악이었다. "내가 널 귀찮게 하는구나", 라고 리나가 밋밋한 목소리로 되풀이했다. 이런 의존이 창피하고 화가 난다는 듯. 왼편에는, 위에서부터 아래까지 긁힌 자국의 나무 말뚝이 흡사 교수대의 흔적 같았고, 밧줄 대신 사슬 하나가 묶여 있었다. "내가 왔을 때, 그의 원숭이가 여기 묶여 있었어." 리나가 회상했다. "그 녀석이 내 차의 보닛 위로 뛰어오르더니, 비명을 지르면서 팔짝팔짝 뛰기 시작했지. 그의 두꺼운 빨간 입술이 젖혀져 있었어. 정말 끔찍했어. 차를 쿵쿵 밟는 소리, 원숭이의 울부짖는 소리, 그의 발톱 긁는 소리. 아버지가 꼼짝이나 했을 것 같니? 그는 발코니 위에서, 조용히 이 장면을 지켜보면서, 그 난리를 당장 멈추지 않았어. 마침내, 그가 버럭 소리를 질렀지. '조조, 그만!' 그는 끝내 아래로 내려왔지만 아무 사과도 없었어. 분명 그는 이 작은 시위로 내가 다시는 올 생각을 안 하길 바랐던 거야. 나중에, 그는 그를 죽여야 했지, 자신의 조조를. 난 이따금 그를 방문했던 조카 드비앙을 통해 그걸 알았어. 녀석은 질투심 많고 배타적인 침팬지였어. 그는 할배만 사랑했지. 늙어가면서, 그 녀석은 심지어 그의 부인까지 공격했어. 어느 날 아침, 조조는 우체부에게 달려들었지. 녀석은 그의 옷을 갈기갈기 찢어놓았고, 그의 가방과 그가 배달할 우편물까지 죄다 찢어놓았지. 내 아버지는 그에게 한 방을 쏘았어. 평생 처음, 그가 울었어."

리나는 단속적으로 말하고 있었다. 날씨는 춥지 않았다. 그런데도 그녀는 우리가 여자아이의 존재를 알았던 그날처럼 부들부들 떨고 있었다. 그녀의 내면에서부터, 억제할 수 없는 경련이 올라오고 있었다. 부동산 중개소 여사장은 그녀에게 열쇠가 어디 있는지 말해주었다. 그녀는 내게 차일 옆 구멍에서 그걸 집으라고 부탁했다. 난 그녀를 달래주고 싶었지만 난 내 팔을 움직일 수 없었다. 난 리나를 위해 그런 걸 할 줄 몰랐다. 그녀의 몸을 꼭 껴안는 것,

227

내가 나왔던 그 몸, 그건 여전히 내 힘으로 되지 않았다. 난 그녀가 날 만지는 걸 참지 못했다. 난 그녀를 만지는 걸 참지 못했다. 빌어먹을 탄젠트.

우리는 빈 집에 들어섰다. 그녀의 시선이 되살아나고 있었다. 그녀의 아픈 두 눈에 터무니없는 희망이 빛나고 있었다. 혹 그녀는, 장화 신은 발을 벽난로에 걸친 채, 흔들의자에 앉아, 평생 그녀를 기다렸을 그녀의 아버지에게 안기는 생각을 하고 있었을까? 난 그 장면을 그려보았다. 그들의 목메는 오열, 시간 여행, 고무줄 두 개로 땋은 리나의 금발 꽁지머리, 그녀의 아기 울음소리, 할배의 회한……. 꿈을 꿀 때가 아니었다. 리나의 신발 굽이 복도의 차디찬 타일에 부닥쳐 울렸다. 찬장의 케케묵은 냄새가 덧문을 친 방마다 떠돌고 있었다. "창문을 다 열자. 여긴 죽음의 냄새가 나." 난 실행했다. 리나를 바라보았다. 턱에 근육이 뭉쳐 있었다. 연못을 내려다보고 있는 통유리를 통해 태양이 밀려들어왔다. 한 줄기 빛이 복도를 가로질렀다. 커다란 덩어리 하나가 벽을 뒤덮고 있었다. 칙칙했고, 으스스했다. 우리는 불쑥 뒤로 물러섰다. 악어가죽이었다. 원형 그대로, 그 길이 그대로, 꼬리의 두꺼운 비늘도 그대로 달려 있었다. 그리고, 머뭇거리는 손으로, 난 그걸 더듬기 시작했다. 가죽은 그 숱한 세월 내내 여기 있었다. 기껏해야 조금 더 짙고, 더 미세한 금에, 여전히 유연했다. 생생했다. 저 멀리, 원탁 위에, 이 짐승의 벌린 아가리가 떡 하니 군림하고 있었다. 그 녀석의 송곳니가 그 옛날 한 강가에서 한 소녀를 물어뜯었고, 이후 할배 장이 야간수색으로 죽인 것이었다. 그는 악어의 코가 뱃머리를 들어 올리는 순간 목을 조준했다. 짐승을 땅으로 데려오자마자, 주민들이 그의 흰 배를 갈랐다. 소녀의 흔적은 으깨진 손목에 매달린 작은 금줄뿐이었다.

우리는 탐사를 계속했다. 방들, 욕실, 다른 복도. 벽지는 구석구석 뜯겨져 있었다. 사냥 장면들, 찝찝한 파스텔 톤의 꽃다발들이 그려져 있었다. "내 아버지의 의붓아들이 다 쓸어갔네", 라고 리나가 말을 던졌다. 난 그녀가 자신을 달래주었을 뭔지 모를 어떤 것을 찾아 더듬더듬, 망할 복시 같으니, 하나하나 뒤지고 있는 모습을 보았다. 우리는 멧돼지 하나를 도륙 낸 현장과 맞닥뜨렸다. 응접실 벽난로 위에 불쑥 솟은 뚱뚱한 흉측한 머리, 하늘로 향한 그의 거대한 이빨들. "어렸을 때, 난 이게 무서웠어." 한 서랍장 위에 담황색 나무로 만든 물소 조각상 하나와, 미니어처로 된 다른 두 마리 악어들이 가지런한 뾰족한 이빨을 드러낸 채 남아 있었다. "내 아버지가 이걸 항공편으로 폴에게 발송했어. 상아를 깎은 거야. 어느 날, 내 새끼손가락이 거기 삐끗했어. 뾰족한 침이 내 살 속에 깊이 박혔지. 난 온 아파트를 가로지르면서, 악어 한 마리가 날 물었어! 라고 외쳤어."

그 순간 그녀의 고통은 그대로였다.

6

당신은 헛딛고, 당신은 비틀거린다. 당신은 모든 선반 위에서, 모든 서랍장과 찬장 속에서, 모든 서랍 안에서, 모든 빨래바구니 안에서, 모든 쓰레기통에서 찾는다. 당신은 편지 하나, 단어 하나, 실마리 하나를 찾는다. 뭔가를 찾는다. 당신의 흔적 하나를 찾는다. 당신 아버지의 사랑을 찾는다. 외동딸을 향한 그의 사랑을 찾는다. 어딘가 그게 있을 것이다. 당신은 그걸 차근차근 찾는다. 당신은 마치 증거 하나를 찾듯 그것을 찾는다. 발급서 하나. 입증할 물건 하나.

당신은 온갖 허접한 서류들이 수북이 쌓인 벚나무 테이블로 달려간다. 당신은 오래된 과자 통을 조급하게 열다가 손톱이 깨졌다. 갑자기 당신의 얼굴이 빛났다. 사진들, 수십 장의 사진들이다. 당신은 커플들, 아이들, 흉하게 생긴 사람들을 발견한다. 이방인들. 당신은 아무도 알아보지 못한다. 당신은 사진 하나하나를 다시 본다. 그럴 리가 없다. 당신이 너무 빨리 넘겼을 것이다. 없다, 아무엇도. 아무도 없다. 당신은 그의 삶에 당신이 존재했다는 어떤 표시도 발견하지 못한다. 당신은 존재하지 않았다. 그에겐 딸이 없었다. 여자아이가 없었고, 사랑하는 내 딸이 없었다. 당신은 다시 공포에 싸인다. 당신은 바람을 쐴 필요가 있다. 당신의 시선이 내게 말한다. 여기서 나가자고. 마침내 내 팔이 복종한다. 난 당신을 껴안는다. 꼬마 엄마야, 난 당신을 껴안는다. 당신은 웅크린다. 난 처음에는 거리를 두려고 한다. 당신은 내가 지킨다. 당신을 더 껴안을수록 숨쉬기가 더 편하다. 난 당신의 소년이다. 난 당신의 심장이 내 가슴에서 뛰고 있는 걸 느낀다.

처음이다.

이어 당신은 내게 매달린 채 집의 계단을 내려간다. 당신은 말이 없다. 난 문을 잠갔고, 당신은 조급하게 자물쇠 안에 열쇠를 밀어 넣는다. 당신의 손가락들이 나를 잡는다. 한 걸음, 두 걸음. 당신은 느닷없이 걸음을 멈추고, 당신은 발을 돌린다. 우리는 계단을 다시 오른다. 다시금, 당신의 공허한 두 눈. 당신은 내가 이 집을 다시 열기를 바란다. 복도에서, 왈츠 스텝으로, 당신은 악어가죽으로 돌진한다.

"우리 이걸 가져가자."

"이 시체를요?"

당신은 고개를 끄덕인다. "그래, 이 시체를."

작업이 끝날 때까지 난 당신의 목소리를 듣지 못할 것이다. 나는 찬장 서랍에서 십자드라이버 하나를 발견했다. 나는 당신에게 쿠션이 터진 낡은 안락의자 하나를 건넸다. 당신은 자리를 잡고, 조용히 기다린다. 나는 당신이 진정된 것을 느낀다. 나는 위에서부터 시작했다. 거대한 발톱이 달린 발들, 그 주름 속에 박힌 나사들, 이어 비늘 주름 속에 박힌 나사들. 늘어진 목살. 넓은 꼬리. 가죽이 둔탁하게 땅에 떨어질 때, 난 이걸 어떻게 차에 넣을지 의문이다. 당신의 미소. 난 여태 당신의 그런 미소를 본 적이 없다. 정의할 수 없는 미소. 잔인하고 만족스런 미소. 예상 밖의 에너지가 당신을 휘감는다. 당신은 짐승의 털을 다시 집었다.*198 당신은 몸을 일으켜 차고에서 노끈 뭉치를 찾으러 간다. 당신은 구덩이 가장자리를 걷는다. 당신은 내 도움을 거절했다. 난 당신이 넘어질까봐 겁이 났지만 천만에, 당신은 강하게, 집중한 채 다시 나타났다. 당신은 대체 어디서 발견했을까 싶은 지팡이를 하나 짚고 있다. 또 당신은 코냑에 담근 버찌 단지 하나를 들고 왔다. 당신의 가슴에 안긴 한 아이. 당신이 당신의 아버지에게서 발견한 것, 당신은 그걸 취한다. 당신의 손놀림에 놓치는 것은 없다. 맹수의 가죽이 우리 발밑에 펼쳐져 있다. 큰 걸음 네 번의 길이. 경부에서부터 꼬리 끝까지 3미터의 길이. 시멘트를 가득 채운 머리를 제외하고. 돌출된 송곳니들. 나는 가죽을 만다. 페르시아 양탄자보다 더 뻑뻑하다. 비

---

* Tu as repris du poil de la bête. '당신은 원기를 회복했다.'

늘 때문에, 꼬리에 걸린다. 이 이상한 트로피를 들어올리는 순간, 나는 노끈에 손가락이 베인다. 당신은 앞장서서 트렁크를 열었다. 당신은 춤추듯 걷는다. 무도병.[199] 승리의 춤, 원시적 춤. 짐승은 무게가 나갔다. 나는 한 걸음씩 내딛는다. 당신은 이걸로 무얼 만들까? 침대 밑 깔개, 각질 제거기, 여행 트렁크? 난 당신에게 아무 질문도 던지지 않는다. 난 실행한다. 당신에겐 그의 뭔가가, 할배장의 뭔가가 필요했다. 어쨌든 그렇게 되었다. 뜻밖의 결행. 쩍 벌린 아가리로, 여자아이를 씹어 먹은 놈의 가죽.

　이 악어가죽*, 그건 당신의 아버지다.

---

* croco. '악어, 악어가죽'.

7

나는 핸들을 다시 잡았다. 우리는 쭉 앞으로 달린다. 당신은 우리가 어디로 가는지 내게 말하지 않았다. 마음 닿는 곳이 새 길이다. 우린 시간이 많다. 뒷좌석에, 악어의 벌린 입이 보인다. 혹경찰이 우릴 세우면, 우린 뭐라고 하지? 우리는 깔깔 웃는다. 당신은 눈물이 빠지도록 웃는다. 악어의 눈물. 우리는 함께 있다. 우리는 다시는 멈추지 않을 것이다. 남쪽으로 내려간다. 세월을 거슬러 오른다. 꼬마 엄마야, 그 세월들의 트라우마, 흡사 살인자들처럼 악어가죽 하나를 뒷좌석에 싣고 운반하려면 그 트라우마가 있어야 한다.

당신의 아버지, 우린 그의 가죽을 벗겼다.*

당신은 집에 돌아갈 생각이 없다. 우리는 새들이 띄엄띄엄 나는 하늘 아래를 달린다. 침묵이 우리 사이에 떨어졌고, 큰 구멍 하

---

* on lui a fait la peau. '우린 그를 죽였다.'

나를 남겼다. 우린 서로 너무 그리웠다. 난 우리가 서로 전혀 혹은 거의 보지 않고 보낸 그 세월들, 그건 죽을 만큼 힘든 일은 아니라고 생각했었다. 내가 틀렸다. 우린 어디로 가나? 정해야 한다. 태양이 아스팔트 웅덩이에 이글대는 신기루들을 붓고 있다. 우리는 루아양을, 루아양의 추억을, 퐁타이약의 불타는 여름들을, 코르두앙으로 가는 뱃놀이들을, 콘을 따라 녹아내렸던, 난 그 끈적끈적한 손이 정말 싫었던, 쥐디시 아이스크림 가게의 소르베를 두고 왔다.

　나는 속도를 늦춘다. 우리는 우리의 삶이 제 길을 가도록 둔다. 당신이 말했다.

　"니스, 우리 니스로 돌아가자."

　시간은 집들을 수축한다. 기억은 사물들을 확대한다. 어린 시절은 그걸 다시 파랑으로 입힌다. 난 1970년 여름을 떠올린다. 우리는 보르도를 떠나 라 로셸로 왔다. 샤르트롱의 흑백에서 반짝이는 대서양으로 왔다. 난 그토록 빛나는 당신의 모습을 본 적이 없다. 당신의 미소가 우리의 나날을 물보라처럼 적셨다. 당신은 그 유명한 눈 오는 토요일의 밸런타인데이에 미셸과 결혼했다. 한 이름을 위한 한 승낙. 삶이 드디어 출발했다. 난 튀니지 출신의 완전 새로운 아버지가 생겼다. 시뇨렐리, 태양 속에서 딱딱 울리는 성. 내가 아직 아빠라고 부를 엄두를 못낸 미셸, 그는 니욀 쉬르 메르의 그 마을에서 월세를 구했고, 그곳은 멀지 않아 세상의 중심이 되었다.

영원한 바캉스를 예감했던 작은 세 단어.* 행복이 넘쳐흘렀다. 우리의 흰 집은 별다른 특징이 전혀 없었다. 그 양식은, 난 이건 확신한다, 르네상스**였다. 신중하고 검소하고, 샹보르 성의 계단도, 엄청난 화려함도 없는 르네상스. 내가 시칠리아 음조의 이 성, 시뇨렐리를 단 첫 여름이다. 한곳에 있는 아버지와 함께하는 첫 여름. 바닷가에서 자유를 만끽하는 첫 여름. 이후 십 년이 지속될 한 계절.

이름을 바꾸면서, 난 탈피했다. 난 내 아버지의 거무스름한 안색을 취했다. 나를 입양하면서, 미셸은 내 안에 자신의 피부색을 게양했다. 난 갑자기 모래와 지중해가 뒤섞인 튀지니를 물려받았다. 나보다 훨씬 더 큰, 그 갈래를 짐작조차 할 수 없는 한 역사. 내 새로운 삶은 나를 기억의 화신으로 만들었다. 난 그 파편 하나도 잊지 않는다. 난 모든 것을 기억하고 싶다. 우리의 작은 집은 하나의 집 이상이다. 그건 한 나라다. 당신은, 자신을 아빠라고 불러도 되는 한 아버지를 내게 준 것이 너무 행복한 당신은, 당신을 지운다. 당신은 당신을 향한 나의 사랑을 그에게 돌렸다. 당신은 내가 진짜보다 더 진짜같이, 자신이 사생아임을 속일 정도로 아주 열심인 한 명의 시뇨렐리가 되어가는 것을 보고 안심했다. 당신은 내가 동화되기를, 내가 다르다는 것으로 고통 받지 않기를 바란다. 당신

---

* Nieul-sur-Mer. '바닷가의 니욀'.
** Renaissance. '재탄생'을 빗댐.

236

은, 길에서 한 낯선 이가 내가 미셸과 닮았다고 하면, 아무 말도 하지 않는다. 반대로, 당신은 한술 더 뜬다. 당신은 당신의 선택에 힘이 솟는다. 튀니스 출신의 아버지, 니스 출신의 아들, 누가 그걸 흠잡을까? 우리는 이미 오래전 당신이 다른 삶을 찾아 밧줄을 끊었을 때 그 작은 하얀 집을 떠났다. 난 내 어린 시절의 목에 걸렸던 마을들의 목걸이 하나를 간직하고 있다. 난 그 이름들을 나직이 발음한다. 니월, 생 상드르, 로지에르, 루모, 마르시이.[200] 이내 그 까마득한 이름들 속에서 얼굴들, 목소리들과 웃음소리들, 짠 바람이 살갗에 닿는 느낌이 되살아난다.

길이 기다란 미끄럼틀이다. 우리가 사랑하는 부드러운 시골이다. 얼핏 토스카나 느낌이 드는, 샤랑트의 양떼구름 하늘들이 드리워진. 니스? 정말요? 우린 거길 한번도 같이 간 적이 없었다. 우리가 나눌 수 없었던 그 모든 것들. 우리는 생 사비니앙[201]을 지나고 있다. 세월 저편에 잠들어 있는 한 마을. 당신은 여기에 친구들이 많았다. 한 완벽한 가족, 그들은 아름다웠고, 아이들은 금발이었다. 그들의 집은 숲속에 둥지를 틀고 있었고, 바람이 불면 거대한 밤나무들의 이파리들이 부글부글 끓었다. 그 소박한 집에는 난공불락의 평화가 흐르고 있었다. 우리는 벌판을 가로지르는 꼬불꼬불한 길을 따라 그곳에 도착했다. 우리는 한 할머니가 손으로 올려준 건널목 차단기가 있는 철길을 건넜다. 바로 저기다, 커브

길이 빠지는 곳. 우리는 한 곳간 앞에 차를 댔다. 무성한 풀들과 야생화로 뒤덮인 초원에서 양들이 풀을 뜯고 있었다. 난 그 일요일들의 부드러운 섬광, 그들이 우리를 그들의 행복의 증인으로서 맞아주었던 그날들을 간직했다. 봄철 저녁마다 그들은 피나무 꽃을 한 아름 따서 하얀 천에 담았다. 당신은 닫힌 덧문 앞을 지나면서 아무 말도 하지 않았다. 난 당신에게 무슨 소식이 있었느냐고 물었다. 당신이 답했다. "그들이 이혼한 뒤로는 없어." 그늘진 정원에 빛의 얼룩들이 다시 보인다. 난 하늘로 가는 그 땅따먹기[202]에서 팔짝팔짝 뛰곤 했다. 난 그 빛의 하나가 되고 싶었다. 하나의 진실이 우리가 생 사비니앙에서 보낸 오후들 속에 잠자고 있었다. 난 그게 어떤 진실인지 몰랐다. 아주 단순한 하나의 진실, 함께 있다는 즐거움, 그리고 그건 절대 멈추지 않는다는 것.

  나는 별 탈 없이 달린다. 앙트르 되 메르[203], 끝없는 포도밭. 한 폭의 수채화. 당신이 내 말을 듣고 있는지 모르지만 난 내 이야기를 이어간다. 내 목소리가 당신을 재우는 듯, 그리고 당신의 머릿속에 여러 이미지들이, 7월 14일의 마을 불꽃놀이처럼, 이는 듯하다. 꼬마 엄마야, 시간은 흘러, 행복이 자리를 잡는다. 니윌의 집은 당신이 내 열세 살 생일선물로 준 슈퍼 8 카메라[204]의 웅웅 소리에 잠긴다. 내가 방아쇠를 누르면 모터가 내 뺨에서 진동한다. 기억상실에 맞설 하나의 무기다. 8밀리미터짜리. 나는 케이스 안에 직사각형의 카트리지를 밀어 넣었다. 현상이 끝나면 ─ 한없이

긴 일주일 一, 우리들의 모습으로 가득 찬 얇은 와플이 될 것이다. 우리들의 말없는 삶들. 기쁨을 포착하는 데는 말이 필요 없다. 갑자기 미셸이 집밖으로 달려 나간다. 그는 자신의 두 팔에 당신을 안고 있다. 당신은 그에게 딱 달라붙어 있다. 난 당신의 무음의 폭소를 듣는다. 당신들의 젊음이 화면 가득 출렁인다. 한참 후, 한 친구의 토로. "너희 부모님들은 라 로셸에서 가장 아름다운 커플이었어." 이후 난 몇 차례나 거듭 이 침묵의 시퀀스를 돌려보았는지. 난 당신들이 집에서 나오는 것을 끝없이 바라본다. 꼭 껴안은, 그늘 하나 없는 당신들. 당신들은 살아 있다. 당신들은 행복하다는 것을 그치지 않는다.

표지판이 벌써 보르도를 가리킨다. 우리의 정신은 아직 니욀 쉬르 메르에 걸려 있다. 빛은 눈부시고, 공기는 가볍다. 우리 집과 파레(Paré) 네, 그 집주인들, 서로 떨어지기를 포기한 두 개의 대륙이다. 당신은 달걀 하나나 밀가루가 필요하면, 또 바다가재 삶는 법, 홍합 씻는 법 등 조리법이 필요하면, 이웃인 기기트(Guiguitte) 네로 간다. 전화통화도 똑같다. 통화 후, 우리는 동전 몇 개를 빈 잼 병에 넣어 센다. 행복한 금속음. 천사 하나를 타락시키는 것보다 낫다. 동전에서 구스베리, 살구, 대황 냄새가 났었던가? 우리 집과 그들 집 사이의 영원한 왕래들이 다시 보인다. 미니 드레스 차림의 리나, 금갈색 광채의 머리칼. 어느 아침, 길을 가다가, 넘어졌다. 뛰지 않았다. 땅이 흔들렸다. 라디오에서 레 섬[205]이 해일로

잠길 거라고 했다. 다들 꼼짝하지 않았다. 내 작은 머릿속에서, 재난예보는 큰 쥐를 닮았다. 누구도 내 말을 고치거나 나를 비웃지 않는다. 난 아이일 권리가 있다.

내 방에서, 난 시사회를 연다. 넌지시 당신은 우리에게 쟁반 하나를 올려준다. 김이 모락모락 나는 코코아, 동그란 틀에 구은 당신의 오렌지 케이크, 거기에 과육을 넣고 흑설탕을 얹은, 목을 축이기에 충분한 신선한 주스와 함께. 경사진 끝에 릴을 걸면, 흥분이 최고조에 달한다. 덮개에 사인펜으로 쓴 영상 제목 — 정원에서 달리기, 탁구시합, 「아르센 뤼팽」 촬영 — 의 테이프 조각이 붙어 있다. 당신은 진지함을 유지하려고 분투한다. 그런데 갑자기 당신의 얼굴이 얼어붙고, 붉은 빛으로 빛난다. 영사기가 불안한 소리를 낸다. "탄다!"라고 누군가 비명을 지른다. 필름이 엉켰다. 당신의 얼굴은 끔찍하게 일그러지고, 연기 속으로 사라진다. 난 당신에게 몸을 돌린다. 당신이 사라졌다. 우리가 사라졌다. 시간은 큰 불이다. 내 카메라가 어디 갔는지 모르겠다. 난 우리가 어떻게 변했는지 모르겠다.

가끔 그늘 하나가 당신의 시선에 드리워져 있고, 당신의 목소리에 힘이 없지만, 그러나 당신은 빨리 회복한다. 아빠의 귀가가 늦다. 소원한 부부 사이, 당신은 그걸 주머니에 쑤셔 넣고 손수건으로 누른다. 끝내 늘 재발한다. 당신은 잘 버티고, 당신은 눈 하나

깜짝 않고, 당신은 그의 셔츠들을 다른 향수들의 독을 맡지 않고 곧바로 빨래 통에 넣고, 당신은 그게 남자들, 더더욱 북아프리카 남자들의 타고난 것이라고 생각한다. 여성에 대한 만족할 줄 모르는 그 욕구. 세 아들과 함께, 당신은 잘 지낸다.

하루하루가 자유다. 친구들, 자전거들, 대나무 낚싯대들, 바다, 늪지, 왜가리의 느릿한 비행, 새총들, 솜털이 수북한 새 둥지들, 도랑 부근의 어치 깃털들, 짙푸른 하늘 속 붉은 기와들. 이 모든 것, 다 당신이 내게 준 것이다. 자기 아버지에게만 공을 돌리는 배은망덕한 아들. 당신에게 고맙다는 말을 생각해야겠다. 우리는 르 폴락크의 아들, 오트 가에 사는 가비와 노노 그랑제 형제, 목공소 견습생 쥘리앙, 그리고 내가 학교에서 알게 된 세베리오와 함께 작은 패를 만든다. 세베리오는 모빌레트[206]를 암거래한다. 머플러에서 가와사키 오토바이 소리가 난다. 그의 손톱은 항상 까맣고, 더운 날에도 두꺼운 잠바를 걸치고 있다.

당신은 내게 계속하라고 한다. 내 이야기가 마음에 든다. 단 아빠 이야기를 너무 하는 걸 삼가기. 그리고 니스는 아직 멀다.

니월, 꿀 색 시골. 빛은 부드럽고, 난 한 폭의 풍경화 속으로 페달을 밟는다. 내 그림자가 나를 추월한다. 곧 다섯 시. 나는 핸들 바 가방에서 봉지 하나를 뽑았다. 내 앞에 블랙베리의 검은 가시 덤불. 나는 가시들의 군대로 방어 중인 송이들 속에 두 손 가득 찔러 넣는다. 태양이 식힌 내 전리품에 난 손을 너무 많이 댄다. 때때로 손가락 사이로 블랙베리가 터진다. 보랏빛 즙이 손마디 끝을 물들인다. 호적부의 잉크색 같다. 가시가 내 티셔츠를 뚫고, 내 피부조직을 조금 뜯는다. 내 무릎에 등에 한 마리가 앉았다. 아무 상관없다. 묵직한 블랙베리들이 달린 가시나무 가지 하나가 휘어져 있다. 저걸 참새들에게 넘길 수는 없다. 내 봉지가 무거워진다. 바닥의 열매들을 본다. 진회색 진주들. 덜 익은 것은 붉기니 분홍 빛깔이 돈다. 두 손이 쓰리고, 넓적다리도 쓰리고, 발목은 더 쓰리다. 온몸이 긁혔다. 난 쐐기풀을 밟았다. 난 행복하다. 난 당신을 생각한다. 내가 싹쓸이한 것을 부엌에 쏟으면 토라질 당신을 생각한다. 당신의 작은 환희의 비명을 생각한다. 난 열 살 열한 살 열두 살이다. 무엇을 더 바랄까? 난 당신이 만들 잼을 상상한다. 나는 터질 듯 빵빵한 봉지들을 흔들 것이다. 다음 장면은 안 봐도 훤하다. 당신의 얼굴이 빛날 것이다. 당신은 샐러드 그릇을 집을 것이고, 가장자리까지 빼곡히 채울 것이다. 내가 무게의 판정을 기다리며 발을 구르는 동안, 당신은 저울을 꺼낼 것이고, 감탄할 것이다. 거의 2킬로그램! 당신은 내일까지 블랙베리를 우려둘 것이고, 그걸 덮은 하얀 천은 포도주색이 밸 것이다. 나는 지나갈 때마다 그걸 집어먹고 싶은 유혹과 싸울 것이다. 당신은 같은 무게의 설탕을 계량할 것이다. 내 수확은 거무스름한 거품이 이는 구리 냄비 속에서 끝날 것이다. 이어 끓여서 설탕 냄새가 퍼지는 가운데, 파라

핀 와서로 밀봉한 단지들 속에서 끝날 것이다. 우리는 함께 식탁에 앉아 주발에 담긴 맛보기 잼을 시식할 것이다. 각자 작은 스푼을 들고, 각자 발라 먹을 빵조각을 들고, 또 이웃 농가의 유지방 우유로 아침에 만든 신선한 요구르트를 각자 들고서. 잼을 바른 빵 위로 번지는 우리들의 미소.

우리는 생 탕드레 드 퀴브작[207]에 다가간다. 에펠교[208]와 그 철제 트러스 빔 아래 비치는 도르돈뉴 강. 목도리처럼 내려앉은 서리에 맞서 꽁꽁 싸맨 포도나무들. 당신이 내 기억을 되살린다. 어느 어머니날, 난 1프랑 동전 한 닢을 주머니에 넣고, 오직 한 생각으로 라 로셸의 모든 꽃가게 문을 밀었다. '당신에게 화분 하나 선물하기.' 시장 진열대 안쪽에서, 한 감동받은 여자 상인이 이미 튼실한 고무나무 화분을, 흡사 주름치마 같은 화분 씌우개 종이로 싸서 내게 주었다. 그녀는 내 동전을 마다했고, 그 값으로, 내게 뽀뽀를 청했다. 당신은 어디 살았든, 그 숱한 세월 내내, 내 1프랑짜리 고무나무를 간직했다. 당신이 그것에 붙인 이름이었다. 당신은 내게 그게 얼마나 잘 자라는지 보여주었고, 부드러운 녹색 잎이 나올 때면 내게 알려주었다. 혹 당신이 이사할 때면, 그리고 아빠의 죽음 이후 당신은 자주 이사했고, 난 나의 화분이 우리가 멀리서 서로 들고 있는 사랑의 척도가 되었는지 확인하곤 했다. 언젠가 내가 당신을 아낌없이 사랑했었다는 표시.

8

우리는 빌나브 도르농을 지났다. 이어 르 퐁 드라 마이, 우르카드, 쿠레장, 샹트루아조[209]를 지났다. 그 옛날 너무 친숙했던 이름들. 보르도의 교외. 안개구름이 도로 위에 떠다니고 있다. 12시다. 당신은 배가 고프지 않다. 그럼 달려야지. 핸들을 잡은 두 손이 뻣뻣하다. 한 존재가, 슬며시 침입한다. 빌나브를 빠져나올 때, 당신은 오른쪽에 눈길을 주지 않았다. 그곳, 폴과 그의 친구 로제, 아니 그의 동반자라고 해야겠지, 그들이 소유했던 땅이다. 1969년 봄, 그들은 네덜란드에서 구입한 중고 온실들을 설치하기 위해 같이 일했다. 폴은 자신이 한 부재한 아버지를 가졌다고 추억했다. 그의 아버지는 자신이 이 별난 아들을 가졌다고 추억했다. 그가 원예자재 구입비로 마다가스카르에서 우편환을 하나 보냈다. 폴은 다시 살아났다. 아니, 그는 처음으로 살았다. 제 손으로 자신의 미래를 짓는 것, 그는 그걸 꿈에도 생각하지 못했을 것이다. 온실들이 설치되자, 그는 유리창에 흰 페인트를 칠하는 걸 도와달라며 나를 징발했다. 그래야 식물들이 수확 전에 타는 걸 막을 거라고 했다. 일요일 아침마다, 우리는 트럭을 타고 나가 덤불 속에서 고사리를 잘랐다. 우리는 적막어린 숲속, 솔잎 양탄자 위에서 피크닉을 즐겼다. 저녁이면 로제가 아는, 국도 끝에 사는 한 트럭운전수 집에 들러 저녁을 먹었다. 난 홍조를 띨 자격이 있었다. 폴은 그의 짙은 콧수염을 그냥 길렀고, 팔꿈치를 들 때마다 그 수염 끝이 포도주 잔에 잠겼다. 난 그렇게 즐거운 그의 모습을 본 적이 없었다. 그는 그들이 언젠가 카퀴생 시장에서 선보일 부스에 대해 말했고, 그건 시장에서 가장 멋진 부스일 거다. 그들은 꽃꽂이용 꽃을 팔 거고, 그걸 찾아 남불 올리울[210]로 갈 거고, 또 그들의 유리 궁전에서 재배할 작은 관상용 식물들, 붉은 별 모양의 포인세티아와 보랏빛 세인트폴리아를 팔 거고, 제철 미나리아재비와 히아신스와 시클라멘과 팬지(pensées)도 팔 거다. 난 생각(pensées)을 어떻게 팔 수 있는지 궁금했다. 온실로 돌아온 나는 지붕에 올라 고사리 줄기들을 헤쳐 놓았다. 폴은 나더러 고양이라고 했다. 빽빽한 잎사귀 그늘이 태양의 절구질을 누그러뜨렸다. 온실 안은, 덥고 습했다. 식물 냄새가 머리에 진동했고, 스프링클러의 축-축 소리도 진동했다. 우린 청개구리 한 마리가 뛰는 것을 보았고, 꿀벌 떼, 뒤영벌 한 마리의 춤을 보았다. 폴은 더는 죽는 이야기를 하지 않았다.

당신은 내가 당신의 사라진 오빠 이야기를 하는 걸 듣고 있다.

카퓌스*에서, 독특한 꽃다발들의 배합에서 그와 견줄 자가 없었다. 일주에 한 번, 자정에, 로제와 그는 그들의 트럭에 몸을 싣고 보르도를 떠나 올리울로 갔다. 폴은 그 해안의 마법과 재회했다. 철마다 끊임없이 탈바꿈하는 팔레트였다. 피나도록 물어뜯은 그의 손톱 말고는 그저 만질만질한 손에 풀 죽은 실업자였던 그가, 버젓이 원예업자의 품새를 띠었다. 그의 변신은, 악마 같은 로제 덕이었다. 할매에겐 악마와 다름없는, 그녀를 입도힌 사람이었다. 영감은 촌사람이었다. 땅딸막한 체구에, 늘 새벽에 일어났고, 진한 커피와 필터 없는 지탄 담배를 입에 달고 살았고, 노린내가 지독했고, 기침에 가래가 끓었다. 그는 결혼했었고, 세 딸의 아버지였다. 그는 폴을 보고 성정체성을 바꾸었다. 그들은 빌나브에 있는 그들의 온실 근처로 이사했고, 전시용 조립식 집을 기발한 로코코풍 별장으로 변모시켰다. 로제는 꽃에 뿌릴 물을 비축했다. 그에게 꽃은 빨간 것, 되도록 짙은 빨강이어야 했다. 폴은 남들처럼 살았다. 카퓌스의 차디찬 서릿발 안개 속에서 마침내 길들여진 행복에 대한 확신이 있었다. 처음 시장에선 로제와 "그의 새 부인"에 대해 별의별 말들을 쏟아냈다. 목가는 그 약속을 지켰다. 수년간 눈부신 성공이 이어졌다. 사업에서, 그리고 험담에 개의치 않은 온화한 사랑에서. 이어 모든 것이 망가졌다. 시간이 흐르면서 로제는

---

* les Capus. '카퓌생 시장'(Marché des Capucins)의 애칭.

246

자기주장이 점점 더 세졌다. 카퓌생 시장에서 사람들은 그들이, 이따금, 치고받았다고 했다. 폴은 군말 없이 그 세례를 받았다. 그는 로제와 끝내는 것을 원치 않았다. 그는 단지 그가 술병을 내려놓기를 바랐다. 단지 태양을 찾아 떠나 같이 쉬기를 바랐다. 트럭을, 온실을, 연금공단을 좀 잊고 싶었다. 그 휴식은 오래 가지 않았다. 로제는 다시 술을 마시기 시작했고, 폴은 같이 건배하기 시작했다. 카퓌스의 부스는 영혼을 잃었다. 경쟁자들은 기다렸다는 듯 만족해했다. "호모 놈들 집에 꼬랑지 바람이 빠졌네", 라며 시기꾼들은 비웃었고, 그들의 보복을 만끽했다. 궁지에 몰린 내 삼촌은, 더는 아무것도 보지 않았을 것이고, 더는 아무것도 느끼지 않았을 것이고, 그렇게 세상을 마무리했다. 온갖 색의 알약들은 분명 그에게 그의 가장 아름다운 꽃다발들을 상기시켰을 것이다. 그 약들의 칵테일, 그게 그의 마지막 불꽃놀이였다.

우리는 빌나브 도르농에서 멀어지고 있었다. 난 당신에게, 폴은 무엇 때문에 그렇게 늘 죽고 싶어 했는지 물었다. 당신은 같은 말을 내게 되묻는다. 그의 수척한 목이 다시 보인다. 낚시찌처럼 잠겼다가 다시 올라오는 그의 뾰족한 목울대가 보였던 목. 내가 그의 몸을 흔들며 악을 썼을 때, 난 그의 위협이 무섭지 않았다. 그가 외쳤다. "에릭, 너 계속 이러면, 다섯 꽃잎 벽꽃*²¹¹으로 맞는다." 자

---

* '손가락 자국이 날 따귀'. 폴은 '잎'(feuilles) 대신 '꽃잎'(pétales)을 씀.

신의 손을 내 얼굴에 댈 거라는 그만의 방식이었다. 그 위협은 늘 허공에 떠 있었다. 또 그의 대머리도 다시 보인다. 자신에게 남아 있는 미량의 머리칼을 붙잡으려고 빙 둘러 시도한 온갖 모발 치료에도 불구하고 그대로였던 그 대머리. 매달 기적의 신상품이 그의 지갑에 구멍을 냈다. 아무 효과가 없었다. 그의 위안, 그는 그걸 카드 점을 보는 여자에게서 찾았다. 메리아데크의 집시 여인들이 그들의 트레일러에서 그를 꼬였다.[213] 빳빳한 백 프랑끼리 지폐로 그는 행복의 기약들을 원 없이 샀다. 그는 두 눈을 반짝이며 귀가했고, 국민복권 번호표에서 그를 기다리는 자신의 앞날의 부를 확신했고, 늘 꽝이었다. 당신은 그를 따라 집시들의 집에 갔었나요? 당신이 아직 모세를 찾고 싶었을 때, 사랑을 만나고, 그리고 당신의 아들을 위한 한 아버지를 만나고 싶었을 때?

"아니, 한번도. 카드라니, 점이라니, 천만의 말씀."

당신의 목소리가 예상 밖이다. 나는 차를 몰고, 당신은 추억을 살핀다.

요컨대 당신은 아무것도 아무도 결코 믿지 않았고, 자신도 그다지 믿지 않았다. 당신은 폴의 이름을 중얼댄다. 끝내, 카뤼생에서, 그는 자신의 불편함을 튤립 다발들과 프리지아 화분들 사이로 질질 끌고 다녔다. 하느님 덕분에 ─ 당신이 이런 희한한 표현을 쓴다 ─, 당신의 어머니는 그의 실추를 목격하지 못했다. 그녀는 이미 생 탕드레 병원에서 돌아가셨다. 폴을 위한 위령미사가 있었다고 했다. *아멘*을 읊은 게 다였다. 그의 친구들은 그의 관 옆에 조화를 놓았다. 그게 더 오래 갈 테니까. 폴은 진짜 꽃을 더 좋아했을 것이다. 설사 도랑에서 딴 것일지라도. 그는 자신이 스무 살 때부터 그가 원했던 곳으로 갔다. 세상을 끝냈다. 평화를 얻었다.

폴의 그림자가 우리를 가깝게 하지 않는 한 여전히 우리들을 갈라놓고 있다. 그는 내 첫 번째 아버지였고, 내 열 살 때까지 유일한 남자였고, 디폴트값의 아버지였고, 이모 같은 아버지였고, 코데랑 시절, 친구를 그만두겠다는 친구들의 얼굴에 나를 집어던졌던 사람이었다.

이 이야기는 목에서 내려가지 않는다.

당신은 이게 어떻게 끝날지 잘 알고 있었다.

당신은 여전히 공포에 떨고 있는 그 여자아이다. 병원을 향해 질주하는, 그리고 폴, 죽지 마! 라고 외치고 있는.

9

랑드 숲[213]이 컴컴한 장벽을 세워 하늘을 닫고 있다. 우리는 종종 이쪽으로 차를 몰았다. 당신이 아빠를 알았을 때였다. 나는 국도변의 한 주유소에 차를 세웠다. 작고 깔끔한 주유소, 장갑을 낀한 주유원이 당신들에게 기름을 얼마나 넣을지 묻고, 이를 정확한 행동으로 실행하면서, 입으로는 지금 날씨에 대해 그리고 다음 도시까지 닿는데 필요한 시간에 대해 짧게 한 마디 한다. 그는 미터기에서 어림재기로 주유 건을 멈추는 재주가 있고, 45리터에서 1밀리미터도 넘지 않는다. 이런 걸 보고 자기 직업을 사랑한다고 한다. 나는 그가 통통한 스펀지로 앞 유리창을 닦는 것을 바라본다. 거품비눗물, 이어 가장자리가 고무로 된 닦개로 싹 말린다. 흡사 1960년에 되돌아온 듯, 꼬마 엄마는 잠들어 있다. 당신은 항상 수면에 문제가 있었다. 당신 곁에는, 비록 당신은 손에 대지도 않았지만, 당신을 안심시켜줄 알약들이 필요했다. 그것들은 작은 케이스 안에, 한 잔의 물 옆에 얌전히 정리되어 있었다. 난 당신이 당신의 머리를 뒤로 휙 젖혀 수면제를 삼키는 버릇에서, 혹 당신이 폴처럼 할까봐 겁이 났었다. 주유원은 내게 이곳 햄이 들어간 샌드위치 두 개, 과일 몇 개, 비스킷과 물을 팔았다. 우린 저녁식사 때까지 버틸 것이다.

다시 숲이다. 이어 여름을 기다리는 옥수수 살수용 폴대들. 거대한 공터가 금빛 토양을 그대로 보여준다. 우린 달린다.

"저 짐승 떼 좀 봐!"

당신은 손가락으로 창을 톡톡 친다. 당신이 자리에서 몸을 일으켰다.

"무슨 떼요?"

"저기, 사슴 떼. 밤색 드레스네. 아, 쟤들의 자유가 부럽다!"

"엄마, 짐승은 없어요."

"아냐, 저기 봐, 저기, 사슴들."

"아, 사슴들, 네." 난 시큰둥하게 답했다.

당신은 그걸 보고 있는 게 아니다. 당신은 그걸 보고 싶은 것이다. 그게 한 마리 악어가죽보단 예쁜 광경이겠지. 당신의 아버지를 상기시키는 사슴 떼가.

"그가 좋아했던 동물이었지, 아마……."

당신의 문장이 허공에 떠 있다. 환각일까? 할배 장은 사슴에 열광했다. 그는 사슴들이 길과 덤불 사이를 달리는 것을 하염없이 바라보곤 했다. 그가 죽은 날, 당신은 니스의 내륙에서 친구들과 하이킹 중이었다. 길가에서 멀지 않은, 두 개의 바위 더미 사이에서, 당신은 한 마리 멋진 수사슴이 질주하는 것을 보았다. 납작한 물갈퀴 모양의 뿔이 달린, 다갈색 털의 사슴. 이어 그 사슴이 멈췄다. 당신은 그 짐승이 그의 크고 부드러운 눈으로 당신을 쳐다보았다고 장담했을 것이다.

나는 툴루즈와 님므[214] 중간의 한 여관에 방 두 개를 예약했다. 비시즌이다. 주차장 자리가 텅 비어 있다. 사람들은 짐도 없는 이 이상한 커플은 뭘까 하고 의아해 했을 것이다. 난 당신의 트렁크에서 담요 하나를 찾았다. 악어가죽을 덮을 만큼 넓다. 머리는 당신의 차에 늘 비치된 큰 우산으로 가렸다. 응급수단으로 처치했다. 이미 당신은 막 잠이 들었고, 난 세면도구 몇 가지를 샀다. 내일 아침 차를 잘 몰면, 우린 점심때쯤 니스에 도착할 것이다. 우린 옛 니스로 갈 것이고, 라 메렌다에도, 혹은 해변에도 당연히 갈 것이다. 당신과 함께 한번도 니스에 간 적이 없었다니.

10

잠을 잔 지난밤이 당신에게 활력을 안겼다. 당신은 차 한 잔과 플레인 요구르트를 들었다. 평소 당신은 아침에 아무것도 먹지 않는다. 당신은 이게 다 내 덕이란다, 입맛을 찾은 게. 내가 여기 있기 때문이란다. 당신은 자신이 곧 일흔다섯이 되는 한 작은 노파라고 되뇌면서 제풀에 웃는다. 그런데 시간이란 뭘까? 당신의 아버지는 적어도 우리를 한데 모은 위업을 곧 달성할 텐데. 태양이 저공비행으로 뜨고 있다. 당신은 프리즘 안경 위에 선글라스를 걸쳤다. 난 당신에게, 당신은 똥파리를 닮았다고, 솔리다르노시치[215] 시절 우리의 브라운관을 점령했던 그 폴란드 장군[216]을 닮았다고 말하고 싶지만, 당신은 내 유머를 좋게 생각하지 않을 것이다. 우리는 님므를 뒤로하고 떠났다. 지중해가 곧 두 팔을 벌려 우리를 맞이할 것이다. 난 일종의 취기가 올랐다. 난 당신의 키득거리는 소리가 너무 듣기 좋아서 낱알을 털 듯 과거를 톺는다. "어쩜 넌 그걸 기억하니?" 당신은 반신반의하며, 당신의 결혼식 날 당신이 뭘 입었는지 말하는 내 이야기를 듣는다. 난 거기 있었다. 당신은 비취색 앙상블에 무릎 위까지 올라오는 드레스를 입고 있었고, 새하얀 넓적다리가 빠끔히 보였고, 발목이 드러나 있었다. 당신의 머리칼은 적당히 길고, 황갈색이었고, 타래들은 당신의 어깨 위에서 넘실대고 있었고, 그리고 변함없는 당신의 주근깨는 당신의 광대뼈와, 그 언약의 날, 마치 물에 뛰어들 듯, 네, 라고 말하는 당신의 불안한 미소에 별처럼 번져 있었다. 난 당신이 단장하는 자리에 있었다. 난 아무것도 놓치고 싶지 않았다. 난 당신이 거울을 보며 얼굴을 매만지는 동안 당신을 관찰하고 있었다. 마스카라 솔질, 볼터치, 눈가를 검게 칠하고 입술을 오물오물한 뒤 ― 당신의 입은 그냥 일직선이었다 ― 진홍색으로 입히는 그 정확성. 당신은 입을 삐죽였고, 이어 자신에게 미소를 던졌다. 당신의 이빨 에나멜에 루주가 묻은, 송곳니를 드러낸 희한한 미소. 당신은 화장을 하면 할수록 얼굴이 더 창백해졌다. 그건 내 상상의 결과였을까 혹은 부인이 된다는 건 당신의 피를 비운다는 신호였을까? 사실 난 당신이 두려웠고, 난 우리가 두려웠고, 그건 당신이 당신의 새 가족을 위해 날 저버리지 않을까 하는 두려움이었다. 내 동생들이 태어나면서 내 근심은 사라졌다. 당신은 새끼들을 거느린 어미 고양이처럼 확실하게 움직였고, 행복은 니월의 하얀 집을 거처로 정했고, 그럼 충분하다고 할까? 만약 우리가 파레의 집에, 세상과 그 위험으로부터 안전하게 머물고 있었다면 우리에게 심각한 일은 하나도 일어나지 않았을 것이다. 우리 가족은 풍비박산 나지 않았을 것이다. 난 그렇게 믿고 싶다. 그리고 아빠, 과연 그가 자신의 입에 자신의 총의 총신을 밀어 넣을 생각을 했을까?

당신은 라디오를 켰다. "시간이 흐르면서……, 시간이 흐르면서 가네, 모든 게 떠나가네."[217]

풍경들이 우리 눈앞에서 행진하고, 맨몸을 드러내고, 납작하게 엎드린다. 휴면 중인 광활한 과수원들. 전지가위들로 무장한 남녀들의 봄철 준비가 한창이다. 다른 이들은 지지대를 보강하고, 긁고, 다듬고, 심고, 꺾꽂이하고, 낙엽을 태우고, 늙은 까치밤나무들을 베고 있다. 복숭아나무 줄기에 흰색 점토[218]가 입혀져 있다. 가장 약한 나무들은 겨울나기 보호막 속에서 생을 마친다. 유령들이 득실대는 전쟁터를 따라가는 듯한 인상.

"시간이 흐르면서…… 우린 얼굴을 잊고, 우린 목소리를 잊네."

"꼬마 엄마야, 정말로, 내가 어디서 태어났는지 잊었어?"

"응, 정말이야, 아들."

난 훗날 당신에게 베티가 내게 털어놓은 이야기를 들려줄 것이다. 당신은 편안하다. 당신은 앞좌석 거울로 머리를 매만진다. 우린 스콜라 혹은 디노 리치의 영화 한 편을 찍고 있다. 아니, 그 이상이다. '우린 우리의 삶 속에 있다. 리나는 리나의 삶 속에, 난 나의 삶 속에, 그리고 불현듯 그건 똑같은 삶이다.' 당신은 햇살 때문에 차광판을 내린다. 당신은 당신의 니스 입성을 위해 아름답고 싶고, 쉬고 싶다. 「니사 라 벨라」, 바로 당신이다.

길이 우리의 이야기를 늘이고 있다. 난 오직 우리만을 위한 성한 채가 있었던 그 목요일 오후들을 기억한다. 난 다시는 그곳에 다시 간 적이 없다. 꿈에서 본 것만큼 아름답지 않을 것이다. 당신의 포도주 회사명은 '알렉시스 리신느'였고, 난 쓸데없이 당신 사장의 생김새에서 중국인의 가는 눈을 찾고 있었다.* 그는 당신에게 자신의 마르고의 소유지 중 하나인, 라스콩브 성²¹⁹의 회화실 안내를 맡겼다. 나는 번쩍이는 마루가 깔린 거대한 방들을 산책한다. 벽에는 기사들, 그 근엄한 인물들의 초상화들, 황야가 불타는 모습들, 그 주홍빛 불길들, 그리고 몇 발자국 옆, 내밀한 저장고에서 1966년산 최고등급의 포도주를 맛보려고 모였던 방문객들의 속삭임이 걸려 있다. 나는 또한 그 보르도 사람의 한 작은 성에서 보낸 어느 오후를 기억한다. 조약돌이 깔린 오솔길로 빙 둘러싼 드넓은 정원이었다. 그곳 여주인의 이름은 당신과 똑같은 리나였다. 그녀가 왜 우리를 초대했는지는 모르겠다. 그녀는 긴 갈색 머리를 포니테일로 묶고 있었고, 꼭 끼는 승마용 바지에, 주름진 가죽의 얇은 부츠를 신고 있었다. 나는 훌쩍 큰 여성용 자전거에 걸터앉

---

* '리신느'(Lichine)에서 '중국'(La Chine, 라 신느)을 떠올림.

왔고, 이어 엉덩이를 잔뜩 들썩이면서, 사각대는 흰 자갈밭 위를 질주하며 웃었다. 부잣집이었고, 사람들은 "졸부들"이라고 했다. 우린 다시는 오지 못했다. 당신 친구의 말없는 표정에서 난 그걸 느꼈다. '여긴 우리가 있을 자리가 아니야.' "어떻게 넌 그걸 하나하나 다 기억할 수 있니?" 리나가 되묻는다. 당신을 바라보면 떠오른다. 난 내 희한한 기억력을 되찾는다. 전부 기억난다. 난 당신에게 이렇게 말하곤 했다. "우스갯소리지만 난 성주고, 엄만 성주 부인이 될 거야." 난 당신을 내 놀이 속으로 데려왔고, 당신은 내 아리따운 부인이었다. 내 나이 스물 때, 난 투르니 가로수길[220]의 한 극장에서 「마음의 속삭임」[221]을 볼 수 있었는데, 루이 말의 그 영화를 재상연한다고 예고했었다. 첫 이미지들에서부터, 난 당신의 옛 강박관념을 이해했다. 소년과 어머니의 공모, 그들의 자유, 순수하지 않은 그들의 불장난, 그 여인의 빛나는 미모―그리고 난 이후 레아 마사리를 근친상간의 어머니로만 바라보게 되었다―, 각 장면에서 나는 우리가 떠올랐다. 몇 주 내내 같은 꿈이 나를 괴롭혔다. 왠지 어슴푸레한 분위기. 성당 안에 떨어지는 그 구릿빛 원광에 흠뻑 젖은 우리의 육체만이 빛나고 있었고, 때는 성탄절, 한 후광이 성자들과 성모와 그리스도의 얼굴을 환히 비추고 있다. 난 줄기차게 당신의 침대까지 당신을 쫓아다녔다. 당신은 항의했고, 당신은 날 밀쳐냈다. 끝내 당신은 늘 굴복했다. 라스콩브 성, 여왕의 방에서 그랬고, 아무데서나 그랬고, 집에서도, 마르티르 드

라 레지스탕스 광장의 예배당 안, 한 뚜쟁이 천사의 음탕한 눈초리 아래서도 그랬고, 할매의 집에서도 그랬다. 그녀는 섬뜩한 비명을 지르며 우리를 타락한 놈들이라고 했고, 빗자루를 휘두르며 우리를 내쫓았고, 우린 웃으면서 허겁지겁 계단을 뛰어내렸다. 그랑파르크 단지의 우리의 새 아파트에서도 그랬다. 그곳에 미셸 시뇨렐리가 왔고, 내 환상은 줄어들었다.

당신은 반응이 없다.

당신은 다시 잠이 들었다.

11

구름들 사이사이 빛의 장난이 당신의 이목구비를 어루만지고 있다. 내 어릴 적 당신의 모습이 그대로 다시 보인다. 우린 그냥 파르크 단지 안으로 날아올랐다. 할매로부터, 폴로부터, 신과 죽음으로부터 멀리 떨어져. 우린 둘 다 살았다. 우리들이 신이었다. 난 당신을 향해 달리기 시작했다. 끈 달린 책가방이 등 뒤에서 요동친다. 난 점점 빨리 달린다. 난 멀리서 당신을 알아보았다. 당신도 날 보았다. 당신은 두 팔을 활짝 벌려 내게 미소를 짓는다. 쌩쌩 달리는 차들로 붐비는 대로 하나가 우리 사이를 가르고 있다. 어, 무슨 일이지? 당신은 난폭하게 차를 세웠다. 당신은 두 손을 당신의 얼굴로 가져간다. 차 한 대가 내 앞에서 찧었고, 이어 또 한 대가 뒤따랐다. 반짝이는 범퍼들 사이 내 맨다리, 엔진의 격분한 숨소리, 탄 고무 냄새, 박살난 브레이크. 기적, 이라고 할매는 주장하리라. 난 오직 당신이 날 꼭 안아주기만을 바랐다.

길이 우리를 니스로 실어가는 동안 다른 장면들이 뒤죽박죽 솟구친다. 이번엔 당신이 대서양의 한 장대한 해변 위를 숨차게 달리고 있다. 에스파뇰 곶. 커다란 입간판이 경고한다. 수영 금지. 급류. 수영객을 휩쓸어갈 정도의 급류. 그래도 우린 짜릿한 흥분을 안고 그곳에 간다. 온갖 금지들에 맞서기. 바다는 우리 것, 거친 바다는. 둥근 파도들이 내리꽂히는 굉음. 사슬 풀린 대양의 울부짖음. 우리는 야생 회향 내음이 물씬한 모래언덕 꼭대기에서부터 달려와 곶에 도착, 격류가 들끓는 모습을 본다. 격류는 물 표면에 온갖 자상을 가하고 있다. 나는 멀리 떠내려간 내 서핑보드를 쫓아 헤엄친다. 나는 표류한다. 난 그걸 깨닫지 못했다. 먼저 나의 아버지가 반응했다. 그가 해변에서 물까지 달음박질했다. 다이빙, 그가 나를 향해 헤엄친다. 넘실대는 파도가 그의 말을 삼킨다. 난 위험을 느끼지 못한다. 난 숨이 가쁘지 않다. 저 멀리 쇼크로 쓰러진 당신이 보인다. 난 냉정을 유지한다. 난 아빠 덕에 무사히 돌아왔다. 당신은 격분한다. 당신은 너무 무서웠다. 당신은 날 멍청한 놈이라고 한다. 당신은 죽는다고 생각했다.

　서로 사랑하는 더 부드러운 방법들을 시도해야겠다.

12

드롬[222]의 깊숙한 평원들에 이어 황토의 풍경들이 펼쳐졌다. 콜로라도의 분위기. 거의 다 왔다. 당신은 막 잠이 깼다. 당신은 아무 말이 없다. 당신은 이 커다란 하늘들을, 이 하얀 빛을 알아본다. 협곡들, 석회암 절벽들, 저 위쪽으로, 아직도 메마른 목초지들의 연속.

"뭐라고요?"

당신은 내게 말하지만 엔진 소리가 당신의 목소리를 덮고 있고, 또 라디오도, 난 아쉽지만 끄고, 난 샹송이 끝나길 기다리고 있고, 라빌리에, "꼬마야, 넌 구슬치기를 몰라".[223]

"뭐라고 했어요, 엄마?"

난 분명히 들었다.

당신은 흐릿한 시선으로 날 찾는다. 당신이 반복하는 소리가 들린다.

"모세, 너 돌아온 거야?"

당신에게 난 모세가 아니라고 말해야겠다.

261

내가 그를 닮았나요?

오랫동안 난 나의 얼굴을 해체하면서 그의 얼굴을 조합하려고 했다. 난 당신에게 속한 것, 턱과 두 볼의 둥근 선, 평평한 이마를 끄집어냈고, 오직 미지의 이목구비, 보조개, 가운데가 꺼진 각진 코, 그리고 심지어 모든 s를 휘파람처럼 부는 발음상의 장애만을 취했다.

난 놀란 표정을 지었다.

"모셰라고요?"

"너 그 숱한 세월 대체 어디 있었어? 꼬맹이가 이젠 행복하겠네. 걔가 널 얼마나 찾았는데. 난 이제 그 애한테 뭐라고 답해야 할지 더는 모르겠어. 난 모로코에서 너한테 전화했는데, 너랑 통화할 수 없었어."

난 더는 듣고 싶지 않았다.

"엄마, 난 모셰가 아니에요. 난 엄마 아들이야."

당신의 손을 내려놓은 게 단지 시각뿐일까?

당신은 머리를 가로젓는다.

"대체 뭔 소리야? 난 네가 누군지 잘 알아. 넌 모셰야. 간단해. 한쪽 눈은 내게 넌 내 아들이라고 말해. 다른 한쪽은 내게 넌 모셰라고 말해."

당신은 웃는다. 난 당신의 웃음이 싫다.

창 너머로, 들판, 울타리들, 풀어놓은 말들, 제 어미들과 함께 있는 망아지들이 보인다. 당신은 다시 사슴들을 본다.

　이제 한 시간 거리다. 난 작은 산길들을 따라갔고, 그리고 현기증에 힘입어, 우리는 아스크로스의 작은 광장에 다시 왔다. 당신의 콧구멍이 벌렁거리기 시작했다. 당신은 두 손을 가슴에 대면서 "오, 아스크로스", 라고 정확히 말했다. 당신은 골목길들, 계단들, 다른 골목길들로 통하는 그 경사진 계단들을 알아보았다. 당신은 내게 여러 갈래의 방목지로 향하는 더 넓은 길 하나를 가리킨다. 당신은 하나도 변한 게 없다고 느낀다. 이내 중앙 광장에 당신이 나타날 것 같다. 오늘, 어제의 팔을 하고 걷고 있는 당신이.
　"모셰야, 넌 여기 한 번 왔었어. 넌 귀 하나를 내 배에 붙였어. 넌 나를 안심시켰어. 넌 다 잘 될 거라고 확신했어. 만에 하나 네가 모로코에서 제때 돌아오지 못하면, 넌 네 산과의사 친구들 중 한 명에게 날 부탁했었어."

　난 모셰가 아니라고 다시 말하는 걸 단념한다.
　어쩌면 이 순간 난 모셰일지 모른다.
　당신이 왜 늙지 않았는지 알겠다.
　당신은 열일곱 살이다.

　우린 여러 번 열일곱 살이 될 수 있을까? 난 기대에 부푼 당신의 모습을 종종 본다. 삶은 당신에게 타임[224]과 야생초들로 향긋한 그런 곳들처럼 열린다. 우리는 태양 아래, 하나뿐인 카페 테라스에 자리를 잡았다. 페탕크 한 판이 벌어지고 있다. 남자들의 목소리가 우리의 목소리를 덮는다. 열띤 고함소리, 그리고 서로 부딪치는 쇠공들의 마른 꿩음. 당신은 방금 손가방을 열었다. 여자들만 아는 작은 주머니에서, 당신은 다른 시대의 사진 한 장을 뽑았다. 가장 자리가 모두 톱니 모양이었다.

"난 이걸 늘 간직했어. 자, 봐, 난 널 잊지 않았어."

당신은 지엄한 손짓으로 그걸 내게 건넨다. 우표보다 조금 더 큰 사진이다. 한 청년이 맑은 하늘 밑, 한 바위 위에 앉아 있다. 그는 목이 꼭 끼는 스웨터를 입고 있다. 눈에 확 띄는 것, 그건 그의 미소다. 입술을 닫은 미소, 스핑크스의 미소. 이 미소, 몇 년 전, 내가 모셰를 마지막으로 보았을 때 알아보았던 그 미소다. 죽음이 이미 그의 해쓱한 얼굴에 어른거리고 있었다. 그런데 그는 날 발견하자마자, 내게 그 순진무구한 미소를 건넸다. 지금 당신이 그걸 내게 다시 준다. 난 내 아버지를 내 손에 쥔다. 당신의 무거운, 카민색* 화장의 눈꺼풀이 활짝 열린다. 당신은 소곤댄다. "코미디는 끝났어. 난 너한테 해줄 말이 참 많아. 너도 알지, 모셰야, 우리가 서로 알았을 때 우린 서로를 몰랐어. 그냥 그랬던 거야! 난 모로코에

* carminé. 빨강의 순색과 비슷하나 채도가 약간 약한 붉은색.

한번도 간 적이 없어. 단 한번도. 튀니지에도 안 갔어. 넌 내 바위
(mon roc)였고, 내 모로코(mon Maroc)였고, 그리고 미셸은 내 튀
니지였어."

당신의 시선이 흔들리고, 물로 바뀐다.

지금 당신이 말한다. 꼬마 엄마야, 당신이 사랑했던 첫 남자와
나를 혼동하고 있는 당신이 말한다. 삶이 연장전을 치르고 있다.
삶은 말들에게 그 기회를 주기 위해, 말들이 온전히 그 자리를 차
지하도록, 멈춘다.

당신은 아메리카노 한 잔과 니스의 작은 올리브들을 주문했다.
올리브는 이게 최고야, 라고 당신은 말한다.

당신은 빨대 하나도 요청한다.

점원에게, 어쩌면 그 옛날 당신을 예뻐했던 여자 목동의 손자일
그에게, 난 말했다. "같은 걸로요."

당신과 똑같은 걸로.

난 리브카가 우리를 보았다면 뭐라고 했을지 자문한다.

난 리브카가 진짜 존재했는지 자문한다. 혹은 내가 그녀를 만
들어 그녀가 내 안에 있는 유대 아이를 깨우게 한 건 아닌지 자문
한다.

고양이 한 마리가 지나간다. 녀석이 당신의 발목에 몸을 비빈다.
당신의 목소리가 다시 들린다.

"모셰야, 멋있었어, 우리의 만남은."

난 다시 보았다. 당신의 천진한 시선을, 당신의 두 눈 깊숙이 그 부드러움을, 순수함을, 말이 뒷발로 일어서듯 삶이 당신을 땅바닥에 내동댕이치기 전, 당신의 젊은 시절의 사진들 속에서 지나갔던 그 모든 것을. 난 그 천진함을 아주 드문드문 보았을 뿐이다. 훗날, 당신이 시뇨렐리 부인이 되었을 때, 그리고 당신이 니월의 집을 소유하게 되어, 세 사내아이들의 엄마, 거기에 우리가 홀딱 반해 식구로 삼은, 녹이 묻은 듯한 얼룩을 한 하얀 암고양이의 엄마가 되었을 때. 시뇨렐리 부인, '잃어버린 시간'과 그들의 별난 의상의 단골.

"모셰야, 넌 내가 누군지, 내가 어디서 왔는지 몰라. 우린 샤랑트의 시골에 사는 한 가족이었어. 우린 콩데옹에 농가 하나가 있었어. 내 어린 시절의 지명들을 말해줄게. 콩데옹, 바르브지외, 생시케르.[225] 너의 베르베르[226] 뿌리와는 먼, 아주 먼 곳이야. 난 두 오빠가 있었고, 특히 한 아버지와 한 어머니가 있었어. 엄마는 도시 여인이었고, 콩데옹 결핵요양소의 수간호사였어. 아빠는 농부의 아들이자 농부였어. 그는 요양소에 우유를 배달하면서 나의 어머니를 알게 되었어. 난 앙굴렘[227]에서 태어났어. 그 옛날, 죽은 송아지 가죽을 본떠 만든 그 유명한 벨랭 종이[228]의 도시야. 우린 농가와 우유와 꽃들의 냄새 속에서 행복하게 살았어. 나의 아버지는 사냥을 했고, 세련된 포수라고 이 지역 사람들이 말했어.

그는 여자들도 사냥했어.

그 나날들에 좀 더 머무를게. 괜찮지 모셰야?

잃어버린 그 나날들.

시골은 내 우주야. 땅. 땅의 냄새. 암소들, 걔네들의 송아지들, 양계장. 암소마다 제 별명이 있었어. 로제트, 누아로드, 릴라.* 우리 속 다람쥐는 바퀴를 돌리느라 지쳐 있어. 남자들은 잔인한 놀이를 하는 덩치 큰 애들일 뿐이야. 여긴 아주 작은 세상이야. 난 거길 돌아다니는 게 지겹지 않아. 자신의 교유기(攪乳器)로 무장한 나의 아버지는 마술사야. 그는 유지를 버터로 바꿔. 저녁이면 그는 짠 젖을 동네사람들에게 팔아. 멀리서 그들이 오는 소리가 들려. 그들의 양철통이 울리고, 서로 부딪쳐. 우리의 삼종기도야. 짐승들은 서 있고, 평화로워. 우유가 전구 밑에서 빛나고 있어. 아빠는 국자를 하얀 물살 속에 담가. 난 우리에게 일 리터를 달라고 부탁해. 엄마는 그러겠다고 내게 약속했어. 양철통의 배가, 어린 양처럼 미지근해.

너한테 더 이야기할게, 모셰야.

이후 다시는 오지 않을 봄.

집 뒤로, 완만하게 경사진 풀밭이 작은 대나무 숲까지 이어져 있

---

* Rosette, Noiraude, Lilas. 분홍이, 검둥이, 보라(라일락).

어. 난 신선한 풀밭 속에 뒹굴어. 난 길게 누워서, '구르는 나무통'처럼 그냥 몸을 굴려 내려가. 머리가 어질어질해. 난 두 팔을 뻗고, 다리를 쫙 벌리고, 하늘을 탐색해. 해가 뜨거워. 풀들이 날 간지럽히고, 내 살을 콕콕 찔러. 미친 풀들이야. 장 장과 함께, 손에 물병 하나를 들고, 우린 귀뚜라미를 몰아. 그들의 금속성 노래가 공기를 울려. 우리들의 매미들이야. 우린 한 구멍에 물방울을 조금 부어. 천천히, 아주 천천히. 병에서 쑤르특쑤르특 소리가 나. 가끔 우리는 그 안에 오줌을 싸. 귀뚜라미가 나타나. 진회색이야. 갑옷을 입은 기사야. 우린 두 손으로 턱을 괴고, 땅에 엎드린 채, 그걸 벙하니 쳐다봐. 귀뚜라미가 뒷다리들을 흔들기 시작해. 그놈이 옷을 벗어. 진짜 스트립쇼야. 그놈이 반투명 피부의 얇은 막을 벗어던져. 우린 이 예술가의 공연에 박수를 쳐. 그 밑으로 새 드레스가 나타나. 날개의 연한 노란색 때문에 더 도드라진 아주 맑은 보라색 드레스야. 이제 그놈은 더는 움직이지 않아. 폭염이 그놈의 색깔을 바꿔. 보라색은 검은색이 돼.

정말 멋져, 귀뚜라미의 허물벗기는.

모셰야, 난 너한테 이 행복을 말하고 싶어. 그게 어떻게 생겼는지를.

빨간 헝겊 조각으로 연못에서 개구리 낚시하기, 달팽이 따라가기, 비 때문에 눕혀진 풀밭에 개네들이 남겨놓은 점점의 은빛 띠. 바보짓의 행복, 이 모든 바보짓들. 우물 가장자리 돌 위를 달리기,

나무에 오르기, 혹은 숲속에서, 누운 석상들 같은 벤 나무들을 따라 넘어지지 않고 깡충깡충 뛰기. 버섯이랑 밤을 잔뜩 먹기, 몰래 술통 꼭지를 틀어서 마시기, 그리고 잠들은, 완전히 곯아떨어진 나를 사람들이 발견해. 숲속에서, 사람들로부터 멀리 떨어져서, 이끼 침대 위에서 홀로 새끼를 낳으려고 도망친 로제트를 찾기, 둥지에서 떨어진 어린 새에게, 릴라의 젖에 적신 빵 속살을 먹이기. 오빠들과 함께 새총으로 통조림통을 맞추기. 우리가 만든 새총은 정말 멋졌어! 폴과 마르크는 엄마의 동전지갑에서 일 프랑을 훔치곤 했어. 그들은 매점에서 네모난 고무줄을 샀고, 참나무나 아카시아나무의 Y자형 가지들을 찾아서 마디를 부러뜨렸어. 그들은 손잡이는 껍질을 벗겼고, 거기에 오래된 튜브에서 떼어낸 고무를 씌웠어. 팽팽한 까만 가닥이었어. 장난감 대신의 조약돌들. 아직 끝나지 않았어. 밤의 광경들을 잊을 뻔했어. 고슴도치들, 들쥐들, 흰 담비들, 철망 속 멧돼지들이 파놓은 구덩이들, 늙은 말의 히힝 소리, 개들의 길게 짖는 소리. 그리고 대낮의 소음들, 미제 모터를 단 내 아버지의 '프티 그리'[229] 트랙터, 장제사*의 작은 망치, 정오의 종소리들, 언덕에서 나는 톱질 소리, 노루들의 귀, 사방이 생명이야.

겨울이면 난 소작인의 부인인 글라디스의 집을 두들기곤 했어.

* maréchal-ferrant. 裝蹄師. 말의 편자를 만들고, 말굽에 편자를 대는 일을 전문으로 하는 사람.

일을 마친 그녀는, 난로 옆에서 뜨개질을 했어. 그녀의 발아래 놓인 광주리에서 색실들이 올라왔어. 마치 최면에 걸린 뱀들 같았고, 마술사가 재주를 부리는 것 같았어. 그녀는 내게 뜨개질을 가르쳐. 겉뜨기, 안뜨기. 특히 코를 촘촘히 해서 털실이 바늘들 사이에서 도망가지 않게 해야 돼. 그녀의 재빠르고 확실한 손가락에서 그녀의 남편 미겔과, 내 아버지를 위한 알록달록한 스카프 하나가 탄생해. 그들은 사냥하는 아침마다 따뜻할 거야. 또 마블 케이크 모양의 밤색과 베이지색의 스웨터 하나가 탄생해. 소맷동, 칼라, 단춧구멍, 다 직각이야. 바늘들, 그 잔잔한 쇠 음악. 글라디스는, 코안경을 걸쳤고, 미소는 손으로 꿰맸어. 난 그 미소가 어디로 사라졌는지 궁금해. 다른 어느 얼굴 어딘가에 살아 있는지.”

13

아스크로스의 낡은 카페의 종업원이 우리를 지긋이 바라보고 있다. 그가, 여기선 "estrangers*"를 보는 걸 아주 좋아합니다, 라고 말한다. 이맘때, 올라오는 사람들은 적다. 굵은 양털로 짠 목동의 망토를 걸친 한 남자가 잔뜩 길마를 지운 자신의 당나귀와 함께 광장을 가로지르자 난리가 난다. 마을 하층민들이 집집마다 문간에 달라붙는다. 창문들이 열린다. 환호 소리. 성탄절 맞이. 심지어 페탕크 놀이꾼들조차 나무 새끼돼지**를 팽개친다. 당나귀는 라벤더와 꿀단지로 가득한 포대들을 한가득 지고 있고, 남자는 한 시각장애인 단체를 위해 그것을 팔고 있다. 난 당신을 골리고 싶다. 당신의 복시 치료에 이 꿀을 써보는 건 어떨까? 리나 당신은 작은 당나귀를 에워싼 아이들에겐 거의 관심이 없다. 그리고 혹 망토를

---

* '이방인, 외지인, 외국인'(남불 오크어, 복수형). 불어는 étrangers.
** cochonnet en bois. 페탕크의 표적 알갱이(목재, 지름 3센티미터).

걸친 이 영감이 당신의 친구 피에로와 닮았을까? 이 남자가 그일 수 있을까? 세월의 터널을 빠져나온? 당신은 딴생각이 없다. 당신은 또 다른 이야기의 실을 풀고 있다.

"모셰야, 넌 한 아버지가 널 세상의 지붕 위로 올릴 때의 그의 어깨를 아니? 그건 우리 사이의 일상이야. 구름이 지평선에 묵직하게 깔리자마자, 천둥 번개가 솟구치자마자, 어기여차 장터의 장사 같은 그의 두 팔로 그는 날 저 꼭대기에 붙들어놔. '이리 와봐라, 몽마르트르 언덕이 보일 거다.' 번개가 하늘에 줄무늬를 긋고 있어. 난 온힘을 다해 그의 이마를 잡고 있어. 나의 아버지는 테라스까지 나아가. 시야가 훤해지고, 이제 공연이 시작돼. 번개들이 번쩍여. 빛의 검들이야. 번개들이 지그재그를 그어. 걔네들의 「스타워즈」보다 훨 나아. 정말이야. 으르렁거리는 소리에서 메마른 쾅 소리로 넘어가. 난 그의 어깨에서 보는 천둥 번개가 좋아. 그는 내 다리를 꽉 잡고, 두 팔로 내 발목을 꼭 껴안아. 엄마는 천사들이 페탕크 놀이를 한다고 말해. '아니야', 라고 아빠가 답해. 천둥은 전쟁이야. 그다음엔 비가 내려. 굵은 비는 빗물받이 홈통을 막아버리고, 더듬이 끝에 작은 검정 구슬을 단 달팽이들을 나오게 만들어. 난 소란이 가라앉는 그 순간을 기다려. 공기가 수정처럼 맑아져. 한 줄기 맑은 빛이 농가와 들판을 적셔. 우리들의 머리 위로, 회색-파랑 화폭 위에 무지개 하나가 떠. 축축한 땅의 냄새. 새들이 물웅덩이에 몸을 담가. 풀과 꽃들이 다시 몸을 일으켜. 햇빛 속, 거미줄의 은빛. 시골, 나의 왕국. 모셰야, 봤지, 그 모든 세월 이래, 천둥 번개가 칠 때마다 난 내 아버지의 어깨를 찾아. 천둥 번개가 칠 때마다 난 부들부들 떨어.

그것이 끝나는 시초는 언제로 거슬러 올라갈까? 간단해, 1950년, 어림잡기로. 우리 어머니는 우리들을 모았어. 네 명의 자식들을. 너희들은 이제 정상적으로 공부해야 한다. 9월, 너희들은 도시로 나가야 한다. 이 집은 박스에 담을 거다. 너희도 알겠지만, 우린 바르브지외에서 행복할 거다. 난 내 아버지의 품안으로 피신했어. 적어도 난 그를, 그와 그의 따끔따끔한 두 볼을 잃을 수 없었어. 그의 담배 냄새와 가죽 냄새. 바르브지외. 난 그 도시가 괜히 싫어. 아빠는 낚시와 사냥용품 가게를, 엄마는 가죽제품 가게를 열 거야. 난 그다음은 듣고 싶지 않아. 난 자클린이 있다는 걸 몰랐어. 내 친구, 슬픈 나날들의 내 순둥이, 내 단짝, 내 귀염둥이. 우린 그때부터 서로 사랑해. 달이 농가의 진흙탕 마당을 비춰. 난 잠옷을 입고 내 방에 있어. 개구리 울음소리가 늪에서부터 들려와. 힘 빠진 풍뎅이 한 마리가 창문을 톡톡 쳐. 난 여길 하나도 잊고 싶지 않아."

당신은 한번도 내게 이렇게 말을 한 적이 없었다. 난 당신의 입술에 매달려 있다. 양털 망토를 두른 남자는 그의 당나귀와 벌 떼 같은 아이들과 함께 사라졌다. 난 당신이 여기 아스크로스에서의,

당신의 옛 체류를 내게 들려주었으면 좋겠다.

당신의 목소리가 조른다. "모셰야, 알겠니?"

난 고개를 끄덕인다.

"있잖아, 나도 너처럼 유배지에서 왔어. 우린 국경을 넘지도 않았고, 나라를 바꾸지도, 언어를 바꾸지도 않았어. 난 한낱 시골뜨기 소녀지만 도시의 매끈한 멋쟁이들 틈에서 확 티가 나. 얼마나 오열했던지, 얼마나 발을 굴렀던지. 난 일곱 살이야. 웃음이 사라졌어. 숨 쉬는 게 한숨이야. 난 덫에 걸린 한 마리 새야. 무심코 어느 집에 들어갔다가, 창문마다 머리를 부딪친 뒤에야 제 자유를 되찾아. 내 주변이 다 옹색해 보여. 지평선, 이젠 벽들과 지붕들이고, 차들로, 가게들로 번잡한 길들이야. 막다른 골목에서 끝내 코가 깨져야* 한다면 널찍한 창문들이 무슨 소용이야?

심지어 천둥 번개들도 슬퍼. 그리고 난 아직 한 번도 못 봤어. 삼년이 지났어. 가장 심한 천둥 번개가 친 날은 엄마가 다시 한번 우리를 모아서 우리들에게 너희들의 아버지와 난 끝났다고 말할 때야. 난 시장터의 한 아파트에서 폴과 함께 살 거다. 리나야, 넌 코냑²³⁰의 기숙사로 갈 거다. 여학생 숙소다. 그들이 널 학기 중에 받아주기로 했다. 불평하지 마라. 마르크는 자원입대했다. 걘 마다

---

* se casser le nez. '실패하다, 좌절하다'.

가스카르에서 입대할 거다. 마르크, 걔는 겁이 없다. 툭 튀어나온 커다란 두 눈, 꼬나보는 눈매가 있잖니. 장 장은, 가톨릭 중학교로 보낼 거다. 난 너희들 말은 듣고 싶지 않다. 너희들 아버지는, 총포점에서 볼 수 있다. 그 위에 숙소를 만들 거다. 아빠는 어디 있어요? 아무도 모른다. 마르크는 작별인사도 없이 이미 집을 떠났다. 폴과 장 장은 엄마의 품속으로 피신했다. 내 슬픔을 위한 자리는 더는 없다. 난 밥도 먹지 않고 자러 올라갔다. 무릎 사이에 두 손을 모으고, 새우처럼 몸을 움츠린 채 누웠다. 우리 부모님들이 헤어지면 그건 우리 잘못인가요? 그건 내 잘못인가요?

난 꿈꾼다. 내일 모든 게 예전처럼 되기를.

난 꿈꾼다.

세월이 흐르고, 그 어느 것도 예전 같지 않을 것이다.

잘 가라 무릉도원아. 내 아버지의 애무, 내 어머니의 미소, 포도주.

잘 가라 무사태평아, 경박함아, 바캉스의 감동아. 잘 가라 글라디스와 미겔아, 잘 가라 행운과 어린 시절아. 자클린은 남았다. 그렇지만, 모세, 최악이 올 거다. 아냐, 최악은 네가 아니야. 그건 어떤 날이야. 1958년 8월 16일. 우리의 만남 한 해 전. 우리 사내애의 출생 두 해 전. 1958년 8월 16일. 너희들 아버지는 떠났다. 내 어머니의 목멘 소리다. 어디로 떠났어요? 마다가스카르로. 네 오빠를 만나러 떠났다. 다시 오시나요? 아니. 끝났다.

다시, 집을 박스에 담아. 우린 눈물과 짐을 들고 다시 떠나. 정처는 보르도 생 장역[231]. 돈이 많지 않다. 너희 아버지가 자리를 잡으면 우편환을 보낼 거다. 참 별난 놈이다 너희 아버지는. 삶이 휘청거려. 난 열다섯이야. 난 커다란 보르도에서 길을 잃었어. 모셰, 넌 나의 태양이 될 거야. 당장은 캄캄한 밤, 낙원의 끝이야. 더는 어깨도 없고, 더는 내 딸아, 도 없어. 난 내 침대 속에서 그가 떠나기 전날 밤의, 그가 사라지기 전날 밤의 내 아버지를 다시 봐.

내 삶에서 난 얼마나 많은 남자들을 잃었지? 내 아버지, 내 오빠들, 너 모셰.

그리고 너."

"나요?"

리나가 내 두 손을 자신의 두 손에 움켜쥐었다. 난 마지막 찰나에 올리브 종지를 치웠다.

"그래 너 내 아들, 네가 듣고 있는 거 알고 있어, 그래 맞아, 너. 난 네가 모셰가 아닌 거 알고 있어, 난 멀쩡해, 걱정 마, 그런데 난 그 사람한테 말하고 있는 거야, 계속할게. 끈을 놓치고 싶지 않아."

종업원은 감히 우리 테이블에 올 엄두를 못 냈다.

난 그에게 우리 음료를 가져와도 된다고 눈짓한다.

"계속해요, 꼬마 엄마."

"1958년 5월 15일, 난 나의 아버지와 가게에서 다시 만났어. 난

276

거기서 종종 그를 보았어. 그는 내게 탄환들, 탄약통들, 미끼들, 전대들, 진열대 안의 박제된 그의 작은 토끼들, 부드럽고 차가운 그들의 털을 보여주곤 했어. 난 아무것도 의심하지 않았어. 그날 그는 날 심각하게 쳐다봤어. 사랑한다, 라고 말하는 시선이었어. 난 그렇게 믿었어. 그가 내 허리를 그의 굵은 두 손으로 안았어. 그의 엄지와 엄지, 검지와 검지가 맞닿았고, 그는 쉽게 내 허리를 둘렀어. 난 그의 무릎 위에 있었어. 예전에 시골에서처럼, 난로 앞에서 그에게 기대어 잘 때처럼. 그가 날 쓰다듬었어. 난 그의 열기를 느꼈어. 모세야, 난 그런 열기를 다신 찾지 못했어. 너하고도, 그 어떤 남자하고도 없었어. 그 열기는 그와 함께 사라졌어. 그의 냄새, 그의 입맞춤들과 함께 그는 떠났어. 목에 돋았던 내 소름들과 함께. 내게 작별도 없이 떠났어. 지금 이렇게 늙었는데도, 난 아직도 그 생각을 하면 떨려. 우린 또 이사를 가. 난 이제 내 십대의 어둡고 추운 보르도에 있어. 난 뭔가를 기다리고 있어. 난 누군가를 기다리고 있어. 그게 사람인지 혹은 물건인지는 말하기 어려워. 이혼한 부부의 딸. 우린 다 망한 것 같아. 나의 어머니는 성모승천 학교[232]의 선생님이 되었어. 수단들과 코르네트들*[233]의 본거지야. 우편환들은 도착하지 않아. 저녁마다, 그녀는 추가 업무를 하고, 책으로 가득한 한 골방에서 눈을 비비고, 거긴 새 종이, 풀, 비품들,

---

* soutanes, cornettes. '신부들, 수녀들'을 뜻함.

곰팡내, 고독의 냄새가 나. 난 고등학교 수업이 끝나면 그 막힌 방에서 그녀를 만나. 우린 불규칙동사들, 불어의 시제들을 다시 보고, 난 '떠나다'의 미래형을 읊고, 내일 난 떠날 거야. 난, 그녀의 얼굴에서, 기도로도 지우지 못하는 슬픔, 엄격함 혹은 곱씹은 분노를 압도하는 게 뭘까 싶어. 여덟 시쯤, 내가 나의 어머니라고 부르는 한 수녀가 김이 나는 수프 두 사발, 사과절임 하나, 눅눅한 과자 몇 개를 놓고 가. 그 수녀는 왼손에 결혼반지를 끼고 있어. 그녀는 하느님과 결혼했어. 참 대단한 일부다처야, 하느님은.

난 노트르담 고등학교 2학년이야. 난 내년에 바칼로레아를 딸 거야. 난 나중에 의사가 될 거야. 난 심장을 고칠 거야. 난 알아봤어. 학업은 길지만 난 결심했어. 보르도 공원[234]에서, 난 도심 한가운데서 시골의 공기를 맛봐. 난 아침마다 뇌브 가를 나서서 알자스 로렌 시장, 생트 카트린 가와 그 멋진 쇼윈도들, 렝탕당스 시장, 강베타 광장을 거슬러 올라가. 난 마로니에의 적갈색 나뭇잎들을 주워서 내 교과서의 책갈피에 넣어서 말려. 하교 후 시간이 나면, 난 포르트 디죠 가[235]를 탐험해. 모든 게 아름답고, 크고, 사치스러워. 비탈 카를 가가 꺾이는 곳, 난 몰라 서점[236]의 채색된 나무로 된 쇼윈도를 점찍어두었어. 난 거기 들어가는 사람들, 그들의 신중한 몸짓을 관찰해. 침묵의 영성체. 난 책 한 권을 사고 싶어 죽겠어. 판매원의 조언에 따라, 난 『세월의 거품』[237]을 사서 나왔어. 1943년에 나온 책이야. 내가 태어난 해야. 다음엔, 아라공[238]의 시집을 살 거야. 난 심장병 전문의가 되고 싶어. 또 시인도, 화가도 되고 싶어. 난 꿈을 꿔. 소박한 기쁨들, 복잡한 인생.

　남자애들, 난 그들이 멀리서 오는 게 보여. 난 그렇게 예쁘지 않지만, 그래도 난 통통하고, 사납지 않아. 난 이상적인 사랑을, 혀를 대지 않은 뽀뽀를, 낭만적인 손에 손잡고를 꿈꿔. 구 보르도의 지하창고들에서 벌어지는 깜짝 댄스파티들엔 요즘 잘나가는 젊은이들이 몰려. 걔들은 재미로 반짝 연애를 해. 내 어머니가 보기엔 난 더러운 애야. 내 열두 살 때, 내 넓적다리 사이의 그 첫 생리 때부터, 난 그녀에게 혐오감을 안겨. 내가 기겁해서 피가 난다고 그녀에게 말했을 때, 그녀는 나와 눈을 마주치지도 않은 채 내게 타월 조각을 흔들었어. 그날부터 그녀는 더는 내게 웃지 않았어. 내 모든 통증과 의문들을, 그녀는 그걸 돌덩어리 같은 침묵으로 쓸어버렸어. 내가 엄마한테 기대한 모든 것들, 난 그걸 내 친구들과 내 친구들의 어머니들에게서 배웠어. 질문들, 난 뒤죽박죽이었어. 왜 여자애들은 생리를 하나요? 왜 그건 그렇게 아픈가요? 아기를 어떻게 낳나요? 몇 살에 아기를 가질 수 있나요? 아기는 어디로 들어가나요? 그리고 아기는 어디로 나오나요? 그건 고통스럽나요? 그게 뭐죠, 사랑을 한다*는 게? 나의 어머니는 역겨운 표정을 지어.

---

* faire l'amour. '섹스하다'.

그녀는 내게 남자애들을 피하겠다고 맹세하게 해. 길에서 걔네들과 마주치느니 차라리 보도를 바꾸겠다고 맹세하게 해. 자, 맹세해! 그게 그녀의 친어머니가 그녀에게 가르친 거야. 그녀는 네 명의 자식을 낳았지만, 내게 거만하게 한들 소용없어. 진실은, 난 아무것도 모른다는 거고, 난 재즈와 자유로 가득한 한 지하창고로 내려갈 때 겁이 난다는 거야.

르 레장의 테라스. 1959년 여름의 끝자락. 모셰야, 네가 거기 있어. 넌 두 친구들과 함께 테이블에 앉아 있어. 마치 지금 우리가 이 멋진 아스크로스의 카페에 있는 것처럼 말이야. 너희들은 모로코를, 너희들의 학업을, 그리고 낮은 목소리로, 너희들의 마음에 드는 소녀들에 대해 이야기해. 너희들은 피부가 검었고, 곱슬머리일 수밖에 없는 짧게 깎은 머리를 하고 있어. 특히 네 머리. 난 너를 쳐다봐. 네 얼굴에서 시선을 뗄 수가 없어. 난 반했어. 내 안에서 생 시카르의 모든 천둥 번개보다 더 강한 천둥 번개가 일고 있어. 난 곧 열일곱 살이야. 아직 그 이름도 모르는 어떤 감정이 일어. 난 그게 너란 걸 알아. 내 심장이 널 불러. 내 살갗이, 내 두 손이.”

그 순간 난 리나에게, 내게 한 말이 아닌 그 말들이 불편하다고 말하고 싶었다. 그녀는 못 들은 척했다. 아니, 그녀는 전혀 못 들었다. 페탕크 게임의 승자들이 술 한 잔을 돌리고 있었다.

"모셰야, 넌 가냘파 보여. 아니, 말랐어. 내 키 일 미터 오십구보다 훨씬 커. 네 몸이 네 옷 속에서 떠다니고 있어. 스물셋, 넌 곧 본과 삼 년차를 시작할 거야. 네 친구들과 함께 너희들은 빅투아르 광장[239]의 한 아파트를 나눠 쓰고 있어. 난 무식해. 난 네가 그걸 알아차릴까봐 겁나. 네가 왜 한 말괄량이 때문에 속을 썩이겠어? 평면 세계지도보다 훨씬 더 먼, 인도양과 악어들과 상어들 한가운데에 있는, 그녀의 평생의 남자가 그리울 때마다 아직도 제 엄지손가락을 빠는 한 말괄량이 때문에? 그런데도 넌 내게 관심이 있어. 네가 너의 석탄 같은 두 눈을 내게 건넬 때마다 너의 보조개가 움푹 들어가. 모셰야, 난 널 엄청 사랑했어. 난 네가 기억한다는 걸 알아. 모든 게 너무 빨랐어. 넌 날 한 여인으로 만들면서, 날 한 어머니로 만들었어. 충격은 없었어. 초원 속 귀뚜라미가 그렇듯 난 허물을 벗었어. 네 피부 위로 모르는 풍경들이 흘러. 네 피부 위로, 산맥들, 사막들, 모래언덕들, 바다, 재스민과 아르간[240]의 잔향들, 옷감들, 달콤한 혀에서 나오는 찌르는 듯한 노래들, 별이 가득한 하늘들이 흘러. 이국의 취기야. 거기엔 내 열일곱 해가 말할 수 없는 모든 것, 지금도 내가 감히 말할 수 없는 그 모든 것이 있어. 아무도 내게 그걸 묻지 않아. 처음엔 난 그걸 믿지 않았어. 아이라고? 그런데 아이가 있을 자리가 어디 있어? 내가 이렇게 작은데? 난 내 어머니에게 그걸 물었고, 그녀는 날 산부인과로 끌고 갔어. 난 한번도 그런 의사를 본 적이 없어. 그는 하얀 가운 차림으로 날 맞이했어. 뜨겁고, 안심시키는 목소리. 숙련된 몸짓들. 그는 장갑 하나를 꼈고, 그 손을 투명한 젤에 담갔어. 그는 그 손을 펴서 내 배를 눌렀어. 다른 손으로는, 내 내부를 뒤져. 신체 발굴. 그는 마치 금고 하나가 부서지지 않았다는 걸 확인하듯 나를 검사해. 난 숨을 참았어. 난 소리치고 싶고, 도망치고 싶어. 이상한 말이야, 스스로를 구하다*니. 내 어머니는 이게 뭘 의미하는지 하나도 내게 말해주지 않았어. 난 죄수야, 이 검사대 위에 반라로 있는. 그동안 의사는 내게 친절하게 말해. '임신 두 달째입니다.' 난 검사대를 꽉 움켜쥐. 내 두 다리가 금속 발판을 짓눌러. 목소리가, 갑자기 닫혀. '옷 입으세요.' 내 어머니는 돈을 치러. 우리는 밖으로 나와.

임신? 난 임신이야. 난 다음 달에 열일곱 살을 축하할 거야. 또 한 번, 아빠는 거기 없을 거야. 그가 없이 보낸 지 벌써 삼 년이야. 그도 날 잡년이라고 생각할까? 난 사랑했을 뿐이야. 모셰야, 널 사랑했을 뿐이야. 넌 프랑스를 꿈꾸고, 넌 프랑스의 언어를, 프랑스 여자애들을 사랑하고, 난 너에게 널 닮았을 프랑스 아이를 줄 거고, 앤 사내애일 거야, 여지없는 사내놈일 거야. 우린 말없이 길을 걸어. 성탄절이 다가오고 있어. 보르도가 반짝여. 날씨가 추워. 나란히 걸을 때면 난 늘 엄마한테 매달려. 우린 구유의 당나귀와 소, 아기 예수를 사서 딱 12월 24일 자정에 내려놓고, 금박 종이로 별

---

* se sauver. '도망치다'(대명동사).

282

들을 오려. 지금 그녀는 저만치 떨어져 있어. 그녀는 내가 앞장서서 걷게 돼. 그녀의 시선이 내 등에 꽂혀. 난 두 다리로 간신히 버티고 있어. 난 쓰러질까 겁나. 난 쓰러지고 싶어. 가끔 난 뒤를 돌아봐. 엄마는 머리를 숙인 채 걷고 있어. 가장 차가운 건, 그녀의 침묵이야. 그녀는 '왼쪽, 오른쪽, 멈춰'라고 말해. 메마른 명령들. 우린 집으로 가지 않아. 이 길이 아니야. 페 베를랑 광장[241]에서, 그녀는 말없이 나를 앞질러. 난 그녀를 따라 악명 높은 좁은 길들을 가로질러. 시커멓고, 구접스럽고, 칙칙한 여관들로 가득한 길들. '창녀들'이라고, 그녀가 강퍅하게 내뱉어. 그녀의 메마른 입술 위의 한 기도문. '*오 죄 없이 잉태하신 성처녀시여.*'[242] 구역질이 나는 온갖 냄새들. 길고양이들이 헤쳐 놓은 쓰레기들. 1959년, 12월, 보르도. 난 내 어머니의 팔에 매달리고 싶지만 그녀는 길을 헤치고 돌진해. 엄마, 너무 빨리 가. 그녀는 술책들의, 은총의 행동들[243]의 재고조사를 계속해. 성모승천 학교의 사제를 봐야 해, 그는 사려 깊을 거야, 그리고 티볼리 예수회의 상급 신부도 봐야 해, 그들은 우리를 이 곤경에서 빼낼 무슨 묘안이 있을 거야. 그녀는 날 삼인칭으로 말하고, 그녀는 날 아무도 아닌 사람으로 말해. 이렇게 말해. '내 딸은 거들을 입을 겁니다. 아무것도 튀어나오면 안 됩니다. 난 사람들이 그녀를 보는 게, 이 도발적인 똥배를 한 그녀를 보는 게 싫습니다. 정말 역겹습니다. 제가 그놈을 받을 자격은 없습니다!' 난 그녀에게 내가 옆에 있고, 다 들린다고 알려줘. 그녀는 계속해. '그다음, 여기서 먼 곳에서 그녀를 받아줄 사람을 찾을 겁니다. 그놈이 마무리될 시간이 필요합니다. 또 생 브뤼노[244] 수도원장과 상담해야겠지요. 빈틈없는 분이죠. 사생아들을, 그분은 여러 명을, 게다가 다 좋은 가정들에 배치했지요. 넌 종교학교에서 받아줄 거다. 시골에 있는, 멀리 떨어진 여자 기숙학교로 보낼 거야. 사람들이 네게 속옷 만드는 일을 찾아줄 거다. 그리고 네 꼬맹이는, 개 거처는 쉽게 찾을 거다. 숱한 여자들이, 애를 낳을 수 있는 그 은총을 모른다. 세상이 잘못 됐다. 그래, 넌 분명 암토끼의 발정기를 지닌 거야.' 우리는 더 빨리 걸어. 보도가 빙판이야. 난 몇 번 비틀거려. 난 우리가 어디로 가는지 여전히 몰라. 난 차라리 입을 다물어. 성 베드로 성당의 어두운 실루엣이 우리 앞에 서 있어. 위협적이야. 하느님은 사랑이야. 엄마는 제의실의 벨을 눌러. 삐걱거리는 문소리. 어슴푸레한 빛. 한 여인이 문을 열었어. '앙투안 신부님이 우릴 만날 수 있을까요? 급한 일입니다.' 그 여인은 곧 사라져. 우리는 긴 의자에 앉았어. 향과 백포도주의 냄새. 한 수단이 다가와. 열 개쯤 진주색 작은 단추들이 채워진 수단. 안에, 주임신부가 있어. 도둑고양이보다 더 말랐어. 말할 때마다 그의 목울대가 그의 목을 따라 튀어. 그를 보니 폴이 생각나. 더 엄하지만, 마음은 놓였을 어떤 폴*이 생각나. 그는 내게 차디찬 시선을 던져. 난 내 시선을 떨궈. 그는 엄마의 말

---

* Paul. 바울.

을 듣고 있어. 그녀는 소곤소곤 말해. 방금 전, 그녀는 그를 보자마자, 얼굴이 환해졌어. 이렇게 말했어. '앙투안 신부님!' 그녀는 마치 메시아를 알현한 것 같았어. 그녀의 짐이 한순간에 가벼워졌어. 이어 그녀의 인상이 굳어졌어. 이후에 그녀가 말한 건, 다 잊어버렸어. 내가 그걸 기억했었다면, 난 살 힘조차 없었을 거야. 망각이 생명보험이야.

단어들이 남아 있어.

죄. 잘못. 악. 죄인. 유대인. 개종. 입양. 죄인. 유대인. 입양.

그들은 마치 내가 없는 듯 말해. 하기야 난 거기 없어. 난 하나도 중요하지 않아.

'전 여러 가정을 알고 있습니다만……' 신부가 웅얼대.

'당장 마련할 수 있을 겁니다.' 내 어머니가 값을 올려. 여전히 작은 목소리야.

'그들이 출생 직후 개를 취한다면, 죄가 작아질 겁니다.'

'제가 십자가를 지겠습니다.'

'당신은 이 벌을 받을 자격이 없습니다.'

'전 쟤를 악행 속에서 키우지 않았습니다, 신부님, 저를 믿어주세요.'

'전 당신을 믿습니다, 우리 가련한 라브리 부인님. 그녀가 속죄해야 할 겁니다. 호된 교훈입니다. 그리고 빨리 아이를 갖다 놓으세요.'

난 기절할 것 같았어. 난 그들이, 제의실에서, 곧 태어날 아기들의 운명을 정한다는 걸 몰랐어. 난 살아 있어. 앙투안 신부가 그의 시선으로 날 꿰뚫어 보잖아. 넌 너의 어머니에게 복종해야 한다, 라고 내 아버지(père)가 아닌 이 신부(père)가 말해. 내 어머니는, 그녀는, 신에게 복종하듯 그에게 복종할 거야. 내 배가 통제되고 있어. 제의실이 감시해. 잠시 침묵.

이어 송을 반복해.

죄. 악. 죄인. 유대인. 입양.

그 사제는 매번 자신의 검은 발로 착지해.*[245] 그의 목울대가 더 심하게 꿀렁거려. 엄마는 한번도 그런 단어들을 입에 담은 적이 없었어. 그 어느 것도 우리가 그녀의 성모승천의 골방 안에서 채운 작은 단어장들에 없는 것들이야. 배추 자갈 올빼미 무릎.** 지금 내 두 귀를 후비는 사람들이 보기에는 전혀 나쁜 말이 아닌가봐. 그건 어디에도 적은 적이 없지만 내 마음 깊숙이 새겨져. 그리고 얼굴을 찡그리며 내뱉은 그 단어-가래침. '유대인'.

우린 비밀 문을 통해 성당을 나왔어. 밤의 적막 속으로. 난 벽에 바싹 붙어서 걸어. 내 어머니의 가쁜 숨, 내 등 뒤에서 들려. 그녀의 한숨소리. 난 가방처럼 보여야 할 거야. 거기에 내 체형을 가능

---

* '사제는 매번 곤경을 모면해.'
** Chou caillou hibou genou. '대가리 머리통 늙다리 대머리.'

한 한 오랫동안 얇게 보여줄 긴 원피스 드레스들을 입고. 화려한
패턴도 없이, 꽃무늬 천도 없이, 밝은 그 무엇도 없이. 괴상해."

14

오후 네 시경, 아스크로스의 카페테라스는 여전히 단골들로 붐볐다. 노인들은 우리를 뚫어지게 쳐다보고, 그들의 잔을 들면서 우리에게 눈짓을 한다. 블롯[246] 판들이 벌어지기 시작한다. 우리는 다른 마실 것을 주문했다. 당신은 마리 브리자르를 마시고 싶을 것이다. "노파의 술이지", 라고 말하면서 당신은 키득키득 웃는다. 당신의 옛 보르도 습관이다. 갸르송이 분한 모습으로 다시 온다. 그게 없단다. 그럼 장티안[247]으로, 장티안은 부드럽다. 난 당신을 따른다. 파란색 술의 잔들이 테이블에 도착했다. 금박 종이로 싼 한 줌의 초콜릿과 함께. 카페에서 주는 선물이다. 당신은 그걸 하나 집었고, 꿈꾸듯 맛을 본다.

"내 부모님들은 진짜 반유대주의자들이 아니었어, 모셰야, 내 말을 믿어주었으면 해."

이 말이 느닷없이 떨어졌다. 그게 초콜릿과 무슨 상관이지? 당신은 당신의 생각을 따라간다.

"전쟁 전, 나의 아버지와 나의 어머니는 그들의 샤랑트 농가에 살고 있었어. 내가 태어났을 때, 두 꼬마가 거기 살고 있었어."

"오빠들요?"

"아니. 두 꼬마와 그들의 부모들, 알자스의 유대인들이었어. 아이들은 외젠과 롤라 클라인이었어. 유대인 이름이 아니었지. 그들은 이름을 다 바꿔야 했어. 클라인 네와는 친구가 되었어. 우리 부모들은 그들을 2년 이상 숨겨주었어. 마을에서는, 사람들이 다 알고 있었어. 끝내 누가 우릴 찔렀던 것 같아. 너도 알겠지만, 그들은 정말 겁이 났어. 기억나니, 내 아들?"

얘기가 좀 정리되자, 리나가 그 대화에 나를 섞는다.

"난 그때 태어나지 않았어, 엄마……. 내가 뭘 기억했으면 해?"

"코데랑에서, 우리가 성탄절 선물로 받곤 했던 커다란 초콜릿 박스 말이야. 할매는 열에 들떠서 그 꾸러미를 열곤 했지. 그녀는 발신자 주소를 볼 때마다 이렇게 외쳤어. '클라인 네가 보낸 거다!' 그녀는 항상 '클라인 네'라고 말했어. 그들의 부모들이 죽었는데도 말이야. 외젠과 롤라는 항상 우리를 생각했던 거야."

그녀가 말을 멈췄다. 개 한 마리가 옆 테라스에서 짖고 있었다.

해가 한 산봉우리 뒤로 미끄러졌다.

갑자기 날씨가 추워졌다.

"봤지, 모셰야, 내 부모님들은 반유대주의자들이 아니었어."

당신은 내게 콩데옹의 어느 밭 이야기를 한다. 전후였다. 밭 한 가운데 구멍이 하나 있고, 그 안에는 당신의 아버지가 말을 조련했던 마구간, 조마장, 원형 훈련장으로 올라가는 갱도들이 있었다. 이 터널들을 통해 클라인 네가 지나다녔다. 안전하게 숨어 있도록, 밀밭에 가려져 있었다. 지하에는 방이 두 개 있었고, 비축식량도 있었다. 혹 그들이 이 은신처에 며칠 머물러야 할 때를 대비했다. 해방이 되었고, 당신의 아버지는 그 구멍을 메우는 걸 계속 거부했다. 클라인 네를 추억하기 위한 것이었다. 그래, 지금 생각난다. 성탄절 박스 안의 초콜릿들은 순종 말의 멋진 머리들 모양이었다.

난 손목시계를 쳐다봤다. 우리는 니스에서 산책을 하기로 예정했었다. 당신은 그 순간을 미룬 듯하다. 당신은 차라리 태양 아래서, 가리그* 속을 걷고 싶다. 우리는 아쉬운 마음으로 아스크로스의 카페와, 그곳의 카드놀이 하는 이들과, 페탕크 놀이꾼들을 떠났다. 이제 당신은 당신의 폐를 신선한 공기로 채운다. 당신은 맨돌로 쌓은 작은 담장들로 이어진 좁은 길들을 서둘러 걸어간다. 한 손은 내 팔을 움켜쥔 채. 계피색 털을 한 암염소 한 마리가 풀밭에서 메에 울면서 당신을 맞이한다. 물통으로 재활용된 낡은 욕조 가장자리에 두 앞발을 올려놓은 채. 암염소가 두 개의 커피콩

---

* garrigue. 지중해 지역 석회질 토양의 황무지에서 자라는 가시덤불 숲.

같은, 갈라진 두 눈으로 당신을 바라본다. 저 멀리 바다가 무지갯빛으로 빛난다. 물결치는 함석판. 당신은 여기 있는 게 행복하다. 당신은 내게 말하고 있지만 난 여전히 당신이 누구에게 말하고 있는지 궁금하다. 당신의 말을 바람이 실어가고 있다. 이번에는 당신의 아들인 내게 당신이 말한다. 네, 꼬마 엄마, 실비와 애들에게 알렸어요. 내일 우리랑 합류할 거예요. 당신은 미모사 가지 하나를 꺾었다. 요염한 파랑 하늘 속 노랑의 작은 꽃술들. 당신의 얼굴에서 난 이미 사라졌다고 여겼던 그 주근깨들을 다시 발견한다. 내가 잘못 보았다. 너무 빨리, 너무 멀리서 보았다. 난 숱한 세월 동안 당신을 쳐다보지 않았다.

당신은 "돌아가면 어떨까"라고 말했다. 당신은 "우리 집"을 덧붙이지 않았지만, 난 그 말을 들었다고 확신한다. 내가 당신의 슬픔 속에 발을 들이지 않았을 때, 그 옛날 그토록 바랐던 말이었으니까. "우리 집" 하나가 있다는 것, 그랑 파르크 단지든, 또 오래전 여기, 기껏해야 이삼일이었지만, 사람들이 우리를 갈라놓기 전, 어느 조산원의 병실이든.

IV

우리는 떠내려갔다

우리는 니스까지 떠내려갔다. 뜨거운 기름 냄새가 차 안에 풀풀 거렸다. 정비가 필요했다. 내가 나중에 손봐야겠다. 우린 더는 아무 말도 하지 않았다. 길에서 보낸 며칠로 기진맥진했다. 갑자기 어둠이 내려앉았다. 미세한 별들이 매끈한 하늘 속에서 반짝이고 있었다. 나는 밀튼 로빈스 가의 펜션에 두 번째 방을 예약해놓았었다. 여주인은 내 방을 비워두고 있었다. 당신은 저녁을 먹지 않고 자러 올라갔다. 나는 일어난 일들을 실감해보려고 애썼다. 우리는 니스에 함께 있었다. 우리 삶에서 처음으로. 쉰일곱 해, 5개월 23일 만에 처음.

다음 날 당신은 일찍 일어났다. 당신은 바다를, 그 짧고 한가로운 파도들을 보고 싶어 했다. 나는 아침식사 테라스 위에서 당신과 재회했다. 금빛 광채가 당신의 머리칼에 걸려 있었다. 니스의 햇빛이 당신에게 잘 어울렸다. 엄마야, 당신은 젊어 보였다. 태양이 시간을 소멸시켰다. 당신은 당신의 이곳 세월을 말하기 시작했다. 내 출생 한참 뒤였다. 당신은 당신의 열일곱 해 여름에 살짝 엿보았던 것을 되찾고 싶어 했다. 코트의 눈부신 더위, 다른 어느 곳에도 존재하지 않았던 삶을. 두 번째 기회의 가능성. 당신은, 2000년 초, 몽 보롱의 원룸에 정착하면서, 먼저 당신의 옷부터 추려냈다는 것을 기억한다. 한 더미는 당신이 간직할 옷들이었고, 다른 한 더미는 당신이 줄 옷들이었다. 그때 '잃어버린 시간'의 시절에 당신이 애지중지했던 그 보헤미안 의상들이 다시 나타났다. 레이스와 알록달록한 밑단의 널따란 속치마들이 치렁치렁 이어진, 허리에 꼭 끼는 스커트들, 그리고 두툼하고 헐렁헐렁한 소맷부리가 달린, 절반은 비로드, 절반은 직물로 된 재킷들. 당신은 그걸 당신의 커다란 타원형 거울 앞에서 죄다 걸쳐보았다. 당신은 당신의 서른 살에 작별을 고했다. 당신의 마흔 살에도. 당신은 두세 개의 장신구만을, 가장 화려한 것만을 남겼다. 예전에 라 로셸에서, 집시 여인과 피에로를 뒤섞은 차림에 샬리마르[248] 향수를 뿌려, 길 가던 남자들을, 그리고 여자들까지 뒤돌아보게 했던 것들이었다. 니스에서 당신은 완전히 탈바꿈했다. 당신은 초연한 목소리로 내게 말했다. 당신은 그 옷들 대부분을 한 간호사 친구에게 주었다고. 이후, 그 친구는 그걸 한 극단을 운영하는 자신의 딸에게 넘겼다. 난, 어느 저녁, 젊은 여배우들이 그들의 몸에 약간의 당신을 걸치고 열연한다는 생각을 하면 기분이 좋다. 우리가 자리에서 일어나려고 했을 때 노박 의사가 우리에게 인사를 하러 왔다. 그는 리나에게 내가 그녀에게 말할 줄 몰랐던 것을 말했다. 그녀는 눈부시게 아름답다고, 그리고 난 운이 넘치는 사람이라고.

우리는 프롬나드까지 걸었다. 당신은 여기서 했던 마지막 물놀이에 나쁜 추억 하나를 갖고 있었다. 해파리 한 마리가 당신의 사타구니에서 젖가슴까지 쏘았다. 몸 전체에 엷은 보랏빛 채찍 자국이 생겼다. 상처는 몇 달간 욱신욱신 쑤셨다. 우리가 해변으로 다가갔을 때, 퐁셰트 쪽에 사람들이 잔뜩 모여 있었다. 소방차들이 비상등을 켜고 줄지어 서 있었다. 차단선이 모든 접근을 막았다. 한 경찰관이 우리에게 정자 쪽으로 멀리 떨어지라는 손짓을 했다. 그가 소리쳤다. "두 번째 대전[249]의 한 폭탄입니다. TNT 250킬로그램입니다. 폭발할지 모르니 근방에 안 계시는 게 좋습니다." 우리는 네그레스코 호텔 쪽으로 되돌아갔다. 당신은 계속 뒤를 돌아봤다. 혹 크레인과 잠수부들이 죽음의 폭탄이 아닌 다른 걸 끌어올리지 않을까 싶어서. 프롬의 구경꾼들이 소카 노점상들에게 몰려들었다. 사람들은 새 종려나무들을 심으니, 테러 전보다 더 아름답다고 말한다. 이번 계절의 이상 기온이 예상된다. 당신은 니스의 공기를 들이마신다. 오래전의 그 공기. 당신의 열일곱 살 때의 공기. 살갗에 달라붙는 묵직한 공기. 당신은 온갖 냄새들을, 올리브유와 구운 양파가 섞인 향들을 다시금 맡는다. 당신은 당신과 나, 우리가 니스와 약간 닮았다고 생각한다. 거대한 배 한 척이 항구에서 멀어지고 있다. 코르시카로 향하는 노란 선체의 페리호 하나.

당신은 눈길을 돌린다. 소방관과 잠수부들이 폭탄을 들고 떠났다. 위험이 제거되었다. 남은 것은 쪽빛, 강렬한 파랑, 그리고 그 위로 페리호의 반짝이는 점. 우린 악어를 당장 처분해야 한다. 베티 르 그랑은 그걸 싼값에 팔아치울 것이다. 난 확신한다, 그런 가죽이라면. 당신은 한 문장을 시작했고, 그리고 당신은 그걸 허공에 그대로 두었다. 마치 싱의 부메랑처럼.

난 당신이 떨어지는 소리를 못 들었다. 난 다른 데를 보고 있었다. 당신이 풍경에서 사라졌다. 당신이 거기 있었는데 갑자기 당신이 거기 없어졌다. 난 땅바닥에 누워 있는 당신을 보았고, 당신의 추락은 전혀 소리가 나지 않았다. 난 당신을 일으키려고 했지만 이미 경찰관이 빨간 완장을 차고 뛰어내렸고, 이어 소방서로 귀환하던 두 명의 소방관들이 뒤따랐다. 모든 게 순식간에 벌어졌고, 난 두려워할 시간조차 없었다. 당신의 맥박은 충분치 않았고, 그러나 얇게 호흡을 하고 있었다. 사람들이 그들의 소방차에서 들것을 꺼냈고, 사이렌을 울리며 당신을 데려갔다. 난 차로 소방차를 쫓아 렌느 빅토리아 대로에 있는 시미에 병원까지 따라갔다. 흡사 벨 에포크 시대의 호텔 같았다. 그것과 뗄 수 없는 종려나무들로 방어하고 있는. 주차할 자리가 하나 남아 있었다.

"난 당신이 죽은 척할 거야."

이 작은 문장이 주차장에서 날 기다리고 있었다.

한 인턴이 나와 면담을 원했다. 벌써 오후였다. 난 프랑수아와 장에게 너무 놀라지 않게 알려주었다. 그리고 실비에게도. 여행의 피로들, 니스를 다시 본다는 감흥, 그녀의 시각장애로 인한 극심한 두통들. 우리 어머니의 실신의 원인들은 짐작이 어렵지 않았다. "문제가 있었지만 모두 안정되었습니다", 라고 인턴이 안심시키는 목소리로 말했다. 난 가만히 앉아 있었다. 그는 마치 아이에게 말을 걸듯 내게 몸을 기울였다. "요오드 반응입니다. 그분의 혈압이 급격히 떨어졌습니다. 걱정하지 마세요. 주무시는 중입니다." "뵐 수 있을까요?" "물론입니다. 창백한 모습에 놀라지 마십시오." 그가 반복했다. "모두 안정되었습니다." 그는 이 말을 입 밖에 내지 않았다. "코마".

리나가 흰 시트 아래로 사라졌다. 모니터에 그녀의 심장박동, 그녀의 동맥혈압이 보인다. 그녀는 자고 있다. 그녀의 얼굴은 완전히 풀어져 있었다. 보청기들이 그녀의 두 귀에 잘 꽂혀 있었다. 그녀의 닫힌 눈꺼풀에 전기파가 이리저리 흐르고 있었다. 난 혹 그녀가 곧 눈을 떠 여기 누가 있는지를 볼 수 있을지, 혹 그녀가 내가 있는 걸 느꼈을지 궁금하다. 내 희망이다. 착각이다. "가벼운 코마 상태입니다", 라고 인턴이 당신의 병실 앞에서 내게 속삭였다. 난 분명히 들었다, 그가 내게 말하지 않았던 것을. 그는 강조하는 어조로 이렇게 덧붙였다. "말씀 드리는 걸 늦추시면 안 됩니다. 그래야 정신이 돌아오실 겁니다."

난 어떻게 해야 할지 잘 알고 있다. 리나는 멀리 떠났다. 그녀를 다시 산 자들 속으로 데려오는 건 내 몫이다.

오늘 아침부터 하나도 삼킨 게 없었다. 살레야 시장까지 걸어갔다. 다리에 힘이 하나도 없었다. 소카 한 조각을 샀고, 수수한 레스토랑의 테라스에서 핫초코를 마셨다. 난 놀라면 항상 단 것이 필요했다. 이어 다시 병원으로 돌아왔다. 프랑수아와 장에게 다시 전화했다. 그들은 모레 도착할 것이다. 실비와 아이들은 저녁에 온다. 인턴의 그 말에 난 마비되었다. "말씀 드리는 걸 늦추시면 안 됩니다." 나의 어머니에게 말하기. 내 평생 한번도 성공한 적이 없었다.

침묵.

침묵의 흰빛.

빠끔히 열린 창문틀 속 큰 종려나무 잎들의 녹음. 비스듬한 햇빛이 당신의 침대 가장자리에서 부서진다. 아마 거의, 그 방도 이와 비슷했을 것이다. 당신이 나를 낳았던 조산원의 그 방도. 우리 둘뿐이다 그 첫날처럼. 그 옆에 당신의 얼굴 위에 머뭇대는, 멈칫하는 생명이 있고, 그게 얼굴에 머무를지 확실치 않다.

난 의자 하나를 집어 당신 옆에 와서 앉았다. 예전에, 당신 집에서, 당신이 우리에게 당신의 여자아이에 대해 알려주었을 때, 난 그 자리에 내 동생들을 남겨두었다. 걔들은 당신의 두 손을 잡았고, 난 멀찌감치 서 있었다. 이제 내가 그 손을 잡을 차례다. 손이 생기가 없고 쇠약하다. 노동하고, 구조하고, 청소하고, 고치고, 견뎌낸 손, 부드러운 손, 버려진 듯 홀로 있는 손. 내 집게손가락이 당신의 감정선과 생명선을 따라 오르고, 난 손금을 구분할 줄 모른다. 미세한 지류들로 파인 신비한 금들의 망, 숱한 억눌린 희망들과, 숱한 공허한 애무들이 시작되었던 그 금들. 난 이 내밀한 장부를, 그 깊은 주름들을 관찰하고, 난 다시 한 번 내가 당신을 모른다는 걸 깨닫는다. 난 당신에게 할 말을 찾고 있다. 진부한 것들만 머리에 떠오른다. 난 당신의 과실수들이 잘 자라는지, 누가 당신의 고양이들을 돌보는지, 혹 당신은 당신의 '생명카드'*를 받았는지 궁금하다. 난 무럼의 벽들로 된 이 방을 면밀히 살핀다. 난 침묵에 귀를 기울인다. 그 침묵이 의당 내게 무엇을 말한다. 난 창문을 마주하고 앉았다. 내 시선은 밖으로 미끄러진다. 파스텔 니스, 소르베 색 니스. 모든 게 연해 보인다. 찬란한 햇빛도, 감정들의 욕지기도. 이상하게 난 편하다. 당신 옆에서 평온하다. 우린 여기에 우연히 온 것이 아니다. 내게 길을 가르쳐준 건 싱의 부메랑이었다. 태양 속 부메랑의 일변. 끊임없이 회전하는 빛나는 날개

---

* carte Vitale. 프랑스 의료보험 스마트카드. 2007년에 버전 2가 나옴.

들. 그것의 매혹적인 궤도가 시간의 구부러짐을 그리고 있다. 그것이 우리에게 은밀하게 말하고 있고, 우리에게 우리의 이야기를 들려주고 있다. 끝은 시초 속에 있다. 우리의 끝은 여기에 처음부터 새겨져 있었고, 그건 모든 것이 이 장식 속에서, 파란 빛 속에서 시작되었기 때문이다. 꼬마 엄마야, 우리는 태어나지 않았다. 우리는 태어나기를 청하고 있을 뿐이다. 시미에의 이 방에서 서로서로에게 다시 태어나기. 우리의 결여된 시초들을 바로잡기. 우리는 여기 한 출생을 위해 왔다. 우리의 삶은 한 개의 화살처럼 번쩍일 것이다. 난 이번에는 다시는 망설이지 않을 것이다. 난 눈을 감고도 내 출생의 장소들로 갈 수 있을 것이다. 난 실비와 애들에게 말할 것이다. '난 이 빛 속에서 태어났다'고.

당신이 움직였다. 미미한 움직임. 그러나 난 아직 아무 말도 안 했다. 실 하나를 당겨야 한다. 난 고대의 세 파르카에[250]를 생각한다. 한 명은 생명의 실을 짜고, 다른 한 명은 생명의 길이를 결정하고, 마지막 한 명은 그 실을 끊는다. 그리고 그건 죽음이다. 실수하면 안 된다. 좋은 실, 가능한 한 가장 긴 실을 당길 것.

난 이제 확신한다. 우리는 니스에 남았을 것이고, 모두 우리를 잊었을 것이다. 당신의 어머니, 폴, 모세, 모두. 처음에 그들은 우리를 찾으려 했을 것이고 이어 그들은 낙담했을 것이다. 우리는 사라졌을 것이다. 우리는 파랑 속에서 녹았을 것이다. 사람들은 우리를 가만히 놔두었을 것이다. 더는 아무도 우리 이야기를 듣지 못했을 것이다. 우리는 불가사의하게 증발하는 그런 사람들 중 하나였을 것이고, 사람들은 그들이 죽었거나 혹은 카라카스²⁵¹로 날아갔다고 믿지만 실상 그들은 단지 한 거리만 이동했을 뿐이고 그리고 그들은 다른 사람이 되려고 작정했기 때문에, 아무도 그들을 알아보지 못했다. 니스는 태양 아래 우리의 섬이 되었을 것이다. 우리는 서로 성장하는 것을 지켜보았을 것이다. 우리는 시간을 만끽했을 것이다. 우리는 타인들의 시간에서, 그들의 백안시에서, 인간의 사악함에서 자유로웠을 것이다. 우리는 아무도 그리워하지 않았을 것이고 그리고 아무도 우리를 그리워하지 않았을 것이다. 우리는 책들이 가득 실린 해먹들이 있는 그 집을 다시 찾았을 것이다. 우리는 들어갔을 것이고, 우리는 정착했을 것이다. 우리는 우편함에 적힌 이름 속으로 흘러들어갔을 것이다. 우리는 그게 우리 집이라고 정했을 것이다. 그게 우리들이었다. 그리고 우리는 캬라멜 플랑²⁵²같이 석양이 지는, 물컹하게 흔들리는 어떤 삶을 만들었을 것이다.

난 우리를 생각한다, 꼬마 엄마야.

우리의 사랑은 한 알의 전구처럼 깨졌다. 갑자기 불이 다 나갔다.

당신은 날 결코 충분히 사랑하지 않았다. 왜냐하면 내가 당신을 항상 너무 사랑했기 때문이다. 난 당신을 있는 그대로 보지 않았다. 그런데 그냥 눈만 뜨면 됐을 일이었다. 당신은 방금 그렇게 했고 그런데 당신은 바로 다시 눈을 감았다. 다시 시작하면 어떨까.

난 당신이 내 말을 듣고 있는 것 같다. 침묵의 떨림.

난 당신을 바라본다. 당신을 바라보는 게 처음이다.

내가 지금 보는 것, 난 그걸 한번도 본 적이 없다.

난 한번도 그걸 보려고 하지 않았다.

난 정말 미셸을 그리고 모세를 닮기를 희망했다. 꼬마 엄마야, 난 내가 당신을 얼마나 닮았는지 몰랐었다. 둥글둥글한 모든 것들, 내 얼굴의 모든 뼈와 각을 부드럽게 하는 모든 것들, 그게 당신이다. 내가 간직한 순진함, 놀라는 시선, 어린이의 의심, 그것도 당신이다. 당신이 나를 빚었기 때문에, 결국, 우리는 서로를 잃지 않았다. 난 당신의 첫 번째 점토 빵이었다. 난 좋은 반죽은 아니다. 난 쉽게 부서질 수 있다. 당신은 날 유연하게 만들려고 모진 고생을 다 했다. 그 결과가 당신의 눈앞에 있다. 방금 더 활짝 떴던 당신의 눈앞에. 우리는 니스 시청에서 위조된 일자들, 서류들에서 해방된다. 나의 시뇨렐리 가면 아래에서, 그 틈새들, 그 균열들 안쪽에서, 내 원래 색깔들, 나의 라브리 면모, 내가 예전에 내 나쁜 면모라고 경멸하며 불렀던 그것이 뚫고 나온다. 진짜는, 바탕에. 아버지들의 실패 이후, 진짜 당신, 진짜 나. 니스의 흰 방 안 우리 둘. 당신은 리나 라브리다. 당신은 당신의 어릴 적 이름을 되찾았다. 당신은 리나 라브리다, 곧 일흔다섯이 되는 한 소녀다. 당신은 간헐적으로 눈을 뜬다. 난 당신에게 미소 짓는다. 당신은 멀리 있지만 그러나 점점 가까이 온다. 태양이 살창 사이로 슬그머니 들어온다. 난 세상이 아직도 존재하는지 궁금하다. 부드러운 빛이 당신의 얼굴에 줄을 긋는다. 당신은 이집트의 공주다. 당신의 베갯잇 위에서 번쩍이는 당신의 머리칼. 난 당신이 평온하게 숨 쉬는 소리를 듣는다. 난 당신이 깨어나기를, 당신이 내게 가장 아름다운 선물을 주었던 당신의 열일곱 살의 그날처럼 깨어나기를, 기다린다. 저녁 다섯 시, 그리고 우리는 이제 막 태어났다.

작가의 말*

"그녀의 눈길에 다 담겨 있었다. 리나의 눈길. 난 그 모든 뉘앙스를, 그림자를, 좌절을 알고 있었다. 눈꺼풀을 찌푸리는 그녀의 방식에서 난 그녀의 동요를 읽었다. 그림자 하나가 그녀의 눈에 스치고, 단단한 그림자 하나가 그녀의 표정을 시들게 했다. 그녀는 거기 있었지만 멀리 있었다. 나는 그런 기분의 돌변, 그런 사랑의 돌변을 이해하지 못했다. 여자아이는 내 눈에 보이지 않았다. 당신의 두 눈에 펄펄 살아 있는 그 애를. 난 매일 거기 있었고, 그리고 매일 그녀의 부재를 확인했다. 난 당신의 사내아이였고, 난 그뿐이었지만, 난 그 자리를 전부 차지했다." (82쪽)

자전적 이야기인가, 소설인가?

픽션이고, 그것에 집중했다. 내 자신의 삶과 공명하는 책들을 여럿 쓴 삼십 년 전부터, 난 항상 진짜 소재들과 거리를 두는 것에 유념했다. 난 열일곱 살 때의 내 어머니를 몰랐고, 말하자면, 어떤 의미에서, 모두 나의

---

* 갈리마르 출판사와의 출간 인터뷰. © Gallimard, 2018.

창작이다. 그런데 그게 어쩌면 진짜보다 더 진짜일 수 있다.

소설은 가족의 한 비밀이 밝혀지는 것으로 시작한다. 그 빠진 조각은 퍼즐의 결말인가 혹은 전체적인 의문제기인가?

그 비밀이 터졌을 때, 소설은 이미 일 년 전에 마무리되어 있었다. 갑자기, 연결고리의 새 발견으로 내 어머니와 나와의 관계에서 내가 그동안 인지하지 못했던, 신비했던, 가끔 불안했던 모든 것들이 밝혀졌다. 사실, 그 때문에 현실을 감안해 소설을 재구성해야 했다.

화자는 니스에서 조사에 착수하게 된다. 그가 태어난 도시인 동시에 낯선 도시인데⋯⋯.

그는 어둠 속에서 자라고 살았다. 온갖 비밀들의 어둠, 보르도의 온갖 어둠들이었다. 그런 그가 이 도시, 자신이 하나도 모르는 이 도시를, 빛의 도시로 발견한다. 그러나 자신의 어머니인 적이 거의 없었던 젊은 여인은 그곳에 아무 흔적도 남기지 않았다. 그는 이곳에서 헤맨다. 왜냐하면 자신이 찾고자 하는 것을 발견하지 못할 것 같은 느낌이 들기 때문이다.

못 찾는 것인가, 안 찾는 것인가?

그는 두렵다. 고통스럽거나 혹은 실망스러운 현실을 발견할까 두렵다. 그러므로 중간에 베티 르그랑 같은 증인과 마주침으로써 자신의 어머니가 그를 진정 사랑했었다는 것을, 그녀가 아이를 가진 모든 젊은 엄마들처럼 그를 진정 사랑했었다는 것을 이해해야 했다.

그 인물과 다른 몇몇 인물들이 화자에게 예상 밖의 열쇠들을 안겨주는데……

모두 운명을 밝혀줄 기제들이다. 그의 눈을 뜨게 하고, 그의 의식을 뒤흔들고, 그의 유대인 신분을 캐물을. 이로써 자신이 한 아버지를 빼앗겼다는 것을 깨닫게 되고, 또한 종교, 적어도 그 문화도 빼앗겼다는 것을 깨닫게 된다.

부메랑의 상징이 책을 관통하는데……

그 부메랑에서 중요한 것은 그것을 던지는 사람이고, 화자는 그가 형제만큼 가까운 사람이라는 걸 알게 된다. 그 부메랑은 또한 내 시간관념과 이어진다. 즉, 시간은 화살이 아닌 순환적 요소라는 점이다. 우리는 이런저런 사건을 다시 겪게 되고, 그걸 다시 겪으면서 그걸 더 잘 이해하게 된다.

니스의 두 번째 여행, 어머니와 함께한 그 여행은 거의 몽환적인데……

그렇다. 시간여행이다. 그래서 서로서로를 바라보는 시선들 너머로 풍경들이 흐르고, 추억들이 흐른다. 어머니는 시각장애를 앓고 있고, 모든 사물을 이중으로 본다. 그 겹침으로 인해 그녀는 자신의 아들과 함께한다는 마음, 동시에 이 아들의 숨겨진 친부인 모셰와 함께 살고 싶었던 마음이 일게 된다.

이 책은 삼십 년간의 질문에 방점을 찍는 화해의 책인가?

내가 작가가 된 이유는 난 내가 누군지 몰랐기 때문이다. 난 나의 몇 권의 책을 통해, 내 정체성의 그 아찔한 심연을 메웠다고 생각했다. 그런데 나의 어머니는 한번도 정면에 나타나지 않았다. 이 책에서, 난 그녀가 여주인공이 되기를, 한 고독한 여주인공이 되기를 바랐다. 더불어 나는 쿤데라가 한 말, 즉 소설은 본질적으로 모든 것에 답을 주는 것이 아니라 모든 것에 의문을 던지는 것이라는 말을 생각한다. 『열일곱 살』을 쓰면서 무수한 질문에 봉착했다. 그 질문에서 다른 책들이 탄생할까? 모르겠다. 그러나 그 질문들은 거기 그대로 있고, 답을 기다리고 있다.

© 사진, 도판, 가사 (앞 숫자는 주 번호)

사진

도판

가사 (번역은 옮긴이)

주

무수한 지명들은 설명을 배제했거나 혹은 간단한 설명에 그쳤다. 각각의 목소리가 있지만, 그것은 옮긴이의 역량 밖이기도 하고, 메아리랄까, 그 여운은 훗날 다른 작품에서 느낄 수 있기를 기대한다. 간단한 위상을 알려줄 '도, 행정구역, 면적, 인구'를 일괄 병기했다. 프랑스 행정구역(본토)은 코뮌(commune, 34,826개), 군(arrondissement, 332개), 도(département, 89개), 지방(région, 12개)으로 구분된다. '코뮌'은 파리나 보르도, 니스 같은 도시이기도 하다. 프랑스의 면적은 한국의 6.7배($672,051km^2$), 인구는 65,018,000명이다(2018년 1월 현재 프랑스 본토).

아래 주들은 프랑스인들에게는 설명조차 필요 없는 것들이 대부분이고, 우리들에게도, 본질적으로는, 없어도 무방하다고 생각한다. 소설이기 때문에. 문장만으로 충분히 이해되기 때문에. 부차적이기 때문에. 그럼에도, 맥락상 필요할 경우, 짧거나 긴 사족을 보탰다. 가히 군더더기 하나 없는 정갈한 불어로 완성된 이 작품이 이 주들로 그 평화가 흐트러지지 않기를 바랄 뿐이다. 저자가 열한 번을 퇴고한 그 평화가. ― 옮긴이.

I. 12월의 어느 일요일

1 **La Rochelle**

샤랑트 마리팀(Charente-Maritime), 도청소재지, 코뮌, 면적 28.43km², 인구 77,205명(2019).

2 **Nice**

알프 마리팀(Alpes-Maritimes), 도청소재지, 코뮌, 면적 71.92km², 인구 342,669명(2019).

3 **Bordeaux**

지롱드(Gironde), 도청소재지, 코뮌, 면적 49.36km², 인구 260,958명 (2019).

4 **Royan**

Charente-Maritime, 로슈포르(Rochefort)군, 코뮌, 면적 19.30km², 인구 18,419명(2018).

5 **Lada**

Lada Niva. 소련 자동차. 1977년 출시, 1978년 파리 자동차박람회에서 소개되어 유럽에 진출, 대대적인 성공을 거두었다. 가볍고, 작고, 튼튼하고, 모든 지형에 적응하고, 경제적이었다. 여전히 시판 중인 전통의 모델이다. 2014년 르노 그룹이 라다 사를 인수했다.

6 참조. 『은밀하게 나를 사랑한 남자』, 윤미연 역, 문학동네, 2015 (*L'Homme qui m'aimait tout bas*, Gallimard, 2009).

7 **Côte d'Azur**

약 270km에 이르는 프랑스 지중해 해안(côte). 동쪽으로는 이탈리아와 인접한 망통(Menton)에서부터 서쪽으로는 마르세유에서 가장 가까운 해변인 카시스(Cassis)에 이른다. 3개 도(Alpes-Maritimes, Var, Bouches-du-Rhône)에 걸쳐 있고, 항구도시들이 이어져 있다(Menton, Nice, Antibes, Cannes, Saint-Tropez, Toulon 등).

8   Girondins

보르도 소재 프로축구클럽(FC Girondins de Bordeaux). 1910년 창단.

9   Saintonge

옛 지명. 3개 도(Charente-Maritime, Charente, Deux-Sèvres)에 걸쳐
있다. 생통주에는 백악기 상층부의 석회암층으로 된 채석장들이 많다.
특히 테낙(Thénac)의 단단한 백색 석회암은 '샤랑트 마리팀의 정체성'
으로 불릴 정도로 유명했고, 11세기부터 수많은 로마네스크 양식의 성
당 건축에 사용되었다. '황금빛 돌'(pierre dorée)은 산화철이 들어간 석
회암으로, 빛을 반사하는 특징이 있다.
면적 1,009.9km², 70개의 코뮌, 인구 91,509명(2020).

10   la Venise verte

서부의 3개 도 — Vendée, Deux-Sèvres, Charente-Maritime — 에 걸쳐
있는 광활한 늪지대인 '푸아트뱅 늪'(Marais poitevin), 그중 동쪽의 '젖
은 습지'를 일컫는 별칭이다. 늪은 세 종류의 습지로 나뉜다(마른 습지,
470km² ; 중간 습지, 190km² ; 젖은 습지, 290km²). 일부는 국립공원
으로 지정되었다.

11 Fès

모로코 북쪽, 모로코 상거래의 중심인 시장도시. 8세기에 세워진 모로코의 대표적 고도로, 수차례 수도였고, 정신적인 수도다. 현재 연 1백만 명의 관광객이 찾는 관광지다. 면적 424km², 인구 1,245,000명 (2021).

12 Marie-couche-toi-là

직역하면 '마리, 저기 누워'로, '헤픈 여자, 방탕한 여자, 창녀'를 뜻한다. 18세기에 시작된 표현으로, 기원은 두 가지 설이 있는데, 하나는 「누가복음」의 '죄 지은 여자'인 막달라 마리아(창녀)에서 연상했다는 설, 다른 하나는 18세기 하녀들의 흔한 이름이었던 마리가 일자리를 잃지 않기 위해 주인에게 당했던 험한 꼴에서 나왔다는 설이다. 어쨌든 '마리'는 프랑스에서 가장 흔한 여자 이름이었고, 한동안 여성의 동의어였다. 졸라의 『목로주점』(1876)에도 나온다. "꽃집 여자들? 다 헤픈 여자들이야(Toutes des Marie-couche-toi-là)"(10장).

13 petite maman

어린애 말인 'maman'(엄마)에 'petite'(꼬마, 어린)를 붙였다. 어머니가 자신에게 쓴 이 말을 앞으로 화자는 자신의 어머니를 부르는 '호칭'으로 자주, 변별적으로 사용한다. 일상에서 거의 쓰지 않는, 전혀 일반적이지 않은 호칭이다.

14 Libourne

보르도 동쪽 35킬로미터.

Gironde, 군청소재지, 코뮌, 면적 20.63km², 인구 24,257명(2019).

15 Mamie

'mamie, papy'는 '할머니, 할아버지'의 어린애 말이다. 화자는 외할머니와 외할아버지를 종종 이렇게 칭했고, 항상 대문자(Mamie, Papy)로 강조했다. 우리는 '할매, 할배'로 표기하여 작가의 뜻을 전하고자 했다. 우리말은 '할머니, 할아버지'가 애칭이기도 하지만, 표준말에 존칭(할머

314

님), 약간의 존칭(할멈), 낮춤(망구, 할망구, 할미)은 있어도 별도의 애칭은 없어 편의상 취한 선택이다. 참고로, '할매'는 강원, 경남, 전남, 충남, '할배'는 강원, 경남 방언이다.

16 scriban
17세기 네덜란드에서 처음 만들어진 — 네덜란드어 'schrijfbank'(책상) — 경사진 책상, 안장 모양의 책상이다. 경사진 책상 면을 올려 닫거나 내려서 사용할 수 있고, 상단에 책꽂이, 하단에 서랍장이 달렸다. 이후 유럽에 퍼졌고, 아직도 변주되어 애용된다.

17 beau ténébreux
직역하면 '어두운 미남'. 다소 반항적이고, 어둡고, 차갑고, 고독한 매력을 발산하는 미남을 뜻한다. 스페인어 'Beltenebros'에서 온 표현으로, 중세유럽을 풍미했던 기사도문학 『갈리아의 아마디스』(*Amadís de Gaula*, 1508)의 주인공 아마디스 — 일편단심의 존경스런 연인의 전형 — 에게 훗날 참회를 하러 간 외딴섬의 은자가 붙여준 새 이름이다. 이후 하나의 캐릭터로 고유명사화 되었다. 훗날 세르반테스가 『돈키호테』에서(15장) 비꼬는 그 인물이다.

18 광장 주변 도로들과 유적.

• 마르티르 드 라 레지스탕스 광장(place des Martyrs-de-la-Résistance). 공원이자 광장으로, 레지스탕스 희생자들 — 1940~1945년 동안 77,615명이 희생 — 을 기린 곳이다. 광장 북단에 11세기의 생 쇠랭 대성당(Basilique Saint-Seurin)이 있다.

• 퐁도데주 가(rue Fondaudège). 궁 동쪽의 대로로, 중세부터 있던 보르도의 중심도로 중 하나다(1.3km). 'Font d'Audège'의 응축된 표기로, 갸론 강의 한 작은 지류의 수원인 '오데이아 샘'에서 따왔다(Odeia, Audeyola, Audeya, Audeia, Audège의 변천을 겪었다).

• 아베 드 레페 가(rue l'Abbé-de-l'Épée). 궁 남쪽의 대로(600m)로, 프랑스 농아 교육의 선구자인 레페 신부(1712~1789)를 기린 길이다. 87

번지에 있던 구 국립농아학교는 제2차 세계대전으로 폐교, 이후 경찰서로 쓰이다가 2010년 사적지로 등재되었다. '보르도-그라디냥 청년 청각장애인 국립학교'(INJS)가 유지를 잇고 있다.

• 갈리앙 궁(palais Gallien). 2세기 초의 거대한 원형경기장으로, 현재 폐허만 남아 있다. 1840년 사적지로 지명되었다. 둘레(132x111m), 경기장 둘레(70x47m), 수용 인원(22,000석).

19 *Le Chasseur français*

1885년 창간한 전통의 사냥, 낚시, 집수리 전문 월간지. 제1차 세계대전으로 인한 남성 사망자의 급격한 증가로 1919년부터 '구혼 광고'가 게재되었고, 이로써 10만 건의 결혼이 성사되었다고 한다. 참고로, 2020년에는 월 약 20만부 발행(ACPM 통계. 1923년 설립된 신문잡지 ABC협회).

20 Barbezieux

보르도 북쪽 78킬로미터.

Charente, 코냑(Cognac)군, 코뮌, 면적 26.55km², 인구 4,714명 (2019).

• 1973년 두 개의 코뮌(Barbezieux, Saint-Hilaire)이 합병했다.

21 une épreuve

일례로 창세기 30:2 : "내가 하나님이라도 된단 말이오? 당신이 임신할 수 없게 하신 분이 하나님이신데, 나더러 어떻게 하라는 말이오?" (참조. 창세기 1:28, 20:17-18 ; 출애굽기 23:26 ; 신명기 7:14, 23:5 ; 말라기 3:11······).

22 *Sud-Ouest*

보르도 소재 일간지. 1944년 창간. 2010년 현재 프랑스 판매부수 2위의 지방지(1위 *Ouest-France*, 78만 부 ; 2위 *Sud-Ouest*, 22만 부).

II. 니스행 비행기에서

23 Cagnes-sur-Mer

니스 서쪽의 옆 코뮌. Alpes-Maritimes, 그라스(Grasse)군, 코뮌, 면적 17.95km², 인구 52,178명(2019).

24 Masséna

1812년 '니스 고등학교'로 개교, 1963년 '마세나 고등학교'로 개명된 니스의 명문 학교. 1970년까지 남자 고등학교였고, 이후 남녀 고등학교로 바뀌었다. 이름은 니스 출신의 나폴레옹 군사령관이었던 마세나(André Masséna, 1758~1817)를 기렸다. 주소 2 Av. Félix Faure.

25 jeux d'osselet

고대 희랍에서 기원한 놀이. 원래 양의 '작은 뼈'(osselet)로 만든 작고 특이한 조각들로 하는 놀이로, 주사위놀이의 기원이다. 우리의 '공기놀이'를 연상하면 된다.

26 origines

화자 자신(II, 20)과 사라진 여동생을 언급할 때(III, 2), 단 세 차례 쓰인 단어.

27 dans le bleu

작품의 처음과 마지막에(IV) 단 두 차례 쓰인 표현. '꿈속에서, 비현실 속에서, 불안함 속에서' 등을 고루 뜻한다. '파랑'은 작품의 키워드로, 곳곳에 나타난다.

28 Promenade

장장 7킬로미터에 달하는, 지중해를 따라 조성된 해변 산책로(넓이 11미터). 일명 '영국인 산책로'(Promenade des Anglais), 간단히 '프롬'(Prom')으로 불린다. 1820년 영국인 피한객들에 의해 처음 조성되었다. 산책로 아래쪽의 해변은 여러 공공 해변 외에 15개의 사설 해변이 있다(Bambou, Beau Rivage, Blue Beach, Castel, Florida, Galion, Hi

Beach, Lido, Miami Beach, Neptune, Opéra, Régence, Ruhl, Sporting, Voilier. 이들 중에는 같은 이름의 공공 해변과 사설 해변이 공존하는 곳도 있다).

29 **l'attentat**
2016년 7월 14일에 벌어진 니스 테러를 말한다. 국경일을 즐기기 위해 프롬나드에 모인 3만 여명의 시민들 사이로, 불꽃놀이가 끝난 후인 22시 40분~22시 50분 동안, 튀니지계 무슬림 남성이 흰색의 19톤 대형 트럭을 1.7킬로미터를 몰아 86명 사망, 458명 부상이라는 엄청난 참극이 벌어졌다.

30 **Sousse**
튀니지 동부의 항만도시. 페니키아 이래의 고도로, '사헬(Sahel, 동부지역)의 진주'로 불린다. 튀니지에서 세 번째로 큰 도시. 면적 45km², 인구 221,530명(2014).

31 **avenue de la Californie**
'프롬'과 평행을 이루는 약 2.4킬로미터의 대로.

32 **hôpital Lenval**
소아과-산부인과 전문의 랑발 공익재단병원. 2010년, 니스 대학병원과

MOU를 맺었고, '여성, 산모, 아동 전문센터'를 목표로 운영 중이다. 3
개의 대형 병동, 면적 30,000m², 연 15만 건 진료, 연 55,000건 응급치
료. 주소 57, avenue de la Californie.

• 병원의 기원은 1888년 브뤼셀과 니스에 거주했던 기업인이자 박애주
의자였던 폴란드인 레온 뢰벤슈타인(Leon Loewenstein)이 자신의 열
한 살 아들의 죽음 이후, 금화 15만 프랑을 기부, 병원 설립을 주도하면
서 시작되었다. 처음에 '랑발 구제원'으로 명명, 1888년 3월 22일 문을
열었다. 침상 2개로 시작, 진료는 자원봉사 의사들이, 간호는 생 뱅상
드 폴 수녀회 수녀들이 맡았다. 1893년, 대통령령에 의해 공익재단으로
인정되었다. (……) 1989~2008년 기존의 4개 병동을 대대적으로 재건
축했고(1개 동은 파괴), 1999년 '산타 마리아 종합병원'을 수용했다.

33   rue de France
'캘리포니아 대로'와 이어진다. '프롬'과 평행인 약 1.7km의 대로.

34   colline du château
• 항구와 옛 니스 사이에 있는 높이 90미터의 성 언덕은 넓은 공원이자
숲이다(193,000m²). 울창한 그늘과 다양한 조망으로 베 데 장주, 옛 니
스, 항구, 남부 알프스를 한눈에 볼 수 있다.
• 성은 11~18세기에 사용된 성채로, 1706년 루이 14세에 의해 파괴되
었다. 암벽 위에 구축되었고, 현재 공원, 정원, 묘지이다. 파노라마와 빼
어난 절경으로 일명 '태양의 요람'으로 불린다. 정오경 대포소리를 빗댄
'폭죽 소리'가 울린다.

35   rue Milton-Robbins
'프롬'과 직각을 이루는 짧은 골목(70여 미터).
• 미국인 엠마 밀튼 로빈스 부인은 전직 간호사로, 제1차 세계대전 당시
니스의 가난한 자들을 위해 거액을 기부했다. 1917년 니스의 명예시민
이 되었고, 훗날 전 재산을 기부했다. 이를 기려 옛 '테아트르 가'(rue du
Théâtre)를 개명, 그녀의 이름을 딴 길을 만들었다.

36 au petit bonheur la chance

직역하면 '작은 복에 운'. '요행, 우연'을 뜻하는 관용어다. 앞의 부사구는
19세기에 나타난 표현으로, '되는 대로, 닥치는 대로'를 뜻했고, 여기에
'운'(la chance)이 더해져 우연을 더욱 강조하는 뜻으로 굳어졌다.

37 Les Ponchettes

오페라 해변과 카스텔(Castel) 해변 사이의 넓은 공공 해변. 여름철에
붐비는 해변으로, 자갈해변과 비치발리용 모래해변이 섞여 있다.
'Ponchettes'는 니스 방언 'Pounchetta'(작은 곳)에서 온 말로, 우측의 라
우바 카페우(Rauba Capéu) 부두를 가리켰다. 원래 성을 둘러싼 성벽이
있던 곳으로, 1706년 루이 14세가 성을 파괴한 뒤, 육지(퐁셰트 가 rue
des Ponchettes)는 1731년, 해변은 1839년부터 개발되었다. 주소 70
Quai des États-Unis.

38 Place Garibaldi

옛 니스의 북쪽, 니스에서 가장 오래된(1773~) 상징적인 광장이다. 니
스에서 가장 아름다운 광장으로 꼽힌다. 이름은 이탈리아 통일의 영
웅(Giuseppe Garibaldi, 1807~1882, 니스 출생)에서 따왔다. 광장
에 토리노(Torino) 쪽을 바라보고 있는 그의 동상이 있다. 2007년
에 전차선이 설치되었다. 건축가 앙투안 스피넬리(Antoine Spinelli,

1726~1819), 직사각형, 길이 123m, 너비 92m, 면적 11,316m².

39 Saint-Sépulcre

생 세퓔크르 예배당(La chapelle du Saint-Sépulcre). 가리발디 광장 내 성당이다(건축가 스피넬리, 1782~1784년 건축). 지상은 아케이드, 상 단은 4층 건물. 주소 7 Place Garibaldi.

40 Westminster

19세기 중반에 세워진 세 건물을 합친 호텔로, 1878년 호텔업자 슈미 츠(Victoire Schmitz)가 구입, 건축가 카스텔(Louis Castel)에 의해 완 전 개축, 1881년 개장했다. 현재 4성 호텔, 연분홍빛 건물, 99개의 객실 과 스위트룸을 갖추고 있다. 주소 27 Prom. des Anglais.

41 tabouret

르네상스에 고안되고, 루이 14세의 베르사유 궁에서 중요한 역할을 한 전통의 의자로 오늘날까지 변주되어 애용되고 있다. 발이 서너 개에, 등 받이가 없다.

42 La Merenda

실재하는 식당. 주소 4, Rue Raoul Bosio.

43 panisse

프로방스 특산 요리. 병아리콩 가루로 만들어 튀기거나 오븐에 구워서 따로 혹은 샐러드와 함께 먹는 전식. 이탈리아 북서부 지방 리구리아 (Liguria)가 기원으로('*la panissa ligure*'), 프랑스에서는 니스와 마르세유 에서 사랑받고 있다. 아래 언급되는 '소카'와 같은 계열의 음식이다. '병 아리콩'은 주 163번 참조.

44 palais de justice

니스 지방법원. 옛 도미니크회 수도원 자리에 세워진 신고전주의풍 건 축물(1883~1885). 높이 16.94미터(5층). 주소 3 place du Palais de Justice.

45 goût de bonbon

무려 719년 프랑스 동부 플라비니 베네딕트 수도원에서 만들어지기 시작한 아니스 맛 사탕. 현재 'Anis de Flavigny' 회사가 옛 방식으로 생산, 전 세계에 판매 중이다. 아니스는 음식 재료로도 다양하게 쓰인다. 잎(잘게 다져서 향신료로), 씨앗(제과, 사탕, 팽 데피스, 당의정), 식물에 함유된 테르펜은 주류와 음료(anisette, rakı, ouzo, pastis, arak, pontarlier, absinthe) 제조에 쓰인다.

46 puits d'amour
'사랑의 우물' 프랑스 전통 페괴로, 속이 빈 중앙('우물')에 캬라멜이나 잼을 넣는다. 슈크림과 비슷.

47 Grand-Parc
1959~1975년에 걸쳐 완성된 보르도 북쪽의 대규모 공공임대주택단지. 전후 주택건설과 늪지개발의 일환이었다. 1959년, 4천 가구의 주택을 60만m²에 신축하는 것을 목표로 착공, 1975년 80만m²로 완성되었다. 주로 알제리의 재외거류민, 메리아데크(Meriadeck) 구민들이 거주하게 된다. 뒤에 이 주택단지를 거듭 상기한다(II, 33).

48 Tunis
면적 212.63km², 인구 638,845명(2014).

49 1830년부터 1962년까지 알제리는 프랑스령으로, 프랑스의 본토로 간주되었고, 영구 지배를 목적으로 유럽 출신 이민자 이주정책이 이루어졌다. 이들을 일컬어 '피에 누아르'(pied noir, 알제리 출신 프랑스인)라고 했다.

50 socca
크레프(crêpe)와 유사한 니스의 전통 길거리 음식. 병아리콩 가루와 올리브유로 빚어 장작 화로에서 노릇노릇 구워 먹는다. 고명으로, 구운 양파와 마늘, 잣과 파슬리를 얹는다. 향이 은은하다. 니스, 망통, 모나코에서 주로 먹는다.

51 le Vieux-Nice

화자가 있는 곳. '옛 니스'는 삼각형 모양으로, 동쪽으로는 '성 언덕', 남쪽으로는 해변과 '에타쥐니 대로', 서쪽으로는 '파이용 복개천' ─그 위에 마세나 광장과 니스 국립극장이 있다─, 북쪽으로는 '가리발디 광장'에 이른다. 생동하는 상업지역으로 낮에는 온갖 특산물가게(올리브, 향신료, 농산물, 꽃), 현대적인 상점들, 수많은 화랑들이 문을 열고, 저녁이면 사람들로 북적인다. 좁은 골목길마다 레스토랑, 펍, 클럽들이 산재해 있다. 시청, 법원, 니스 오페라극장이 소재한다.

52 quartier Tsarewitch

'피올 구'(le Piol)를 말한다. '사레비치'는 서구에서 러시아 왕위 승계자를 칭하는 용어로 잘못 굳어진 오기로, 정확한 표기는 '세사레비치'(tsésarévitch)다. 접미사 'évitch'를 붙여 '차르의 장남'을 일컬었다. 러시아 황족은 1860년부터 니스의 몇몇 구역, 특히 '피올'(Piol) 주택단지를 자신들의 겨울 휴양지로 삼았다. 드넓은 사저들이 들어섰고, 오렌지나무 20만 그루와 수많은 온실들이 즐비했다. 현재 제국공원, 러시아 대성당, 사레비치 기념비가 들어서 있다. 1865년 왕족의 후손이 그곳의 가장 화려하고 넓은 베르몽 사저를 구입, 빌라를 부순 뒤, 1867년 사레비치 묘를 보존한 예배당을 세웠다.

53 laurier-rose

직역하면 '월계수-장미'. '올렌더'(Oleander)로도 알려져 있다. 지중해 양안, 특히 북쪽 해안에 널리 퍼져 있는 꽃나무로, 가뭄과 가지치기에 강해서 집의 울타리나 공원이나 건물의 관목과 장식용으로 널리 쓰인다. 그러나 식물에 함유된 '올레알데린'(oléandrine) 성분은 치명적으로, 잎을 먹으면 구토, 복통 및 심장 순환정지로 사망에 이를 수 있다. 협죽도(夾竹桃)는 협죽도과에 속하는 넓은잎 늘푸른떨기나무로, 인도 원산이며, 한국에서는 제주도에 자생한다. 유도화(柳桃花)라고도 부른다.

54 les hauteurs de Cimiez

옛 니스 북동쪽의 부유한 주택단지와 그 언덕을 일컫는다. 주로 은퇴한 노인들이 사는 곳이었으나 최근 젊은 층이 대거 입주, 변모하였다(유치원, 사립학교, 중학교, 쇼핑센터). 또한 니스에서 의료기관이 가장 밀집한 곳이다(종합병원, 프랑스의 가장 유명한 클리닉의 하나인 생 조르주 클리닉, 수많은 일반의원들, 인근의 파스퇴르 대학병원).

55 l'Opéra

Opéra de Nice. 입구가 두 개다. 남문은 바다를 향해 에타쥐니 해변로를 바라보고 있고, 북문은 생 프랑수아 드 폴 가와 면한다. 1882년 재건축(건축가 프랑수아 온느 François Aune, 1814~1894), 1992년 사적지로 등재되었다. 합창단, 발레단, 필하모닉 오케스트라를 보유한 섬세한 오페라. 객석 1,083석.

56 santons

프로방스 지방 특산물. 점토를 빚어 다양하게 채색한 작은 인형들. 아기 예수 탄생의 인물들과 프로방스 주민들, 그들의 다양한 직업을 재현한다. 2021년 프랑스 무형문화재 등록.

57 l'église russe

'생 니콜라 정교회 대성당'(cathédrale orthodoxe Saint-Nicolas). 러시아 밖에서 가장 큰 정교회 성당 중 하나다. 1903~1912년 건축, 1987년 사적지로 등재되었다.

58 Madagascar

61년 동안 프랑스 식민지였다(1897~1958). 프랑스와 비슷한 크기의 거대한 섬이다. 면적 587,041km²(남북 1,580km, 동서 580km), 인구 26,955,737명(2020), 언어는 말라가시어(malagache)와 불어.

• 왕국(1817~1897), 프랑스 식민지(1897~1958), 독립(1960년 6월 26일), 말라가시 공화국(1958~1975), 말라가시 민주공화국(1975~1992), 마다가스카르 공화국(1992~2010).

59 pans-bagnats

둥근 빵에 니스 샐러드―안초비, 야채, 검정 올리브, 올리브유―를 넣은 니스의 전통 샌드위치.

60 creux douillet

'포근한'(douillet) '움푹 들어간 구멍'(creux)이라는 뜻.

61 places italiennes

니스는 1860년 제2차 이탈리아 독립전쟁 중 프랑스에 합병되었다. 1388년부터 1860년까지 니스는 피에몬테 사르데냐 왕국 산하 니스 백작령(Comté de Nice, 이탈리아어 Contea di Nizza)의 수도였고, 도시는 토리노의 건축가들에 의해 설계되었다. 니스의 간선도로와 주요 광장들(가리발디, 마세나)이 그 산물이다.

62 Sapone

Antonio Sapone(1940~2017).

63 Chirico

조르조 데 키리코(Giorgio De Chirico, 1888~1978). 이탈리아 화가, 조각가, 작가. 형이상학파를 대표하는 화가.

64 *Énigme d'un après-midi d'automne*

원제 *L'enigma di un pomeriggio d'autunno*(캔버스에 유화, 60x40cm, 1910). '이탈리아 광장 시리즈' 중 하나로, 그의 첫 형이상학 광장 작품이다. 1910년 피렌체의 산타 크로체 광장(Piazza Santa Croce)에서 영감을 받아 그렸고, 1911~1915년 파리 거주 당시, 1912년 살롱에서 전시되었다(Salon d'Automne).

65   parc Albert-Ier

Jardin Albert-Ier. 마세나 광장 좌측의 드넓은 공원(면적 3만m². 주소 2-16 Avenue de Verdun). 니스의 가장 오래된 공원 중 하나(1852)로, 이름은 변천을 겪었고(낙원 공원, 식물원, 마세나 공원, 종려나무 공원), 1914년, 독일의 최후통첩에 용감하게 항거한 벨기에 국왕 알베르 1세를 기렸다. 참고로, 1851년 작성된, 공원에 심어야 할 수종 목록은 다음과 같다 : 마로니에 70그루, 느릅나무 60그루, 피나무 40그루, 아카시아 30그루, 유대 나무 30그루, 미모사 24그루, 콘스탄티노플 뽕나무 16그루, 캐롭나무 14그루, 물푸레나무 14그루, 우산 소나무 12그루, 플라타너스 10그루, 벚나무 5그루, 털가시나무 5그루, 단풍나무 5그루.

66   Nice-gare

Gare de Nice-Ville. 1864년 개통. 이용객 9,517,119명(2019). 주소 Avenue Thiers.

67   Sainte-Réparate

Cathédrale Sainte-Réparate de Nice. 1650~1699년 건축된 니스 교구의 본당 성당이다. 건축가 Jean-André Guibert(1609~1684), Marc-

Antoine Grigho. 바로크 양식. 주소 10 Rue Colonna d'Istria.

• '성녀 레파라트'(235~250)는 동정녀 순교자로, 피렌체와 니스의 수호성인이다. 성녀는 로마 황제 데키우스(Decius)의 박해 당시 산 채로 화형에 처해졌으나 폭우로 목숨을 건졌고, 이후 뜨거운 송진을 마시게 했으나 죽지 않았다. 끝내 참수되었고, 시신을 배에 실어 지중해를 떠돌게 했다. 배가 니스 해안에 닿았고, 천사들에 의해 해변으로 이끌어졌다고 한다. 그녀의 유해는 한 예배당에 묻혔다가, 1690년 대성당으로 안치되었다.

68   Fenocchio

실제로는 화자의 출생 이후인 1966년 개업한, 옛 니스의 유명 아이스크림 가게. 100여 가지에 이르는 다양한 향의 아이스크림과 소르베를 판매한다(타임, 로즈마리, 제비꽃, 장미, 라벤더 등). 주소 2 Pl. Rossetti.

69   bus à nez court

유명한 '돼지코'(nez de cochon) 버스로 짐작된다. 쇼송(Chausson) 사의 1952년 모델로, 전방에 엔진을 장착, 둥그렇게 튀어나온 대형 그릴후드 때문에 붙여진 이름이다. 출시 후 대성공을 거두었다(길이 10미터, 45개의 좌석, 10개의 보조의자).

70   Ascros

니스 북쪽 60여 킬로미터, 해발 600~1,449미터의 고지대 마을. 뒤에 화자가 말한다. "나는 흰 개의 암벽 정상에 있는 마을을 상상하지 못했다"(II, 16).

Alpes-Maritimes, 니스 군, 코뮌, 면적 17.74km², 인구 175명(2019).

71 Dalida

Iolanda Gigliotti(1933~1987). 이집트 출신 이탈리아-프랑스 가수, 배우.

72 coulée verte

'프롬'에서부터 국립극장까지 이어지는 1.2킬로미터의 녹지대. 조경사 미셸 페나(Michel Péna, 1955~)의 작품.

73 1960년 드골에 의해 '신프랑'(nouveau franc, 옥은 '드골 프랑')으로 바뀌어 기존의 100프랑이 1신프랑이 되었다.

74 보르도 외곽도로(12킬로미터)로 빠지는 11개의 '장벽'(barrière)의 이름. 1853~1902년 시가 땅 소유주들로부터 토지를 수용하면서 만든 경계선의 이름이 아직도 남았다. 메도크 문(Barrière du Médoc), 유대의 문(Judaïque), 오르나노 문(Ornano), 페사크 문(Pessac), 생 주네스 문(Saint Genès), 생 토귀스탱 문(Saint-Augustin) 등.

75 marché couvert de la Buffa

강베타 구의 중심에 있는 건물형 시장. 1925년 개장, 1980년대 성시를 이룬 시장이었다(95개 점포). 2000년 니스 시가 건물을 매입, 경찰서, 유치원, 우체국을 건립하려 하면서 침체했다. 계획은 무산되었고, 2008년 니스 시가 건물을 매각, 현재까지 소유주가 수차 바뀌면서 법정 공방이 이어지고 있다. 주소 54bis Rue de la Buffa.

76 palais Lascaris

현재 악기박물관. 1648년 말트 교단의 57대 수장 장 바티스트 라스카리스(Jean-Baptiste Lascaris)가 세운 궁으로, 혁명 때까지 이 가문의 저택이었으나 이후 은행가들에 의해 매입, 여러 변천을 겪었다. 1942년 니스 시가 매입, 복원했고(1963~1970), 1945년 사적지로 등재되었다. 2001년 니스 시가 소장한 옛 악기들을 마세나 박물관에서 이곳으로 이전했고, 2011년 악기박물관을 개장했다. 주소 15 rue Droite.

77 **le cours enseveli du Paillon**

니스의 주요 수원인 파이용 강(길이 35.8킬로미터)은 1868년부터 조금씩 복개가 되었고, 1972년 복개가 마무리되었다.

78 **le Blue Beach**

'넵튠 해변'과 '스포르팅 해변' 사이의 공공 및 사설 해변. 주소 32 Prom. des Anglais.

79 **la plage du Sporting**

'블루 비치' 우측의 사설 해변. 주소 25 Prom. des Anglais.

80 **le Centre universitaire**

Centre universitaire méditerranéen(CUM). 1933년 세워진 니스 문화 센터. 강연회, 연주회, 학회, 좌담회, 전시회, 아동 및 청소년을 위한 공연 등이 열리는 곳이다. 주소 65 Prom. des Anglais.

81 **la plage Poincaré**

자갈 해변. 주소 90 Prom. des Anglais.

82 1952년 칸뉴에 '코트 다쥐르 경마장'이 임시 개장되었고, 8년 후인 1960년 공식 개장되었다. 현재 프랑스의 주요 경마장 중 하나다. 면적 600,000m², 수용인원 11,300명, 관중석 6,000석.

83 **ruelle de la Boucherie**

니스에서 가장 오래된 골목길의 하나로, 과거 자물쇠공과 철세공업자들이 모여 있었던 곳이다. 이름('푸줏간 골목')은 18세기에 이 골목 9번지에 니스의 유일한 공식 푸줏간이 있었기 때문에 붙여졌다.

84 **les petites robes de Courrèges**

앙드레 쿠레쥬(André Courrèges, 1923~2016)의 하얀 미니스커트 드레스. 1960년대 미니스커트와 여성용 바지를 대대적으로 홍보한 디자이너로, 기능적이고 건축적인 패션으로 한 시대를 상징했고, 미래 지향적인 패션으로 세계직인 영향력을 미쳤다.

85 **avenue des États-Unis**

Quai des États-Unis('미국 해변로'). '프롬'과 평행을 이루는 대로(길이 800미터, 넓이 14.5미터). '프롬'보다 90년 앞서 1730년부터 조금씩 만들어졌다. 새 이름은 1917년 미국이 연합군에 참전한 것을 기렸다.

86 pralinés, orangettes, guinettes

프랄리네(다양한 형태의 초콜릿), 오랑제트(오렌지 껍질에 입힌 초콜릿), 기네트(체리에 입힌 초콜릿).

87 cours Saleya

18세기 초부터 형성된, 옛 니스 구역의 노천 재래시장. 니스를 상징하는 시장이다. 길이 250미터.

88 curaçao

\ky.ʁa.so\. 서인도 제도의 네덜란드령 퀴라소 섬에서 나는 쓴맛의 라라하(laraha) 귤껍질로 만든 술(도수 20~40°). 오렌지 향이 나며, 칵테일 재료로 많이 쓰인다. 원래 색깔이 없지만 주로 파란색 인공 착색료를 가미한다.

89 mont Boron

해발 191미터 언덕의 고급 주거지역(면적 570m²). 뛰어난 전망, 녹지, 화려한 건축물들이 즐비한 곳이다.

90 cattleyas

중남미가 원산지인, 크고 화려한 꽃이 피는 난초로, '모든 꽃의 여왕'으로 불린다. 흰색, 붉은색, 분홍색, 황색 등 다양하다.

91 berlingots

'카르팡트라의 베르랭고'(Le berlingot de Carpentras)로 알려진 전통

의 사탕. 설탕절임 과일 시럽을 기본으로, 피라미드 모양의 다양한 색상에, 하얀 줄들이 그어져 있다. 1844년 카르팡트라의 프랑수아(François Pascal Long)가 발명, 이후 세계적으로 유명해졌다.

92 comme un p'tit coquelicot, mon coeur

마르셀 물루지, 「작은 개양귀비처럼」의 일부. 아래는 전문.

• Marcel Mouloudji(1922~1994), *Comme un p'tit coquelicot*(1965, 3분 28초. 작사 Raymond Asso).

"물망초 그리고 장미 / 뭔가를 뜻하는 꽃들이지 / 그러나 개양귀비를 사랑하려면 / 그리고 그것만을 사랑하려면, 바보가 되어야 해 // 네 말이 맞겠지, 그래 그런데 봐 / 내 말을 들으면 너도 이해할 거야 / 내가 처음 그녀를 봤을 때 / 그녀는 반라로 자고 있었어 / 여름 햇살 아래 / 밀밭 한가운데에서 // 그리고 흰 블라우스 위 / 그녀의 심장이 뛰는 그곳에 / 태양은 얌전히 / 꽃 한 송이를 피웠어 // 내 사랑, 작은 개양귀비처럼 / 작은 개양귀비처럼 // 정말 신기해 너의 빛나는 두 눈 / 예쁜 여자가 기억나 / 눈이 어찌나 밝게 빛나는지 조금 지나쳐 / 개양귀비를 설명하기에는 // 네 말이 맞겠지, 그것뿐이야 / 내가 그녀를 품안에 안았을 때 / 그녀는 내게 그녀의 멋진 미소를 주었어 / 그리고 그다음 우린 서로 아무 말도 않고 / 여름 햇살 속에서 / 우리는 사랑했어, 우리는 사랑했어 // 그리고 난 너무 눌렀어 / 내 입술을 그녀의 심장에 / 키스를 하는 그 자리에 / 꽃 한 송이가 있었어 // 내 사랑 작은 개양귀비처럼 / 작은 개양귀비처럼 // 그저 한 모험담일 뿐이야 / 네 이야기는 그리고 내가 장담컨대 / 그녀는 흐느낌을 받을 자격도 / 개양귀비의 그 열정에도 안 어울려 // 끝까지 들어봐, 이해할 거야 / 다른 애가 그녀를 사랑했고, 그녀는 그를 사랑하지 않았어 / 그리고 다음 날 내가 그녀를 다시 보았을 때 / 그녀는 반라로 자고 있었어 / 여름 햇살 속에서 / 밀밭 한가운데에서 // 그런데 흰 블라우스 아래 / 그녀의 심장이 뛰었던 그곳에 / 핏방울 세 개가 있었어 / 꽃 한 송이 같았어 // 내 사랑 작은 개양귀비처럼 / 아주 작은 개양귀비 한 송이."

93 la prison du toi et moi

물루지, 「내 머릿속 섬들의 새」의 일부. 아래는 전문.

• *Oiseau des îles de ma tête*(1974, 2분 40초).

"내 기억만으로도 충분하지 / 저 멀리서 들리는 너의 웃음 너의 목소리 / 멧비둘기처럼 구구 했던 / 네 생각만 떠올리면 / 내 머릿속 섬들의 새 / 넌 크게 외치고 넌 지배하지 / 나를 따분하게 하는 이 창살들 사이에서 / 너와 나의 감옥 속에서 // 너의 입초 나의 산호 나의 섬 / 남쪽 바다들의 내 파란 잉크 / 네 가슴에서 소사나무 내음이 나 / 난 네 달빛 피부에 나를 비춰 / 너의 검고 빛나는 당당한 피부 / 별 가득한 창공의 피부 / 돈만큼 귀한 네 피부 / 내게 행운을 안겨주는 피부 // 길에서 나는 가끔 마주쳐 / 너와 비슷한 한 여인을 / 그 묵직한 순간 동안 / 난 너에 대한 사랑에 빠져 / 너 너 그리고 너의 부드러운 얼굴 / 반은 순진한 반은 비웃는 너의 모습 / 금발과 검정의 술이 달린 네 머리칼 / 천 마리 벌들이 내 가슴을 애무해 // 클리시 광장의 나의 여왕 / 콜렝쿠르 가의 클레오파트라 / 내 마지막 사랑이 되어줄래 / 내 마지막 권태가 되어줄래 / 오 네 스무 살 때의 추억 / 내 손가락 사이로 빠져나간 그때 / 난 삶의 달콤한 모래시계 속으로 / 달아나는 시간을 재고 있어."

94 *Chapeau melon et bottes de cuir*, Emma Peel

영국 TV 드라마 「디 어벤져스 *The Avengers*」(1961~1969년 방영)의 프랑스 제목. 엠마 필(1946~)은 여주인공으로(1965~1967년, 51회 출연), 1960년대 패션 아이콘이자 섹스 심벌이었다.

95 giroflée

니스의 벽꽃은 특히 강렬한 색으로 유명하다. 지중해 분지가 원산지로, 하양, 노랑, 주홍, 적갈색 꽃이 피며, 향이 강하고, 4월에서 10월까지 여기저기서 잘 자란다.

96 pigeon vole

사물이나 동물에 '난다 vole'를 붙이는 게임('벌이 난다, 바나나가 난다, 물고기가 난다' ……). 옆 사람은 그 문장이 맞으면 손을 들고, 틀린 말에 손을 들면 게임에서 빠진다. 끝까지 남은 사람이 승자.

97 pointus

프로방스 지역을 상징하는, 뾰족한 선체의 전통적인 작은 바다 낚싯배. 노, 돛, 모터로 구동한다. 이 배의 기원은 선사시대까지 거슬러 올라간다고 한다.

98 Saint-Roch

Hôpital Saint-Roch. 병원 입구의 정원과 내부 홀의 종려나무들이 일품이다. 알프 마리팀 도 내 8개의 니스 대학병원 중 하나로, 현재 치과 및 결핵 전문병원이다. 1538년, 교황 바울 3세의 지시로 종합병원의 형태로 구현된 유수의 병원으로, 당시 이름은 생 텔루아(Saint-Éloi)였다. 이후 수차 변천을 거쳤고, 2019년 니스 시가 니스 대학병원 측으로부터 건물을 구입, 이후 경찰서로 변경될 예정이다. 주소 5, rue Pierre Dévoluy.

99 ça

'이것, 저것, 그것'을 뜻하는 지시대명사로, 드물게 사람을 지칭할 때는 허물없는 사이거나, 반대로 심한 경멸을 뜻한다. 뒤에 할머니의 입으로 직접 언급된다(III, 13). 모셰를 언급할 때도 쓰인다.

100 faux ami

'가짜 동족어'. 다른 언어와 형태나 소리는 비슷하지만 의미는 다른 단어 쌍을 말한다. 일례로 'fast'(영어 '빠른', 독일어 '거의'), 'cave'(불어 '지하실', 영어 '동굴'), 'apology'(영어 '사과', 불어 '변호') …….

101 la plage de l'Opéra

퐁셰트 해변 좌측의 공공 해변. 주소 30, Quai des Etats-Unis.

102 Nieul-sur-Mer

라 로셸 군, 코뮌. 면적 10.96km², 인구 5,859명(2019).

103 Charente Maritime

프랑스 남서부 도, 5개 군, 도청 소재지(라 로셸), 면적 6,864km², 인구 651,358명(2019).

104 livret de famille

'가족 장부.' 프랑스에서 결혼, 첫 출산, 첫 입양 때 자동으로 발급되는 공식 장부. 각각 혼인증명서 초본, 부모의 출생증명서 초본, 자녀의 출생증명서 초본이 들어간다. 1871년 5월, 파리코뮌으로 파리의 호적부 전체가 파괴된 후, 1877년부터 발급되었다. 현재 여권과 비슷한 모양에, 지역마다 표지색이 상이하다.

105 Saint-Bruno

보르도의 한 초등학교. 개교 1965년, 재학생 212명(2021). 주소 Place du XI Novembre.

106 Gujan-Mestras

보르도에서 남서쪽으로 60여 킬로미터 떨어진 코뮌.

Gironde, 아르카숑(Arcachon) 군, 코뮌, 면적 53.99km², 인구 21,887 명(2019).

107 arcades de La Rochelle

라 로셸의 도시화에서 가장 중요한 역할을 한 건축양식으로, 건축물들 아래로 끝없이 이어지는 회랑이다. 연혁이 400년이 넘는다.

108 avenue Jean-Médecin

1864년 개통한 니스의 남북을 잇는 중심대로(1킬로미터). 여러 이름으로 불리다가 1966년, 32년간 니스 시장(1928~1943, 1947~1965)을 역임한 장 메드생(1890~1965)을 기렸다. 2003~2007년, 대대적인 공사로 전찻길(Tramway 1번)을 신설했고, 2008년부터 전찻길을 제외하고 전면 인도로 전환되었다.

109 place Masséna

장 메드생 대로가 시작되는 남쪽 광장. 니스의 '보석'으로 불린다. 토리노의 비토리오 베네토(Vittorio Veneto) 광장을 모방, 나폴레옹 군사령

관이었던 마세나(André Masséna, 1758~1817)를 기려 1820년대에
착공했다. 현재 파이용 강이 복개되면서 새로운 모습을 띄었다.

110 Ruhl

L'hôtel Ruhl. 20세기 초엽에 건축된 수많은 신고전주의 양식의 고급호
텔들 중 하나. '프롬'을 마주보고, 알베르 1세 공원 옆이라는 니스 최고
의 명소에 1913년 지어졌다. 그러나 2차 세계대전과 독일 점령으로 훼
손되고 파산에 이르러 1970년 철거되었다. 같은 자리에 메리디앙 호텔
이 새로 지어졌다.

111 Negresco

L'hôtel Négresco. 니스와 코트 다쥐르에서 가장 유명한 특급호텔. 온몸
이 흰색에 지붕은 분홍으로, 일명 '벨 에포크풍 케이크'로 불린다.

112 Jean Gilletta

니스 출신 사진가(1856~1933). 1897년 엽서 회사를 차렸다.

113 gigantesque baleine en bois

2006년 파이용 강 산책로에 설치된 길이 30미터의 나무 고래. 아이
들을 위한 나무 놀이기구의 하나로, 이외에도 다양한 것들이 있다. 부
모 동반 하에 놀 수 있고, 기구별 연령제한이 있다. 1~3세(거북이, 파
도), 3~6세(돌고래, 고래 꼬리 그네), 3~12세(시소, 대형그네), 6~12
세(고래). 나무 놀이기구 업체인 다비드 스텐펠드 공방(Atelier David
Steinfeld)의 작품이다.

114 Marlène Jobert

1960~1970년대를 주름잡았던 프랑스 여배우. 아동문학 작가(1940~).

115 Maurice, La Réunion

마다가스카르 우측의 모리스 섬과 레위니옹 섬.

• 모리스 섬은 프랑스와 영국의 식민지였다(1715~1810년, 프랑스 섬
L'Isle de France ; 1814~1968년, 모리셔스Mauritius). 면적 1,865km²,
인구 1,222,340명(2019).

• 레위니옹 섬은 프랑스령. 면적 2,512km², 인구 861,210명(2019).

116 **baie des Anges**

'천사들의 만'. 니스 앞바다를 말한다. '프롬'에서부터 서쪽 앙티브 곶까지 30여 킬로미터에 이르는 지중해 만.

117 **le port Lympia**

니스 항. 이름은 18세기 중반 항구 공사를 위해 물을 끌어온 습지대의 작은 호수의 수원에서 따왔다. 길이 717m, 항구 75,000m², 수면 127,500m².

118 「스겡 씨의 염소」(*La Chèvre de monsieur Seguin*)는 알퐁스 도데의 단편집 『방앗간 이야기』(1869)의 한 작품. 스겡 씨의 극진한 보호에도 불구하고 자유를 그리워하는 염소 블랑케트(Blanquette)가 산으로 달아나 밤새 늑대와 싸우다 새벽에 잡아먹힌다는 내용이다.

119 **ces murs en pierre sèche**

접착제(진흙, 회반죽, 시멘트, 콘크리트) 없이 돌의 마찰력만으로 쌓은 돌담. 곧 언급될 '레스탕크 옹벽'을 말한다.

120 **Rabat**

모로코의 수도. 면적 118.5km², 인구 645,500명(2021).

121 **restanques**

가파른 곳에서 작물을 재배할 수 있게 만든 프로방스 지방의 마른 석조 옹벽.

122 **caïpirinha**

브라질 농부들이 만든 칵테일에서 기원한 것으로, 포르투갈어로 '촌놈'을 뜻한다. 재료는 사탕수수 술(카샤사cachaça), 백설탕, 라임.

123 *Nice-Matin*

니스 소재 일간지. 1945년 창간. 판매부수 67,367부(2019).

124 **Hôpital Pellegrin**

1867년 설립된 보르도 대학병원(CHU) 소속 종합병원. 1970년대에 대대적으로 신축했고, 1992년 소아과 병동, 2008년 외과전문 병동이 신설되었다. 현재 프랑스 최고의 병원 중 하나다. 면적 270,000m², 침상 1,265개, 총 직원 수 7,000명(1,883명/1일).

125 **le champignon de la Dauphine**

르노 도핀의 액셀 페달을 말한다.

• '도핀'은 1956~1967년 생산, 1957~1961년 프랑스에서 가장 많이 팔린 차종이다(30마력, 630kg, 최고속도 115km/h, 길이 3,945mm, 폭 1,520mm, 높이 1,400mm).

• '버섯'은 액셀 페달이다. 1920년대 액셀 페달은 오늘날과 같은 사각형이 아니라 고무나 금속으로 된 반원형이나 모자 같은 형태로 솟아 있었다. 그 모습이 땅에서 솟은 '버섯'을 연상시켜 이런 별명이 붙었고, 이후 '버섯에 발을 올리다, 버섯을 짓밟다' 등의 표현은 브레이크 모양이 변한 뒤에도 계속 쓰였다.

126 **Françoise Dorléac**

프랑스 여배우(1942~1967). 카트린 드뇌브의 언니.

127 **Tivoli**

1752년 개교한 예수회 소속 사학재단 'Saint-Joseph-de-Tivoli'의 약칭. 1931년 고등학교 개교. 현재 유치원부터 중고교 과정까지 있는 사학재단이다. 재학생 2천 명, 주소 40 Avenue d'Eysines(코데랑 구).

128 on a du sang bleu

'우린 귀족이야'라는 뜻. 파란색은 오랫동안 프랑스 왕족을 상징하는 색
이었다. 원래 스페인어의 'sangre azul'(파란 피)을 모방한 표현으로, 카
스틸랴의 귀족들이 자신들의 가문이 이민족(유대, 무어)과 무관한 것을
자랑스럽게 여긴 것에서 기인한다.

129 hachis parmentier

감자 퓌레와 다진 소고기를 기본으로 한 그라탱. 'hachis'는 재료들을 다
지거나 갈아 넣었다는 뜻이고, 'parmentier'는 18세기 약제사 '앙투안
파르망티에'(Antoine Parmentier, 1737~1813)의 성에서 따왔다. 프랑
스에 감자를 대중화시킨 인물이다.

130 Capucins

보르드에서 가장 큰 시장인 '카퓌생 시장'(marché des Capucins)의 약
칭이다. 이름 'Capucins'은 'capuce를 걸친 사람들'이라는 뜻으로, 프
란체스코 교단의 일원인, 1525년 이탈리아 중부 스폴레토(Spoleto)
에서 창단한 한 탁발교단이 입은 그들의 밤색 승복의 머리에 달린, '후
드'(capuchon)와 유사한, '뾰족 후드'(capuce)에서 유래했다. 1749년,
보르도에 그들의 이름을 딴 시장이 일주일에 한 번 열렸고, 혁명 중
인 1797년부터 일주일에 한 번, 이후 매일 가축시장이 열리게 되었다.
1857년부터 모든 식료품을 취급했고, 가축시장 주변에 다양한 장인들
이 자리를 잡으면서 그들이 대대로 가업을 잇게 되었다. 19세기 말부터
'보르도의 배'(Le Ventre de Bordeaux)라는 별칭을 얻었다. 이후 수차
대대적인 유통 혁신을 거쳤고, 작품에 언급된 1960년에 대형 소매상들
이 진출했다. 1999년에 새롭게 리모델링했다.

131 '보르도식 칠성장어'(lamproies à la bordelaise)는 아키텐 지방의 특식
으로, 수세기의 역사를 지닌다. 산 장어를 토막 내어 적포도주와 향신료
(파슬리, 타임, 월계수, 셀러리)와 함께 약한 불에 오래 익히면 특유의

별미를 느낄 수 있다고 한다. 감자를 곁들이기도 한다.

132 **Bourges**

프랑스 중부, 셰르(Cher), 도청소재지, 면적 68.74km², 인구 64,541명 (2019).

133 **Marie Brizard**

1755년 출시된 보르도산 리쾨르. 처음에는 '아니제트'(anisette, 푸른 아니스 및 기타 식물들이 배합된 리쾨르, 도수는 20~25°)를 기본으로 했으나, 현재 80여 종의 리쾨르와 엑기스, 30여 종의 시럽을 생산한다.

134 **Gabès**

남부 튀니지의 대도시로 오아시스와 항구로 유명하다. 면적 7,175km², 인구 130,984명(2014).

135 **bébé Cadum**

로레알 사의 아기용 비누제품(1907~). 물티슈, 클렌징 워터, 클렌징 밀크 등 다양.

136 **le Régent**

1893년 개장한, 강베타 광장의 전설의 카페식당(brasserie). 뒤에 다시 언급된다(III, 13). 주소 46 place Gambetta, Bordeaux.

137 **le *fassi* du Maroc**

'엘 파시'는 페스(Fès)에 사는 사람을 뜻하는 모로코의 성(姓)이다. 모로코에서 가장 큰 가문이다.

138 ***Nissa la bella***

'아름다운 니스'. 니스를 대표하는 아름답고 서정적인 노래. 1903년 니스 시인 롱델리(Menica Rondelly, 1854~1935)가 발표한 시 ─「내 아름다운 니스에게 *A la mieu bella Nissa*」─로, 1906년 위 제목으로 바뀌었고, 이후 니스를 대표하는 노래가 되었다. 니스 프로축구단(OGC Nice, 1904년 창단)에서 불러 널리 유명해졌다. 원문은 니스 방언. 아래는 가사 전문. 동영상을 권한다.

• "만세, 만만세 아름다운 니스여 // (1절) 오 내 아름다운 니스, / 모든 꽃들의 여왕, / 너의 오래된 기와들 / 난 언제나 노래하리. / 난 산을 노래하고, / 너의 그 찬란한 풍광을, / 너의 푸른 들판을, / 너의 커다란 금빛 태양을 노래하리. // (후렴) 난 언제나 노래하리 / 너의 정자 아래서 / 너의 쪽빛 바다를, / 너의 맑은 하늘을, / 그리고 난 언제나 외치리 / 늘 똑같은 소리를 / 만세, 만만세 아름다운 니스여! // (2절) 난 챙 넓은 모자를 노래하네 / 장미와 라일락을, / 항구와 바닷물을, / 파이용 강과 마스코이나 길을! / 난 다락방을 노래하네 / 모든 노래와 / 코바늘과 실패와, / 내 아름다운 나농(Nanon)이 태어난 그곳을 // (3절) 난 우리의 영광을 노래하네, / 오래된 멋진 기름등잔을, / 망루의 승리를, / 너의 봄내음을! / 난 오래된 신카이유(Sincaïre) 보루를 노래하네, / 너의 하얀 깃발을, / 그리고 엄마의 요람을, / 세상 가장 아름다운 그것을 노래하네."

139 Menton

니스에서 동쪽으로 30여 킬로미터 떨어진, 이탈리아와 경계를 이루는 코뮌. 코트 다쥐르의 유명 휴양지로, '레몬 축제'(일명 '망통 사육제')는 매년 겨울이 끝나는 2월에 열린다. 무형문화재로 등재되었다(2019).
Alpes-Maritimes, 코뮌, 면적 17km², 인구 30,525명(2019).

140 couscous

찐 밀에 고기와 야채 등을 곁들인 북아프리카 요리. 주식이자 일상 음식이다.

141 Tozeur

튀니스 남서쪽 약 435킬로미터. 거대한 야자수 숲(10km², 20만 그루)과 아름다운 오아시스, 14세기의 모습을 간직한 구시가지가 있는 매혹적인 도시이다.

142 Gafsa

튀니스 남서쪽 270킬로미터, 해발 405미터의 구릉 도시.

143 **une motte de henné**

머리 염색이나 일시적 문신에 쓰는 염료로, 헤나 나무(henné) 잎에서
추출한다.

144 **"doigt de lumière"**

아랍어 'Deglet Nour'. 대추열매의 일종이다. 빛에 비추면 속이 보일 정
도로 투명하고, 긴 형태 때문에 생긴 별명이다. 과육은 부드럽고, 씨앗
은 작다. 알제리의 남부 사하라와 튀니지에서 주로 재배된다.

145 **Grand Siècle**

절대왕정의 군사와 문화로 유럽 최강국의 지위를 구가한 17세기 후반
루이 14세 치하의 프랑스를 일컫는 표현.

146 **Studio de la Victorine**

니스에 소재했던 영화제작소. 1919년, 할리우드식 세트영화 제작
을 위해 제작자 날파(Louis Nalpas, 1884~1948)와 상드베르(Serge
Sandberg, 1879~1981)의 주도로 세워졌다. 제2차 세계대전 중 니스가
자유구역에 포함된 덕에 수많은 기술자들과 배우들이 이곳에서 작업
했다. 현재 니스 시 소유. 주소 16 avenue Édouard Grinda.

147 **Villefranche**

Villefranche-sur-Mer. 니스 동쪽에 있는 이웃 코뮌.

Alpes-Maritimes, 니스 군, 코뮌, 면적 4.88km², 인구 5,033명(2019).

148 **le Verdon, Lacanau, Le Porge, Arcachon, Soulac**

두 살에서 여섯 살까지, 아들과 얼마나 많은 여행의 추억을 쌓았는지를
보여주는 지명들. 인구는 2019년.

• Le Verdon-sur-Mer. 보르도 북쪽 100킬로미터, 지롱드 강이 대서양으
로 빠져나가는 메도크 반도의 끝, 6개의 해변이 있는 유명한 해수욕장
마을. 면적 17.09km², 인구 1,326명.

• Lacanau. 보르도 서쪽 50킬로미터의 해수욕장 마을. 면적 214.02km²,
인구 5,070명.

• Le Porge. 보르도 서쪽 50킬로미터, 라카노 남쪽 17킬로미터, 대서양 변의 '그레시에 해변'(plage du Gressier)이 유명. 면적 149.03km², 인구 3,294명.

• Arcachon. 보르도 남서쪽 65킬로미터, 대서양변의 대형 해수욕장들—Royan, Biarritz, Les Sables-d'Olonne, La Baule—중 한 곳. 면적 7.56km², 인구 11,630명.

• Soulac-sur-Mer. 르 베르동 근교의(남서쪽 7km) 유명 해수욕장 마을. 여름철 인구는 평소의 11배로 늘어난다고 한다. 면적 28.89km², 인구 2,825명.

149 Davy Crockett

미국의 대중적인 영웅으로, 군인, 사냥꾼, 정치가였다(1786~1836). 그의 유명한 여우꼬리 모자.

150 cours du Chapeau-Rouge

보르도에서 가장 화려하고 아름다운 대로로, 웅장한 저택들이 늘어서 있다. 길이 280미터.

151 Caudéran

1965년, 보르도의 한 구로 편입되었다. 보르도의 가장 '핫'한 교외였다. 인구 28,715명(1962).

152 les chaises bleues

파랑 의자는 니스와 칸(Cannes) 해변의 명물이다.

153 stockfish

천연 건조한 생선살(대구류, 명태류). 독일어 'Stockfisch'(Stock 막대기, Fisch 생선)에서 온 말이다. 여러 조리법이 있고, 니스는 '에스토카픽'이 유명하다고 한다(estocafic à la nissarda. 대구, 감자, 후추, 올리브유, 올리브, 마늘, 양파, 각종 허브로 조리).

154 musée Chagall

마르크 샤갈 박물관(Le musée Marc-Chagall). 화가의 생존 중인 1973

년 건립되었다. 일명 '마르크 샤갈의 성경 말씀 국립박물관'으로 그의 17폭의 성경화가 소장되어 있다(창세기, 출애굽기, 아가). 1966년 프랑스 정부에 기증되었다.

155 Shoah

히브리어로 '참극'을 뜻한다. 나치 독일이 제2차 세계대전 당시 행한 유대인 학살을 일컫는 것으로, '홀로코스트', '유대인 말살' 등 여러 표현이 있다.

156 *kaddish*

유대교에서 신의 영광과 찬양을 주제로 하는 기도.

157 le mellah de Fès

'멜라'는 모로코에서 유대인들이 살았던 동네를 일컫는다. 높은 벽을 쌓아 무슬림들과 분리했다. 페스의 멜라는 1438년에 구축된, 모로코에서 가장 오래된 멜라다.

158 bar-mitsva

유대교의 13세 남자 성인식.

159 le muezzin

회교사원 첨탑에서 하루 다섯 번 기도 시간을 소리쳐 알리는 승려.

160 plage du Ruhl

자갈 해변. 공공 해변. 주소 1 Prom. des Anglais.

161 Carabacel

옛 니스의 북쪽에 위치한 구.

162 étoiles jaunes

독일어 'Judenstern'('유대인들의 별'). 제2차 세계대전 당시 나치가 점령 지역 내 거주하는 유대인들을 구분하기 위해 강제한 표식.

163 pois chiches

chickpea. '이집트 콩'이라고도 한다. 지중해와 중동, 인도 요리의 핵심 식재료다. 씨의 모습이 병아리의 머리 모양과 비슷해서 생긴 이름으로,

밤 맛에, 단백질이 풍부하다. 기원전 7,500년부터 재배된, 인류 역사상 가장 먼저 재배된 콩류 중 하나이다.

164 séfarade

이베리아 반도 출신의 유대인들을 말한다. 독일계 유대인인 '아슈케나짐'(Ashkenazim)과 구분된다. 주로 포르투갈이나 스페인계이며, 중동 혹은 북아프리카계 유대인이 포함되기도 한다.

165 Zones libres

제2차 세계대전 당시 1940년 6월 22일의 2차 휴전협정으로 프랑스 영토의 절반이 나뉜 남쪽 구역인 '자유 지역'(Zone libre)을 빗대 복수형으로 표기했다.

166 quartier de l'Ariane

니스의 북동쪽 끝에 위치한 구. 20세기에 가난한 이민자들이 몰려 있던 구로, 2012년 11월에는 치안취약지역(zone de sécurité prioritaire. ZSP)으로 구분되었다. 화자는 보르도의 그랑 파르크 단지를 연상함.

167 *Vive la vie, Noëlle aux quatre vents*

• 「인생 만세」는 흑백 TV 드라마로, 1966~1970년에 방영, 엄청난 성공을 거두었다. 홀아비 아버지와 세 명의 자녀들을 중심으로 한 가족 드라마(회당 13분, 총 144회)로, 시청자들은 등장인물과 자신을 동일시하기도 했다고 한다.

• 「동네방네 노엘」은 라디오극으로 시작(1965~1969), 1970년 흑백 TV 드라마로 방영, 대성공을 거두었다. 여주인공 노엘의 좌충우돌을 다룬 드라마로, 그녀의 친부가 실은 그리스의 거부 선주임이 밝혀진다는 내용이다(회당 13분, 총 85회).

168 biscottes

자른 식빵을 딱딱하게 구워 만든 제품.

169 les carrés Gervais

유제품기업 'Elle & Vire' 사에서 생산한 짭짤한 맛의 크림치즈.

170 pain d'épice

호밀가루와 꿀 등을 넣어 만든 반죽에 아니스 씨, 정향, 생강 등의 향신료를 첨가한 뒤 빵틀에 넣어 직사각형으로 구워낸 빵. 프랑스 북동부의 랭스(Reims)에서 유래했다.

171 coquillettes

마카로니의 일종. 이탈리아에서는 '코르네티니'(cornettini), 스위스와 벨기에에서는 '코르네트'(cornettes)라고 한다.

172 les Chartrons

보르도의 7개 구 중 북쪽 구(샤르트롱, 그랑 파르크 주택단지, 공원).

173 Leny Escudero

프랑스 작사가, 작곡가, 가수, 영화배우(1932~2015). 1939년, 가족이 스페인 내전을 피해 프랑스로 도피했고, 레니는 1957년 가수로 데뷔했다. 평생 공산주의자로서 묵직한 주제의 샹송들(내전, 독재, 각국의 핍박받는 민중들, 덧없는 인생)을 불렀다.

174 Hugues Aufray

프랑스 작사가, 작곡가, 가수, 기타리스트, 조각가(1929~). 시적인 가사로 여행, 우정, 형제애, 배려의 주제를 주로 불렀다. 밥 딜런의 노래를 불어로 불러 유명했다.

175 위그 오프레, 「남동생」의 일부. 아래는 전문.

• *Petit frère*(1967, 2분 59초).

"난 너랑 세계 일주를 하고 싶어 / 가지 마 날 뒤에 두지 마, 날 데려가 // 남동생아 난 널 데려갈 거야, 나랑 같이 / 그런데 넌 너무 어려, 남동생아, 내 말 들어봐 / 엄마가 없으면 넌 어쩌려고 / 매일 밤 널 안아주는 엄마 / 난 그런 건 못해 / 네가 우는 걸 보면 // 넌 아직 꼬마 아이야 / 낙심하지 마 / 왜냐하면 학교에서 널 가르칠 거니까 / 네 자유를 얻는 법을 / 그런데 언젠가 걱정 마 동생아 / 넌 할 거야, 넌 너의 세계 일주를 할 거야 / 나처럼 / 라 라 라 라 라 라."

176 bête à bon Dieu

직역하면 '신의 미물'로, '무당벌레'의 애칭이다. '결코 무시하면 안 되는 행운의 표시'를 뜻한다. 10세기 프랑스 전설에서 유래한 것으로, 한 죄수가 결백을 주장했으나 파리에서 살인을 저지른 것으로 판결, 공개 처형으로 목을 치려는 순간, 그의 목에 무당벌레가 날아들었고, 망나니가 그 벌레를 쫓으려고 하자 계속 다시 날아들었다고 한다. 로베르 2세(972~1031)는 이를 신의 뜻으로 알고 그를 사면했고, 며칠 후 진범이 잡혔다고 한다.

177 Comme le soldat de Quatorze

제1차 세계대전이 발발한 해('십사 년')에 참전한 병사를 일컬음. 참고로, 제1차 세계대전은 총 6천만 명 이상의 병사가 참전했고, 1천만 명의 민간인과 군인 사망자, 2천만 명의 부상자가 발생했다. 프랑스 인구는 당시 3,900만 명이었고, 전쟁 발발 직후 80만 명이 참전했다.

178 Erich von Stroheim

특히 장 르누아르 감독의 「위대한 환상」(*La Grande Illusion*, 1937)에서 나치 장교 역으로 출연, 대중의 기억에 각인된 배우다. 오스트리아-헝가리 출신의 미국 배우이자 시나리오 작가로, 무성영화의 야심찬 감독 중 하나였다. 본명 Eric Oswald Stroheim(1885~1957).

179 un miel de baies roses

레위니옹 섬의 특산물로, 향이 강하고, 후추 향이 밴 꿀이다.

180 Renault Prairie

1950~1957년 생산된 르노의 리무진 '르노 콜로랄'(Renault Colorale)의 여러 모델들을 통칭한다. 길이 4,370mm, 폭 1,820mm, 높이 1,820mm, 휠베이스 2,660mm, 무게 1,640kg, 최고속도 100~110km/h.

181 Mérignac

보르도 외곽에서 가장 번화한 코뮌. 보르도-메리냑 공항이 있다. 면적 48.17km², 인구 72,197명(2019).

182 cours Pigier

특히 1955년 '속기' 강의를 프랑스에서 독점 강의했다. 피지에 학원은
1850년 제르베 피지에가 시작한 원격 우편강의로, 프랑스 최초의 사립
교육 기관 중 하나다. 170년이 지난 현재도 운영 중인, 전국망을 갖춘
상업교육기관이다. 원래 피지에 자신의 사업체의 인력충원을 목표로 시
작, 독립 교육기관을 설립했고, 특히 경리, 영업, 비서직을 양성했다고
한다.

183 retour chariot

영어 'carriage return'의 불어 표기. 타자기에서 한 줄을 끝낸 뒤 다시 왼
쪽 원위치로 되돌리는 레버. '원형 이동대를 되돌린다'는 뜻.

184 Mes jambes Bibendum

NUNC est bibendum!! / 이 말인즉 : /
"자, 마십시다 / 미슐랭 타이어는 장애물
을 마십니다!" (120x160.5mm).

'내 통통한 다리'라는 뜻. '비벤둠'은 미슐랭의 상징인 타이어 맨의 이
름이다. 1898년 화가 오갈로(O'Galop, 본명 마리우스 로시용 Marius
Rossillon, 1867~1946)가 선보인 광고 포스터에서 시작되었다. 타이어
맨이 흥건한 술좌석에서 일어나 못과 핀과 쇠꼬챙이가 잔뜩 들은 샴페
인 잔을 들고 외친다. 왼쪽에 '타이어 Y', 오른쪽에 '타이어 X'라고 적힌
노인 둘이 놀라서 그를 올려보고 있다. 'NUNC est bibendum'은 원래
호라티우스의 시의 한 구절에서 따온 말이다("자, 마십시다, 자, 신발을

벗고 / 친구들, 땅을 구릅시다! 자, 이제 사제들의 제례 음식으로 / 신들의 양탄자를 장식할 시간!"「노래 *Carmen*」, 기원전 30년).

185 Saint-André

L'hôpital Saint-André. 보르도 대학병원 중 가장 오래된 병원. 14세기에 설립되었다. 주소 1, rue Jean Burguet.

186 non-lieu de naissance

법률 용어 'non-lieu'(면소, 기각)를 이용, '출생지'(lieu de naissance)와 대비되도록 만든 조어. 굳이 옮기면 '출생이 발생하지 않음'이다.

187 Maréchale Lyautey

Maternité Maréchale Lyautey. 모로코 최초의 조산원.

III. 난 척할 거야

188 레니 에스쿠데로,「넌, 이렇게 해」를 연상. 아래는 전문.

• *Toi, fais comme si*(1964, 2분 18초).

"넌 이렇게 해 / 평생 나를 사랑할 수 있었던 것처럼 / 넌 이렇게 해 / 우리의 것이 아니었던 한 사랑의 / 망각을 마침내 가져올 수 있었던 것처럼 / 넌 그 사랑을 취하고 그리고 그걸 미화해 / 결코 타인을 부정하지 않고 / 넌 내가 잊도록 모든 것을 해 / 그리고 난 넌 믿을 거야, 그리고 난 널 믿을 거야 / 난 내 모든 아픔을 잊을 거야 / 난 너를 내 여왕으로 만들 거야 / 그리고 난 네 손을 잡을 거야 / 아직 길이 조금 남았어 // 넌 이렇게 해 / 평생 나를 사랑할 수 있었던 것처럼 / 넌 이렇게 해 / 우리의 것이 아니었던 한 슬픔의 / 망각을 마침내 가져올 수 있었던 것처럼 / 넌 그 사랑을 취하고 그리고 넌 그걸 미화해 / 결코 타인을 부정하지 않고 / 넌 내가 잊도록 모든 것을 해 / 그리고 난 널 믿을 거야, 그리고 난 널 믿을 거야 / 난 그의 웃음까지 잊을 거야 / 난 심지어 그의 미소도 잊을 거야 / 그리고 그의 눈 색깔까지도 / 오직 푸른 하늘만을 / 생각하면서 / 그의 눈 속 깊숙이 / 어느 날 길을 잃은 채."

189 Minimes

Pointe des Minimes. 라 로셸 남단의 곳.

190 le phare du Bout du Monde

미님므 곶의 등대. 아르헨티나 파타고니아의 '세상 끝 등대'(faro del fin del mundo)의 복제판.

191 Toulouse

오트 갸론(Haute-Garonne), 군청소재지, 코뮌, 면적 118.30km², 인구 493,465명.

192 Braud-et-Saint-Louis

Gironde, 코뮌, 면적 49.24km², 인구 1,535명(2019).

193 île d'Oléron

가스콘뉴 만의 섬.

Charente-Maritime, 면적 174km², 인구 22,324명(2016).

194 hibiscus

무궁화속(Hibiscus) 꽃. 꽃은 빨강, 하양, 분홍, 주홍, 복숭아, 노랑, 자주색이 있다.

195 Coccinelle

폭스바겐의 '비틀, 딱정벌레'. 1938년 첫 출시.

196 Costa Brava

지중해를 면한 스페인 카탈루냐 해안. 카탈루냐어로 '가파른 언덕'을 뜻한다. 빼어난 절경으로 유명하다.

197 dans le temps longtemps

불어에 없는 표현이다. 참고로, 마다가스카르 옆 레위니옹 섬에서는 'Le tan lontan'이라는 표현으로 1938~1975년을 일컬었다고 한다. 계약노예가 폐지한 해(1935)에서부터 베이비붐 시기(1975)까지를 일컫는 그

들의 '옛날 옛적'이었던 셈이다. 할아버지의 그곳 체류를 빗댄 것으로
보인다.

198 Tu as repris du poil de la bête.

자신을 문 동물의 털을 그 상처에 바르면 치료 효과가 있다는 민간신앙
에서 나온 표현이다. '문제의 발단에서 해결책을 찾는다'는 뜻으로, 처음
에는 주로 과음과 폭음 후의 '해장술'을 일컫었다고 한다. 이후 '원기를
회복하다, 실패의 원인을 직시하고 난관을 헤쳐 나가다' 등을 뜻하게 되
었다. 영어, 이탈리이이, 월롱어(벨기에)에 같은 표현이 남아 있다. *to eat
a hair of the dog that bit you* (영) *; del can che morde el pelo sane* (이) *; riprinde
des poïèches dè chin* (왈).

199 une danse de Saint-Guy

舞蹈病. 직역하면 '성자 기의 춤'으로, 얼굴, 손, 발, 혀 등이 저절로 심하
게 움직여 마치 춤을 추는 듯한 신경병을 일컫는다. 9세기경, 성자 기
(Guy, 290~303경)의 성유물을 옮기던 중 기적의 치유가 발생했고,
이를 기려 간질과 무도병의 수호자가 되었다.

200 라 로셸 군의 코뮌들. 인구는 2019년.

- Nieul-sur-Mer. 면적 10.96km², 인구 5,859명 ;
- Sain-Xandre. 면적 13.29km², 인구 5,091명 ;
- Lauzières. 면적 10.96km², 인구 5,859명 ;
- L'Houmeau. 면적 4.22km², 인구 2,865명 ;
- Marsilly. 면적 11.91km², 인구 3,130명.

201 Saint-Savinien

Charente-Maritime, 코뮌, 면적 47km², 인구 2,446명(2019).

202 marelle menant au ciel

프랑스판 '사방치기'(marelle)는 '땅'에서 시작, '하늘'로 간다.

203 entre-deux-mers

갸론 강과 도르돈뉴 강 사이에 있는 보르도의 포도밭(면적 14.8km²).

204 caméra super 8

1965년에 출시된 코닥(Kodak)의 가정용 캠코더. 기존의 8mm 필름보다 더 커서 '슈퍼 8'으로 불렸다. 방아쇠를 당기는 듯한 직관적인 촬영법으로 각광받았다. 최근 50주년을 기념, 새 모델 출시.

205 Île de Ré

가스콘뉴 만 앞의 섬. 프랑스에서 네 번째로 큰 섬.
Charente-Maritime, 라 로셸 군, 면적 85.32km², 인구 17,455명(2016).

206 mobylette

1949년 첫 출시, 1997년까지 제조된 프랑스의 경량 오토바이. 1970년대에는 최대 1,400만 대, 연평균 75만 대를 생산했다고 한다.

207 Saint-André-de-Cubzac

Gironde, 코뮌, 면적 23.15km², 인구 12,372명(2019).

208 pont Eiffel

귀스타브 에펠이 건설한 다리(1879~1883). 길이 1,545미터, 8개의 철제 들보로 받쳐져 있다.

209 보르드 외곽 빌나브 도르농 내 '옛 고을'(Vieux-Bourg)들.

• Villenave-d'Ornon. 면적 21.26km², 인구 35,278명(2019) ;

• Le Pont-de-la-Maye. 북쪽 마을. 면적 5km² ;

• Hourcade. 보르도 남쪽 2킬로미터의 기차 조차장 ;

• Courréjean ;

• Chanteloiseau.

210 Ollioulles

지중해와 면한 코뮌. 19세기에 꽃 재배로 명성을 얻었고, 한때 '꽃의 수도'로 불렸다. 1852년 제2제정 당시 철도 개설로 온 유럽에 이곳의 꽃이 퍼져나갔다고 한다. 현재 프랑스에서 인증한 세 리벨을 획득했다('꽃마을', '예술 장인들의 도시', '가장 아름다운 샛길').

바르(Var)도, 툴롱(Toulon)군, 코뮌, 면적 19.89km², 인구 13,771명

(2018).

211 une giroflée à cinq pétales

꽃이름(giroflée, wallflower, 꽃무, 벽꽃)이 동사 '뺨을 때리다'(gifler)와 유사해서 생긴 표현이다. 실재 이 꽃의 꽃잎은 4개다.

212 Meriadeck

보르도의 옛 메리아데크 구(區)를 회고한 것. 원래 보르도를 둘러싼 늪지였던 곳으로, 한동안 '마녀가 살던 옛 수풀 늪지'라는 오명에 시달렸다. 전후 주택문제가 커지면서 1955년부터 완전 새롭게 정비, 30만 m²를 모두 파괴했고, 1971년 옛 습지는 모두 사라졌다. 현재 보르도의 비즈니스 구역이다.

213 forêt des Landes

3개의 도(Gironde, Landes, Lot-et-Garonne)에 걸쳐 있는 거대한 숲. 서유럽에서 가장 광대한 인공 조림지역으로, 주로 해송(海松)으로 조성되었다. 면적 13,000km², 길이 220km, 폭 130km, 고도 1~164m.

214 Nîmes

갸르(Gard), 도청소재지, 면적 161.85 km², 인구 148,561명(2019).

215 Solidarność

'연대'. 1980년 9월 폴란드의 레흐 바웬사가 그단스크에서 창설한 독립 자치노동조합. 노동자들의 자주적 노동조합을 주장했다.

216 ce général polonais

야루젤스키(Wojciech Witold Jaruzelski, 1923~2014). 당시 강철통 치를 펼쳐 바웬사와 노조를 탄압했다. 검은 선글라스의 사진으로 유명.

217 레오 페레, 「시간이 흐르면서」(*Avec le temps*, 1970)의 일부.

218 argile blanche

고령석(高嶺石). 참조. "사과나 복숭아나무의 줄기 아래 부분을 흰 페인트로 칠을 해놓은 것은 자작나무의 지혜를 이용한 과수목의 동파를 방지하기 위한 예방책이다. 자작나무는 지금은 우리 주변에서도 쉽게 볼 수 있는 수종이지만 원래 고향은 북반구 고위도로 영하 80도까지 견딜 수 있는 내한성이 강한 나무이다"(© 신아일보, 2014년 1월 25일, 「나무미인 '자작나무'의 겨울나기」, 김철수 전 KBS 기상전문 PD).

219 château Lascombes

마르고 포도주 산지로 유명한 샤토.

220 allées de Tourny

보르도의 중심대로(폭 65미터, 길이 265미터). 보르도의 도시정비를 주도했던 도지사(Louis-Urbain-Aubert de Tourny, 1695~1760)를 기렸다.

221 *Le souffle au cœur*

루이 말 감독의 영화(1971, 117분). 제목은 의학용어 '심잡음'(heart murmur)에서 따왔다. 국내 미개봉.

222 la Drôme

프랑스 남동쪽 도. 강의 이름과 같다. 면적 6,530km².

223 베르나르 라빌리에, 「꼬마」의 일부. 아래는 전문.

· *Petit*(1989, 4분 12초).

"한 아이 / 너무 큰 총 한 자루를 든 / 한 아이가 / 천천히 걷는다, 머뭇거리며 / 피와 침묵의 한가운데로, 침묵의 한가운데로 // 한 아이, 그런데 겉모습은 더는 아이가 아니야 / 이미 오래전부터. 오래전부터, 오래전부터 // 곧 열 살, 넌 도둑놀이는 한번도 해본 적 없고 / 겁먹은, 무모한, 경찰놀이도 해본 적 없어 / 꼬마야, 넌 소녀들을 쳐다보고 / 그들의 반짝이는 눈 속에서 느린 왈츠를 봐야 해 / 넌 그들의 눈 속에서 불덩이 번개들을 / 철조망에 찢긴 콘크리트를 / 그리고 가끔 핏빛 크리스털을 봐, 언제 / 넌 언제 죽을 거야? // 한 아이 / 너무 큰 총 한 자루를 든 / 한 아이, 그런데 겉모습은 더는 아이가 아니야 / 어른처럼, 분명 전쟁에서처럼 사람을 죽일 수 있어 // 곧 열 살, 세상엔 조용한 나라들이 있고 / 그리고 도시의 공원들도 있고, 돈도 있어 / 꼬마야, 넌 구슬치기를 몰라 / 넌 구리 총알을 되팔고, 당장은 / 불덩이 번개들 한가운데서 살고 있어 / 철조망에 찢긴 콘크리트 / 그리고 가끔, 핏빛 크리스털, 언제 / 넌 언제 죽을 거야? // 한 아이, 너무 늙은 아이, 너무 단단한 아이 / 한 아이도 당연히 어른처럼 사람을 죽일 수 있어 / 그리고 지금 전쟁이야, 그는 순찰을 돌아, 그는 순찰을 돌아 // 그리고 십 년 뒤, 혹 지옥이 없다면 / 혹 더는 쇠, 불, 피가 없다면 / 꼬마야, 넌 네 총을 걸어두고 / 악몽인양 그걸 잊자, 일단은 / 꼬마야, 넌 아마 도둑놀이를 하겠지 / 그리고 경찰은 네 건방짐에 겁먹을 거야 / 꼬마야, 넌 소녀들을 춤추게 만들고 / 그들의 반짝이는 눈 속에서 느린 왈츠를 볼 거야 / 그러나 그 눈 깊숙이, 불덩어리 번개들 / 철조망에 찢긴 콘크리트 / 그리고 가끔, 핏빛 크리스털을 봐, 넌 / 넌 뭐가 될래?"

224 thym

타임은 내성이 강해 해발 1,500~2,000미터에서도 자란다. 지중해 지역의 건조하고 바위가 많은 언덕에서 야생으로 자라며, 프로방스 요리에 많이 사용되는 조미료 식물이다. 250가지가 있고, 백리향(百里香)도 같은 종이다.

225 Condéon, Barbezieux, Saint-Sicaire

샤랑트 도, 코냑 군의 코뮌들. 인구는 2019년.

• Condéon. 면적 31.40km², 인구 620명 ;

• Barbezieux. 면적 26.55km², 인구 4,714명 ;

• Saint-Sicaire. 옛 지명.

226 berbères

북아프리카 토착민 베르베르인(Berbères)과 그들의 언어. 주로 모로코와 알제리에 거주. 약 2,500만 명.

227 Angoulême

16세기부터 제지업으로 유명한 도시.

Charente, 도청소재지, 코뮌, 면적 21.85km², 인구 41,603명(2019).

228 papier vélin

사산된 '송아지 가죽'(독피 犢皮)으로 만드는 고급 양피지인 '독피지'(vélin 犢皮紙)를 연상시키는 종이. 18세기 중반 두 영국인에 의해 기계가 개발되었고, 이후 1780년 프랑스의 출판인, 인쇄인이자 프랑스 활자의 전설적 개발자인 디도(François-Ambroise Didot)와 제지업자 조아노(Johannot d'Annonay)에 의해 완성되었다.

229 Petit Gris

미국 '퍼거슨'(Massey Ferguson) 사의 트랙터 'TE 20'의 별명. 차체가 회색(gris)이어서 붙은 이름이다. 1946년 영국의 코번트리 공장에서 첫 출시, 1956년까지 50만 대 이상이 생산되었고, 프랑스 농업 기계화의 상징이었다고 한다. 2016년에 70주년을 맞았다.

230 Cognac

Charente, 군청소재지, 코뮌, 면적 15.50km², 인구 18,670명(2019).

231 Bordeaux-gare Saint-Jean

Gare de Bordeaux-Saint-Jean. 1855년 개통. 이용객 17,675,655명 (2019). 주소 Rue Charles-Domercq.

232 l'Assomption

'성모승천 자매회'(l'Assomption Sainte Clotilde)의 창시자가 1860년 창설한 가톨릭 학교.

233 cornette

'생 뱅상 드 폴 수녀회'(Filles de la charité de Saint Vincent de Paul, 1633년 창립) 수녀들이 착용한 넓은 하얀 챙의 모자. 1960년대 초까지 착용했다고 한다.

234 Parc bordelais

보르도에서 가장 큰 공원(28만m²). 영국식 정원.

235 rue Porte-Dijeaux

18세기(1748~1753)에 건축된 문(건축가 André Portier, 1702~1770). 원래 4세기 로마시대의 보르도 성곽 내로 들어가는 14개 문 중 하나로, 서쪽 문이었다. 강베타 광장으로 들어선다. 1921년 사적지로 지명되었다.

236 libraire Mollat

1886년 개장한 보르도 유수의 서점. 프랑스 최초의 독립서점이다. 현재 15개의 공간, 총면적이 2,500m²에 달한다. 주소 15 rue Vital-Carles.

237 *L'écume des jours*

보리스 비앙(Boris Vian, 1920~1959)의 소설. 여기서 출간연도로 언급된 '1943년'은, 아마 비앙이 이 책을 쓴 목적인 NRF 출판사의 '플레이아드 상'이 창설된 해(1943년)와 착각한 것으로 보인다. 1946년 3월~5월에 집필, 1947년 1월 출간되었다. 1960년 후반에 재평가되어 고전의 반열에 올랐다. 이재형 역, 펭귄클래식, 2009.

238 Aragon

Louis Aragon(1897~1982). 1950년대 이후 그의 시들은 당대 최고

의 가수들(레오 페레, 장 페라 등)에 의해 샹송으로 불렸다. 시인, 소설
가로, 1930년대 이래 공산주의를 견지한 작가로 유명하다. 앙드레 브
르통, 폴 엘뤼아르, 필립 수포와 함께 다다이즘과 초현실주의의 선구
자였다. 국내에 소설『파리의 농부』(*Le Paysan de Paris*, 1926)가 소개되
었다(오종은 역, 이모션북스, 2018).

239 place de la Victoire
20세기에 학생들의 만남의 장소로 유명했고, 파리 5구 소르본 주변의
'카르티에 라탱'과 비교되었다. '승리 광장'은 1918년 이전에는 '아키텐
광장'으로 불렸던 곳으로, 제1차 세계대전 종전을 기념하여 새롭게 붙
여진 이름이다.

240 argan
아르간 기름을 함유한 열매를 가진 견과류로, 모로코 및 알제리 남서부
지역에서만 발견되는 희귀한 나무. 기름은 요리, 의약품, 화장품에 쓰
인다.

241 place Pey-Berland
보르도 대주교였던 페 베를랑(1375~1458, 대주교 1430~1456)을 기
린 광장으로, 'Pey'는 'Pierre'의 가스콘뉴식 표현이다. 광장 안에 보르도
교구 대성당인 생 탕드레 대성당(cathédrale Saint-André)과 종탑인 페
베를랑 탑(tour Pey-Berland, 높이 66미터)이 있다. 면적 25,000m².

242 *Ô Vierge sainte conçue sans péché*
일반적인 삼종기도(Angelus)의 첫 송 — (주님의 천사가 마리아께 아뢰
니) 성령으로 잉태하셨나이다 — 과는 약간 다른 표현.

243 actions de grâce
그리스어 'eucharistia'(성찬, 성체성사, 최후의 만찬)를 옛 불어 성경에
서 번역한 표현. 이후 '미사, 신에 대한 감사의 태도'를 뜻하게 되었다.
어머니는 이를 복수형(actions)으로 썼다. '최후의 만찬들'을 준비했다
는 뜻.

244 prieur de Saint-Bruno

Église Saint-Bruno de Bordeaux. 1611~1621년 건축된, 옛 브뤼노 수
도원 소속의 교회.

245 Le prêtre retombe chaque fois sur ses pattes noires.

'검은'을 더해 사제의 악의를 강조했다. 이 표현은 고양이가 항상 발로
떨어져도 다치지 않는 것에서 온 것으로, 곤경을 늘 모면하는 것을 일컫
는다. 전설에, 마호메트가 자신의 몸 위에서 자는 고양이를 깨우지 않기
위해 가신의 소매를 잘랐고, 이에 손경을 표한 고양이에게 마호메트가
항상 발로 떨어지는 능력을 주었을 것이라고 한다.

246 belote

프랑스의 카드게임. A~7까지의 32장만을 사용, 주로 4명이 2명씩 마
주보고 한다.

247 gentiane

유럽에 30여 종의 용담(龍膽)이 있고, 그중 한 종의 뿌리를 주류와 아
페리티프의 재료로 쓴다. 여러 개의 브랜드가 있다.

IV. 우리는 떠내려갔다

248 Shalimar

게를랭(Guerlain) 사의 향수. 1925년 파리 국제장식예술박람회에서 선
보여 선풍을 일으켰다. 이름과 향수병은 인도의 유명한 샬리마르 정원
의 분수대 수반에서 따왔다.

249 Deuxième Guerre

경찰관의 낯선 표현이다. '제2차 세계대전'의 표기는 'Seconde Guerre
mondiale'이 일반적이다. 한때 한림원 문법학자들이, "적어도 세 번째
가능성이 있다면 'deuxième'을, 단 두 개일 경우에만 'seconde'를 써야

한다"고 주장했다.

250 trois Parques

'Parcae'(라틴어). 인간의 출생, 운명, 죽음을 관장하는 로마신화의 세 여신들. '노나'(Nona. 출생), '데시마'(Decima. 운명), '모르타'(Morta. 죽음). 그리스신화의 세 '모이라이'(Moires).

251 Caracas

베네수엘라의 수도. 카리브 해를 바라보고 있는 도시.

252 flans au caramel

캬라멜을 뿌린 물컹한 디저트. 재료는 계란, 설탕, 우유, 럼주, 바닐라.

옮긴이 조동신

고려대 불어불문학과, 동대학원 석사, 파리 8대학과 12대학 박사과정 수료(발자크
전공). 해외문학 전문 출판인으로 여러 해외작가들을 국내에 첫 소개했다(Muriel
Barbery, Stieg Larsson, Éric Fottorino, Jean-Claude Izzo, Jonas Jonasson, David Vann,
Deon Meyer, Dolores Redondo, Åsa Larsson, Ernest van der Kwast, Niklas Natt och
Dag, Winnie Li……). 옮긴 책으로 앙토냉 아르토(반 고흐), 다니엘 아라스 등. 아
도니스 출판 대표.

열일곱 살

초판 1쇄 발행 2022년 5월 20일

지은이   에릭 포토리노
옮긴이   조동신
펴낸이   조동신
펴낸곳   도서출판 아도니스
전화   031-967-5535
팩스   0504-484-1051
이메일   adonis.editions@gmail.com
Facebook   adonis.books
출판등록   2020년 1월 29일 제2017-000068호

디자인   전지은
종이   ㈜ 두송지엽
제작   한영문화사

ISBN   979-11-970922-2-0 03860

자신의 속내를 파헤치는 곤충학자인 저자는 자신을 고스란히 드러내면서 세세한 사실들을 추적, 그 의미를 추출한다. 독자는 따뜻하고 잠언 같은 말들을 길어 올려, 스스로를 비쳐볼 수 있다. 있는 그대로의 진실의 힘, 바로 어머니의 힘이다. — *Libération*

니스의 불빛, 열일곱 살, 리나가 그를 낳았던 그곳, 그는 마침내 그녀를 정면으로 응시한다. 그리고 사랑을 느낀다. — *Lire*

아버지에 대해 썼던 전작들처럼 작가는 이제 어머니의 문제로 돌아왔다. 무언의 죄책감, 진지함, 너그러움을 갖고, 가족소설 속 정당한 자리를 그녀에게 돌려주기 위해. — *Les Echos*

이 가족의 퍼즐, 매 소설마다 성찰과 절절함이 더해지고 이어진다. 어둠 속 한 점, 가슴 에이는, 가장 단단한 그 점이 꿈틀대기 시작한다. 망설임 뒤에 이어지는 확신, 끝없는 자문, 끝내 몸짓으로 화답한다. — *Télérama*

시계공이었던 작가가 어느새 금은세공인이 되었다. 그는 시간의 조각들을 흩뿌려 조립하고 맞춘다. 속삭이듯 말하는 이 섬세한 작가를 따라 우리는 그의 말을 맛보고 음미한다. 고해의 문장이 사뭇 음악이다. — *Service littéraire*, 이달의 책

차마 말하지 못했던 가슴 저린 가족 이야기, 비밀과 거짓 추억들이 하나하나 밝혀진다. 소박하고 강렬하게 쓴, 손에서 놓을 수 없는 책. —*Biba*

세상의 모든 어머니들은 제 자식이 이런 감동적인 글을 그들에게 써주기를 바라리라. 서로 이해하고, 소통하고, 사랑하는 게 얼마나 힘든지를 작가는 정확하게 그리고 있다. —*Femme Actuelle*

지극히 사적인 이 소설에서 작가는 우리에게 본질적인 질문을 던진다. "평생 서로를 그리워하며 보냈다면 무엇을 해야 할까? 글을 쓸 것, 아마도!" —*Marie France*

작가는 깊숙이 침잠한다. 다이빙 잠수가 아닌, 정글 속 탐사다. 훨씬 두렵고, 우리와 무관하지 않은 사안, 가장 가까운 사람을 아는 일이다. 작가는 진정 용기 있는 글을 우리에게 선사했다. 어쩌면 우리가 시도할 수 있는 가장 큰 용기이리라. 겸허하게 감탄해야 할 책이다. —*ActuaLitté*

"나는 평생 내가 어디서 왔는지를 고민했다. 앞으로도 여러 소설을 쓰겠지만, 이 책이 핵심이며, 그 일관성을 보장할 작품이다." —*Marianne* 인터뷰